ZHONGGUO XIAOSHUO
100 QIANG

中国小说100强（1978—2022）

天上有块云

李 锐 著

北京联合出版公司
Beijing United Publishing Co.,Ltd.

图书在版编目（CIP）数据

天上有块云 / 李锐著. -- 北京 ： 北京联合出版公司，2023.9
（中国小说100强）
ISBN 978-7-5596-7218-6

Ⅰ.①天… Ⅱ.①李… Ⅲ.①短篇小说－小说集－中国－当代 Ⅳ.①I247.7

中国国家版本馆CIP数据核字(2023)第170831号

天上有块云

作　　　者：	李　锐
出 品 人：	赵红仕
出版监制：	张晓冬　范晓潮
责任编辑：	李　伟
特约编辑：	和庚方　张　颖
封面设计：	武　一

北京联合出版公司出版
（北京市西城区德外大街83号楼9层　100088）
北京兴星伟业印刷有限公司印刷　新华书店经销
字数148千字　650毫米×920毫米　1/16　17.5印张
2023年9月第1版　2023年9月第1次印刷
ISBN 978-7-5596-7218-6
定价：58.00元

版权所有，侵权必究
未经书面许可，不得以任何方式转载、复制、翻印本书部分或全部内容。
本书若有质量问题，请与本公司图书销售中心联系调换。
电话：010-65868687

中国小说100强（1978—2022）丛书

编委会

丛书总策划

张　明　　著名出版人

张　英　　资深媒体人

编委主任

吴义勤　　中国作协副主席

　　　　　中国小说学会会长

编　委

吴义勤　　中国作协副主席、中国小说学会会长

宗仁发　　《作家》杂志主编

谢有顺　　中山大学教授、中国小说学会副会长

顾建平　　《小说选刊》副主编

张　英　　资深媒体人

文　欢　　作家、出版人

总　序

"中国小说100强"（1978—2022）是资深出版人张明先生和腾讯读书知名记者张英先生共同策划发起的一套大型文学丛书。他们邀请我和宗仁发、谢有顺、顾建平、文欢一起组成编委会，并特邀徐晨亮参与，经过认真研讨和多轮投票最终评定了100人的入选小说家目录。由于编委们大多都是长期在中国文学现场与中国文学一路同行的一线编辑、出版家、评论家和文学记者，可以说都是最专业的文学读者，因此，本套书对专业性的追求是理所当然的，编委们的个人趣味、审美爱好虽有不同，但对作家和文学本身的尊重、对小说艺术的尊重、对文学史和阅读史的尊重，决定了丛书编选的原则、方向和基本逻辑。

从文学史的角度来说，1978年以后开启的新时期文学是中国当代文学的黄金时代，不仅涌现了一批至今享誉世界的优秀作家，而且创造了许多脍炙人口的文学经典，并某种程度上改写了20世纪中国文学史的版图。而在中国新时期文学的经典家族中，小说和小说家无疑是艺术成就最高、影响力最大的部分。"中国小说100强"(1978—2022)就是试图将这个时期的具有经典性的小说家和中国小说的经典之作完整、系统地筛选和呈现出来，并以此构成对新时期文学史的某种回顾与重读、观察与评判。呈现在读者面前的这套丛书是对1978—2022年间中国当代小说发展历程的一次全面、系统的整体性回顾与检阅，是中国当代文学经典化的重要成果，从特定的角度集中展示了中国新时期文学在小说创作方面的巨大成就。需要说明的是，与1978—2022年新时期文学繁荣兴盛的局面相比，100位作家和100本书还远远不能涵盖中国当代小说的全貌，很多堪称经典的小说也许因为各种原因并未能进入。莫言、苏童、余华等作家本来都在编委投票评定的名单里，但因为他们已与某些出版社签下了专有出版合同，不允许其他出版社另出小说集，因而只能因不可抗原因而割爱，遗珠之憾实难避免，而且文学的审美本身也是多元的，我们的判断、评价、选择也许与有些读者的认知和判断是冲突的，但我们绝无把自己的标准强加于别人的意思。我们呈现的只是我们观察中国这个时期当代小说的一个角度、一种标准，我们坚持文学性、学术性、专业性、民间性，注重作家个体的生活体验、叙事能力和艺术功力，我们突破代际局限，老、中、青小说家都平等对待，王蒙、冯骥才、梁晓声、铁凝、阿来等名家名作蔚为大观，徐则臣、阿乙、弋舟、鲁敏、林森等新人新作也是目不暇接，我们特别关注文学的新生力量，尤其是近10年作品多次获国家大奖、市场人气爆棚的新生代小说家，我们禀持包容、开放、多元的审美立场，无论是专注用现实题材传达个人迥异驳杂人生经验、用心用情书写和表现时代精神的现实主义作家，还是执着于艺术探索和个体风格的实验性作家，在丛书里都是一视同仁。我们坚信我们是忠实于自己的艺术理想、艺术原则和艺术良心的，但我们并不认为自己的角度和标准是唯一的，我们期待并尊重各种各样的观察角度和文学判断。

当然，编选和出版"中国小说100强"(1978—2022)这套大型丛书，除了上述对文学史、小说史成就的整体呈现这一追求之外，我们还有更深远、更宏大的学术目标，那就是全力推进中国当代文学"经典化"的历程和"全民阅读·书香中国"建设。

从1949年发端的中国当代文学已经有了70多年的发展历程，但对这70多年文学的评价一直存在巨大的分歧，"极端的否定"与"极端的肯定"常常让我们看不到当代文学的真相。有人认为中国当代文学达到了前所未有的高度和水平。王蒙先生在法兰克福书展上就说：中国当代文学现在是有史以来最繁荣的时期。余秋雨、刘再复甚至认为中国当代文学的成就远远超过了现代文学。也有人极端否定中国当代文学，认为中国当代文学都是垃圾。他们认为现代文学要远远超过当代文学，中国当代文学连与现代文学比较的资格都没有。比如说，相对于鲁（迅）、郭（沫若）、茅（盾）、巴（金）、老（舍）、曹（禺）这样大师级的人物，中国当代作家都是渺小的侏儒，根本不能相提并论，两者比较就是对大师的亵渎。应该说，与对中国当代文学的肯定之声相比，对当代文学的否定和轻视显然更成气候、更为普遍也更有市场。尽管否定者各自的角度和出发点不同，但中国当代作家、作品与中外文学大师、文学经典之间不可比拟的巨大距离却是唱衰中国当代文学者的主要论据。这种判断通常沿着两个逻辑展开：一是对中外文学大师精神价值、道德价值和人格价值的夸大与拔高，对文学大师的不证自明的宗教化、神性化的崇拜。二是对文学经典的神秘化、神圣化、绝对化、空洞化的理解与阐释。在此，我们看到了一个非常有趣的悖论：当谈论经典作家和文学大师时我们总是仰视而崇拜，他们的局限我们要么视而不见要么宽容原谅，但当我们谈论身边作家和身边作品时，我们总是专注于其弱点和局限，反而对其优点视而不见。问题还不在于这种姿态本身的厚此薄彼与伦理偏见，而是这种姿态背后所蕴含的"当代虚无主义"。这种"虚无主义"的最大后果就是对当代作家作品"经典化"的阻滞，对当代文学经典化历程的阻隔与拖延。一方面，我们视当下作家作品为"无物",拒绝对其进行"经典化"的工作,另一方面又以早就完全"经典化"了的大师和经典来作为贬低当下泥沙俱下的文学现实的依据。这种不在同一个层面上的比较,不仅毫无意义,而且只能使得文学评价上的不公正以及各种偏激的怪论愈演愈烈。

其实,说中国当代文学如何不堪或如何优秀都没有说服力。关键是要进行"经典化"的工作,只有"经典化"的工作完成了才有可能比较客观地对当代的作家作品形成文学史的判断。对当代的"经典化"不是对过往经典、大师的否定,也不是对当代文学唱赞歌,而是要建立一个既立足文学史又与时俱进并与当代文学发展同步的认识评价体系和筛选体系。当然,我们也要承认,"经典化"问题是一个非常复杂的问题,并不是凭热情和冲动一下子就能完成的,但我们至少应该完成认识论上的"转变"并真正启动这样一个"过程"。

现在媒体上流行一些对于中国当代文学经典化冷嘲热讽的稀奇古怪的言论,其核心一是否定中国当代文学有经典、有大师,其二是否定批评界、学术界有关"经典化"的主张,认为在一个无经典的时代,"经典"是怎么"化"也"化"不出来的,"经典化"是一个实实在在的"伪命题"。其实,对于文学,每个人有不同的判断、不同的理解这很正常,每一种观点也都值得尊重。但是,在"经典"和"经典化"这个问题上,我却不能不说,上述观点存在对"经典"和"经典化"的双重误解,因而具有严重的误导性和危害性。

首先,就"经典"而言,否定中国当代文学早就不是什么新鲜事,对当代文学的虚无主义态度在很多人那里早已根深蒂固。我不想争论这背后的是与非,也不想分析这种观点背后的社会基础与人性基础。我只想指出,这种观点单从学理层面上看就已陷入了三个巨大误区:

第一个误区,是对经典的神圣化和神秘化的误区。很多人把经典想象为一个绝对的、神圣的、遥远的文学存在,觉得文学经典就是一个绝对的、乌托邦化的、十全十美的、所有人都喜欢的东西。这其实是为了阻隔当代文学和"经典"这个词发生关系。因为经典既然是绝对的、神圣的、乌托邦的、十全十美的,那我们今天哪一部作品会有这样的特性呢?如果回顾一下人类文学史,有这样特性的作品好像也没有。事实上,没有一部作品可以十全十美,也没有一部作品能让所有人喜欢。在这个问题上,我们应该明确的是,"经典"不是十全十美、无可挑剔的代名词,在人类文学史上似乎并不存在毫无缺点并能被任何人所认同的"经典"。因此,对每一个时代来说,"经典"并不是指那些高不可攀的神圣的、神秘的存在,只不过是那些比较优秀、能被比较多的人喜爱的作品而已。从这个意义上说,当今中国文坛谈论"经典"时那种神圣化、莫测高深的乌托邦姿态,不过是遮蔽和否定当代文学的一种不自觉的方式,他们假定了一种遥远、神秘、绝对、完美的"经典形象",并以对此一本正经的信仰、崇拜和无限拔高,建立了一整套关于中国当代文学的伦理话语体系与道德话语体系,从而充满正义感地宣判着中国当代文学的死刑。

  第二个误区,是经典会自动呈现的误区。很多人会说,是金子总是会发光的。但对文学来说,文学经典的产生有着特殊性,即,它不是一个"标签",它一定是在阅读的意义上才会产生意义和价值的,也只有在阅读的意义上才能够实现价值,没有被阅读的作品没有被发现的作品就没有价值,就不会发光。而且经典的价值本身也不是固定不变的。如果一个作品的价值一开始就是固定不变的,那这个作品的价值就一定是有限的。经典一定会在不同的时代面对不同的读者呈现出完全不同的价值。这也是所谓文学永恒性的来源。也就是说,文学的永恒性不是指它的某一个意义、某一个价值的永恒,而是指它具有意义、价值的永恒再生性,它可以不断地延伸价值,可以不断地被创造、不断地被发现,这才是经典价值的根本。所以说,经典不但不会自动呈现,而且一定要在读者的阅读或者阐释、评价中才会呈现其价值。

第三个误区，是经典命名权的误区。很多人把经典的命名视为一种特殊权力。这有两个层面的问题：一，是现代人还是后代人具有命名权；二，是权威还是普通人具有命名权。说一个时代的作品是经典，是当代人说了算还是后代人说了算？从理论上来说当然是后代人说了算。我们宁愿把一切交给时间。但是，时间本身是不可信的，它不是客观的，是意识形态化的。某种意义上，时间确会消除文学的很多污染包括意识形态的污染，时间会让我们更清楚地看清模糊的、被掩盖的真相，但是时间同时也会使文学的现场感和鲜活性受到磨损与侵蚀，甚至时间本身也难逃意识形态的污染。此外，如果把一切交给时间，还有一个前提，那就是对后代的读者要有足够的信任，要相信他们能够完成对我们这个时代文学的经典化使命。但我们对后代的读者，其实是没有信心的。我们今天已经陷入了严重的阅读危机，我们怎么能寄希望后代人有更大的阅读热情呢？幻想后代的人用考古的方式对我们这个时代的文学进行经典命名，这现实吗？我不相信后人对我们身处时代"考古"式的阐释会比我们亲历的"经验"更可靠，也不相信，后人对我们身处时代文学的理解会比我们亲历者更准确。我觉得，一部被后代命名为"经典"的作品，在它所处的时代也一定会是被认可为"经典"的作品，我不相信，在当代默默无闻的作品在后代会被"考古"挖掘为"经典"。也许有人会举张爱玲、钱钟书、沈从文的例子，但我要说的是，他们的文学价值早在他们生活的时代就已被认可了，只不过很长时间由于意识形态的原因我们的文学史不谈及他们罢了。此外，在经典命名的问题上，我们还要回答的是当代作家究竟为谁写作的问题。当代作家是为同代人写作还是为后代人写作？幻想同代人不阅读、不接受的作品后代人会接受，这本身就是非常乌托邦的。更何况，当代作家所表现的经验以及对世界的认识，是当代人更能理解还是后代人更能理解？当然是当代人更能理解当代作家所表达的生活和经验，更能够产生共鸣。因此，从这个角度来说，当代人对一个时代经典的命名显然比后代人更重要。第二个层面,就是普通人、普通读者和权威的关系。理论上,我们都相信文学权威对一个时代文学经典命名的重要性,权威当然更有价值。但我们又不能够迷信文学权威。如果把一个时代文学经典的命名权仅仅交给几个权威,那也是非常危险的。这个危险表现在什么地方呢?就是几个人的错误会放大为整个时代的错误,几个人的偏见会放大为整个时代的偏见。我们有很多这样的文学史教训。在这个问题上,我们既要相信权威又不能迷信权威,我们要追求文学经典评价的民主化、民主性。对一个时代文学的判断应该是全体阅读者共同参与的民主化的过程,各种文学声音都应该能够有效地发出。这个时代的文学阅读,最理想的状态应该是一种互补性的阅读。为什么叫"互补性的阅读"?因为一个批评家再敬业,再劳动模范,一个人也读不过来所有的作品。举个例子:现在我们一年有5000部以上的长篇小说,一个批评家如果很敬业,每天在家读二十四小时,他能读多少部?一天读一部,一年也只能读三百部。但他一个人读不完,不等于我们整个时代的读者都读不完。这就需要互补性阅读。所有的读者互补性地读完所有作品。在所有作品都被阅读过的情况下,所有的声音都能发出来的情况下,各种声音的碰撞、妥协、对话,就会形成对这个时代文学比较客观、科学的判断。因此,文学的经典不是由某一个"权威"命名的,而是由一个时代所有的阅读者共同命名的,可以说,每一个阅读者都是一个命名者,他都有对经典进行命名的使命、责任和"权力"。而作为一个文学研究者或一个文学出版者,参与当代文学的进程,参与当代文学经典的筛选、淘洗和确立过程,更是一种义不容辞的责任和使命。说到底,"经典"是主观的,"经典"的确立是一个持续不断的"过程","经典"的价值是逐步呈现的,对于一部经典作品来说,它的当代认可、当代评价是不可或缺的。尽管这种认可和评价也许有偏颇,但是没有这种认可和评价,它就无法从浩如烟海的文本世界中突围而出,它就会永久地被埋没。从这个意义上说,在当代任何一部能够被阅读、谈论的文本都是幸运的,这是它变成"经典"的必要洗礼和必然路径。

总之,我们所提倡的"经典化"不是要简单地呈现一种结果,不是要简单地对一个时代的文学作品排座次,不是要武断地指出某部作品是"经典",某部作品不是"经典",不是要颁发一个"谁是经典"的荣誉证书,而是要进入一个发现文学价值、感受文学价值、呈现文学价值的过程。所谓"经典化"的"化"实际上就是文学价值影响人的精神生活的过程,就是通过文学阅读发现和呈现文学价值的过程。可以说,文学的经典化过程,既是一个历史化的过程,更是一个当代化的过程。文学的经典化时时刻刻都在进行着,它需要当代人的积极参与和实践。因此,哪怕你是一个对当代文学的虚无主义者,你可以不承认当代文学有经典,但只要你还承认有文学,你还需要和相信文学,还承认当代文学对人的精神生活具有影响力,你就不应该否定当代文学经典化的重要性。没有这个"经典化",当代文学就不会进入和影响当代人的生活,就失去了存在的意义。每一个人,哪怕你是权威,你也不能以自己的好恶剥夺他人阅读文学和享受文学的权利。

从这个意义上说,当代文学的经典化当然是一个真命题而不是一个伪命题。在一个资讯泛滥的时代,给读者以经典的指引是文学界、出版界共同的责任,而这也是我们编辑出版这套书的意义所在。

最后,感谢张明和张英先生为本套书付出的辛劳,感谢北京立丰天文化传播有限公司、北京金圣典文化有限公司的资金支持,感谢全体编委和北京联合出版公司各位编辑,感谢所有对本套丛书的出版给予大力支持的作家和他们的家人。

是为序。

吴义勤

2022年冬于北京

目 录
Contents

自　序＿＿1

锄　禾＿＿3

古老峪＿＿11

选　贼＿＿20

眼　石＿＿24

看　山＿＿31

合　坟＿＿37

假　婚＿＿46

秋　语＿＿54

送　葬____61

同　行____69

送家亲____77

驮　炭____85

"喝水——！"____92

篝　火____100

好　汉____107

北京有个金太阳____115

黑　白____144

青石涧____175

二龙戏珠____206

天上有块云____256

生命的报偿（后记）____261

自　序

　　"中国是什么？中国是一个成熟得太久了的秋天。"数年前的一个晚上，我把这句话写在日记上。写完了，盯着它半晌无语，眼里浮上来的都是吕梁山苍老疲惫的面孔……从十八岁到二十四岁，我曾把六年多的黄金岁月变成汗水，淌在那些苍老疲惫的皱纹里。我没想到这些汗水有一天会变成小说，我没想到我竟会如此久远地生活在那六年之中，我没想到对那六年生命意义的思考，对那六年生命过程的重复和延伸，竟又变成我的事业，变成我的第二生命。深陷在这第二条生命中的我已是不能自拔了，即便是看透了它的软弱和无用，深解了它的虚幻和诱惑，也还是不能自拔了。我知道，此生所余的汗水是注定要涂满在这些软弱和无用、虚幻和诱惑上面的。涂满了便又会觉得陌生，觉得深深的失落。于是，又伸出干涩的舌，如一头情深的老牛，一口一口地去舔，企望着从那软弱和无用、虚幻和诱惑的下面舔出一个鲜活而又真实的生命来……多少次了，当把这件事做到底的时候，眼里看见的总是这个成熟得太久了的秋天，冰冷、苍老、疲惫，尘垢满身。无端的，便想把那乏力的太阳挪得亲近些，可又知道这是绝不可能的，那太阳分明是远去了……于是，汗水顿然化做了泪水；于是，便又把这泪水再涂上去；于是，在深重的绝望中就会有深重的幸福相伴生……记不得是谁说的了，作家、艺术家都是些精神和情感的软弱者，当他们面对着一个成熟得太久的秋天的时候就更是。因为在这个太久的秋天里，每一个人都毫无例外地注定了是这片秋色中的一部分，也是这苍老、疲惫的一部分，即便有满腔热血涂洒在地，泅染出来的也还是一片触目的秋红……

有时，我想，你这是自找的，你完全可以不必如此，你这样只能说明你迂阔和无用，你可以去幽默、去轻松、去把一切都玩得"很油"。可我又看见幽默和轻松连同它们的"很油"，被秋风横扫着落进遍地的枯黄之中。

"天地不仁，以万物为刍狗。圣人不仁，以百姓为刍狗。"这些话，我是后来才领会的。可腔膛里的热血们却又逼着，不让我相信这冷冰冰的自欺。血们在心里吵嚷着：你不能相信这自欺，我们给了你绝望的时候，不也给了你幸福吗？我嘲讽它们：怎么，你们也想拿这绝望的幸福来骗我？它们顿时语塞……接着它们哭了：不错，若说欺骗，这也是欺骗。可这欺骗是属于你的，它带着你的一切，带着你的欢乐和幸福，带着你的痛苦和绝望，带着你的青春和衰老，它甚至带着你的体温。它纯粹是你的，独属于你自己的，它是用你的骨肉所造就的，它是你的过程，它是你的生命……有了这一切难道还不够吗？还不够给你的补偿吗？你难道竟是这样贪心？它们说，它们哭。于是，我也说，我也哭：

我相信，我相信，我真的相信，我宁要这绝望的欺骗！

1988 年 4 月 7 日下午，疾草于家中

锄　禾

裤裆里真热！

裤裆不是裤裆，是地，窝在东山凹里，涧河在这儿一拐就拐出个裤裆来。现在，全村老少都憋在这儿锄玉茭。没风，没云，只有红楞楞的火盆当头悬着。还有汗，顺着脊梁沟一直流到屁股上。人受罪，可地是好地。老以前，裤裆是邸家的聚宝盆，邸家的祖坟就在山根下安着，有碑，有字；土改的时候，按户头分了十三股；后来又合在一起归了社——裤裆还是裤裆，地还是好地。

锄玉茭讲究锄到堆儿圆，土堆足了，玉茭的根才能坐住，根深苗壮才有好收成。老以前，锄玉茭邸家给吃压饸饹，山药蛋熬粉条子，管够。现在没有饸饹，也没有粉条子，只有队长豹子样的吼骂。工夫长了，骨头里总还有些没有榨干的汗水要找个去处，男人们退上几步，侧侧身，解开腰带，一股焦黄的水泛着白沫，在两腿之间刷刷地射进土里。听见响声，婆姨们不用回避，只要不抬头。锄板在坚实的土块上碰出些闷重的响声，汗珠落下来，在黄土上泅出个小小的圆印儿，接着，又被锄板翻起来的新土盖住。烈日下的男男女女们错落成一道长长的散兵线，每人一垄，一垄两行，各自管着各自的营生绝不会有错。没人说话，裤裆里只有十几片锄板和土地的碰撞声。好闷热。

冷丁，黑胡子老汉直起腰来，抹抹嘴角上结成痂的白沫。看见的人知道，老汉是要唱。果然，老树皮一样的脖子上，青筋鼓了起来：

上朝来王选我贤良方正，
又封我大理院位列九卿，
当殿上领旨意王命甚重，
理民事还要我垂询下情。

唱到半腰忽就打住，攥住拳心啐了一口，嘴里涩涩的，只有几个唾星挣扎到了手上。有人在背后鼓舞着：

"好戏文！再唱么！"

老人并不理会，管自弯下腰去，把众人和裤裆重又抛进闷热与沉寂中。

"我说，咱毛主席现在是住的金銮殿吧？"

学生娃抬起头，眉梢上挂着的汗珠滑进了眼眶，左眼被炙得火辣辣的。是黑胡子老汉在问。

"不住。金銮殿现在是博物馆，谁都能进。"

"不住金銮殿，打了天下为了甚？"

"为推翻三座大山。"

"三座山？……"

老汉疑惑地环视着眼前连绵的群山，又看看那正揉眼睛的北京城

里来的后生,不问了。吩咐道:

"不用揉,挤住眼窝停一阵儿就不疼了。"

散兵线上,有人放下锄板向山根的隐蔽处走去,一前一后,是两个女人,前边红布衫,后边蓝布衫;眼看走到地边了,队长吼骂起来:

"活计苦重了就都耍开奸滑了!咋,没有饸饹吃就他娘不锄地啦?把你脸皮子薄的,把你那屁股值钱的,等着吧,队里给你在裤裆里盖茅房!"

红布衫摇摇摆摆隐没在山根下了。蓝布衫却捂着脸退了回来。沉闷的玉茭地里漾起一阵开心的笑声来——狗日的,真会骂。

"我说,你们在北京天天都能见着他吧?"

学生娃又抬起头来,眉梢上的汗珠又滑进了眼眶,这一次是右眼。他记着刚才的吩咐,没有揉,闭起眼睛,白炽的阳光消失了,眼前一片混沌的暗红色。

"谁?"

"毛主席呗。"

火辣辣的疼痛还没有过去,学生娃依旧闭着眼:

"根本见不着。"

"鬼说吧,他就能不上供销社买盒烟抽啦?这娃……"

待到睁开眼,黑胡子老汉已经调转过身子,扔过一个怒冲冲的背影。学生娃有些为难,他确实搞不清楚毛主席抽烟的来路。

山根底下,红布衫悠悠地晃了出来,看看走得近了,队长骂道:

"你个日的还知道出来?我还说扎个轿子抬你去哩,你那屁股底下绑上尿盔子多省事,老邸家少奶奶也不能比你会享福!"

一面骂着,锄杆一摆,把红布衫垅里的玉茭带上了一行。锃亮的锄板在黄土里鱼儿戏水般地翻飞着,草根在锋利的锄刃下咯咯地斩断开来，没说的，果然是锄到堆儿圆——队长如今是全村的人尖儿。

听到吼骂红布衫不恼，拢拢头发笑起来，笑又不出声，只把嘴角抿着，待走到人多处，昂脸回敬道：

"早晚叫你驴下的烂了嘴！"

众人又笑起来。队长为人凶悍，外号叫豹子。如今在全村能这么解气地骂队长的人只有她。不过队长骂惯了，听的人也听惯了，若隔了三五日听不见反倒闷气。听到回敬，队长不动气，锄板反倒挥舞得更快了。盯着红布衫入了垅，他便竖起锄杆来，等着红布衫挪到近处，队长朝她侧过身子解开了腰带，叉定双腿响响地干咳一声。红布衫不知有诈，猛抬头，冷不丁地看见黑乎乎的一团在眼前一闪，忙不迭地低下头去，口中千祖宗万祖宗地咒起来。队长不发话，只管涎着脸嘿嘿地笑。

一只红嘴鸦飞进炎热中来，漆黑的翅膀一闪一闪，失魂落魄地"呀"出一声。

"我说，听过《封神演义》的书没？"

鉴于刚才的经验，学生娃不敢回答是，也不敢回答不是，口中只"唔唔"了几下。

"那里头有个妲己，女人当朝坏天下。咋毛主席也叫他婆姨当了朝呢？忙得顾不上？"

学生娃有些慌乱："您不能这么说，这可是政治问题。"

"毬！千年的朝政一个理，他咋就叫婆姨当了朝？没听过《封神演义》？"

学生娃把嘴和眼都朝着黄土低下去。

那只刚刚飞过的红嘴鸦忽然丧失了信心，复又折返来，几经盘旋，愤然朝那当头的火盆撞去，接着，又绝望地"呀"出一声。

骂着，笑着，锄着，锄一行的女人赶上了锄三行的男人——就等的是这一会儿。男人头也不回，面朝黄土朝身后甩过一句话：

"假门三道的，你看的回数还少。"

即刻，又招来一阵活驴野狗的咒骂，骂得男人心里熨熨帖帖的。骂够了，也笑够了，队长停下锄头正色道：

"哎，刚才下地来，我在河滩里看了你家的洋白菜苗，蔫蔫的，怕是不行了。"

"真个？"

"不信拉倒。"

红布衫摔下锄把咒道："那死鬼，一天就知道在窑上挣那两个卖命钱，家里的事啥也是帮不上手！"

"淡话。那票子叫他白挣？"

红布衫不待多言，车身便走。队长在后边招呼：

"哎哎哎，慌的要咋？"

"哎你娘的脚！到秋后吃不上菜，队里给一斤给一两？"

看着红布衫隐没在地塄下边，队长又一阵笑，随即转回身把手一抡：

"抽一袋！"

接着又吩咐道："年轻些儿的，都给我上东山根给马号薅青草去，不计多少，去就给一分工。老汉们就政治学习吧，半分工。学生娃，你还是给咱们'天天读'。"

说着从衣兜里抽出个皱皱巴巴的报纸卷来，在掌心里拍了拍："旧的，将就着用吧。前日邮差送来的新的叫屋里的给剪了鞋样子啦，女人家毬也不懂！正合适，这张旧的上边有毛主席专给你们学生娃开的那条语录，呐，好好念，一分工！我给咱到河滩地看看山药该锄了么。"

学生娃从队长手里接过那个旧纸筒筒,弄不大明白为什么新报纸总是被剪了鞋样子或是糊了墙;也弄不大明白,既是专门"开"给学生娃的语录,为什么总要由他这学生娃念给众人听。可是有那一分工管着,他还是要念:

"知识青年到农村去……"

"算毬了吧,你也歇歇嘴。"

看见队长走下地塄了,黑胡子老汉终止了地头上的"天天读",把那只粗大的黄铜烟嘴杵进干瘪的嘴唇里,又呜呜噜噜地骂着:

"狗日的,拿圣旨管人哩!"

地头上只有这一棵红果树,树老了,叶子稀稀的,身下的阴凉也是稀稀的。一只黄铜嘴烟袋在三个老汉嘴里转了三圈。小肚子胀鼓鼓的,那些没榨干的汗水聚起来在找出路,学生娃眯着眼睛站起来,走到下风处拍拍屁股,荡起一阵黄尘,朝地塄下边走过去。

"我说,你别去。"

学生娃没听见,眨眼在地塄边儿失了踪影。有只蝉在红果树上聒噪,头顶的火盆更旺实了。树底下蜷缩的老汉们活像是卧地的羊群。

学生娃在地塄下边回过头,不行,东山根上薅草的人历历在目,男女可辨,索性掉转头朝河滩的茅柳丛走过去。走到近前才要方便,猛听见有人声,且那声音有些个异样:

"你个牲口,家里不够还跑到野天荒地来……招呼叫人看见。"

"看见也是白搭,他谁敢掐我的花儿?"

"活祖宗……"

"活着哩……"

又是一阵叫人心跳的响动,密丛丛的茅柳晃动起来……没风,没云，只有红楞楞的火盆当头悬着；还有汗，顺着脊梁沟一直流到屁股上。学生娃直发傻，耳边如雷一般轰鸣着蝉声。

柳丛的那一侧大约是有了缓解：

"你个日的不要光图了个人痛快！"

"放毯心吧，既当家就管事。今冬天队里的救济粮、救济款要闹不回来，我再不登你的门！"

太阳穴在一下一下地跳，小肚子也在一下一下地跳，越聚越多的水们依旧在拼命找出路。学生娃匆匆逃了回来。红果树稀疏的阴影下，"羊群"们依旧倦倦地卧着。学生娃慌乱得难以措辞：

"大爷！大爷！我……"

黑胡子老汉猛一侧身，又甩过一个怒冲冲的背影，老树皮一样的脖子上骤然又暴起了青筋：

> 我公爹今晨寿诞期，
> 文武百官俱临莅。
> 数不清香车宝马到府第，
> 听不尽笙箫笛管闹晨曦……

"好戏文！"

身旁又有人鼓舞。

红楞楞的火盆下晃着一个人和一个疑惑的黑影，肚子里的水们愤怒地冲向出路，学生娃慌不择路地朝东山根跑过去。薅草的人们正纷纷返回来。不知怎的，就跑到了老邸家的祖坟跟前，半人高的石碑掩在茅草里，阴森森的。

猛地，背后传来队长豹子一样的吼骂声：

"狗日的们,一分工的便宜就占不完啦?动弹喽,快动弹!"

学生娃慌张地解开扣子,仄身在石碑前,一边又扭头朝背后慌慌地打量着,热辣辣的水喷涌而出,被焦黄的液体打湿了的墓碑上显出一行字迹来:

大清乾隆陆拾岁次己卯柒月吉日立

阳光下深深的刻痕,仿佛是刚刚凿出来的。

没风,没云,红楞楞的火盆一眨眼就把字迹烤没了。

古老峪

他睡不着。一连三天了都睡不着。

从酸菜缸里溢出来的那股刺鼻的酸臭味儿,一缕一缕地朝鼻孔里钻。头顶前,离炕沿三尺远,横担着一根被鸡屎染花了的树棍,树棍上鸡们照着祖先的模样在睡觉,蜷缩着身子,羽毛蓬松起来,尖尖的嘴插在羽翼中,也许是有悠远古老的梦闯了进来,它们时不时呻吟似的叽叽咕咕地发着梦呓。灶炕边那只小猪睡得太深沉,常常就舒服得哼出声来。窗户纸上有个小洞,冷气一阵阵地拂过鼻尖和额头。身边的汉子浑重地打着呼噜,炕皮儿有点微微地颤。凭着直感,他知道,隔着汉子,在炕的那一端,她也没有睡,不知是怕,还是在等。他还知道,再过一会儿,汉子就会爬起来,拎过炕头上那个其大无比的砂盔,响响地尿上一阵。然后就摸索着套上衣服,披上羊皮袄,提着马灯去给牲口们添草。随着窑门咣当一声响,漆黑的土窑洞里,烤人的土炕上,就只留下他和她。而且,他知道本地的习俗,按照这习俗,土炕的那一端，污黑的被子里裹着的是一个一丝不挂的身子。一想到这儿，他就羞愧难容，可是，一连三天了，他总是想到这儿……

三天前，工作队长分派任务的时候拍拍他的肩膀：

"小李，古老峪除了土改的时候去过工作队，这二十多年没人去，你去。给他们念念文件就回来，三天。对啦，临走前选个先进个人报上来。"

他打好背包，收拾了洗漱用具，而后翻遍大队部的土窑，只找到一本掉了书皮的《新华字典》，空荡荡的心里不由得一阵怅然，呆呆地立了一刻，也只好把《新华字典》装进怅然中一起带上路。

黑暗中，炕的那一端传来一阵轻微的响声，她在翻身，这响声是那赤裸的身子和粗劣的布们摩擦出来的。他也翻了一下身，把脸和身子正对着窗户，把后背朝着黑暗中的那一端。冷风迎面吹拂到脸上。他抗拒着羞愧，抗拒着引起羞愧的强烈的想象。他是工作队员，他到这里来的任务是宣读文件，鼓励农民"改天换地""大干快上"的，可现在在胸膛里倒海翻江一般奔涌着的，都是些与此极不相称的东西。远处，响起拖拖沓沓的脚步声，这下好了，借助于外力，他终于从迷乱中挣扎出来，仿佛解脱了似的一阵轻松。接着，门又一响，涌进一股逼人的寒气。接着，汉子又摸索到炕上来，熄了马灯，只一会儿，炕皮儿就又微微地在打颤。再过一会儿，三尺开外横担的树棍上，那只白羽红冠的雄鸡便勾举着脖颈洪亮地唱起来。唱一遍；然后，再唱一遍；再然后，还唱一遍。窗纸上就蒙上一层灰白的光影。熬到这个时辰，他才昏昏沉沉地睡去。等到睁开眼时天已大亮。炕上空荡荡的，主人们的被子已叠好靠在炕脚。

一连三天，天天如此。

热水就在灶火上温着，是她烧的。灶口上一枝尚未烧尽的柴兀自支撑着，还在冒出些断断续续的火苗来。掀开锅盖，等白腾腾的水汽飘过后，结了一点水碱的锅底上露出四个又大又白的鸡蛋来。这是她特意煮的。他有点惊讶，前两天是两个可今天却翻了一倍。舀出水洗了脸，漱了口，再把鸡蛋取出来仔细地剥去皮，玉石般晶莹的蛋白颤巍巍的，咬一口，很香。每天这特殊的待遇叫他很惶恐。可是又必须得吃，不吃就会招致许多的埋怨和推让，那埋怨和推让就更叫他惶恐。他有点舍不得一下子就把它们吃完，一小口、一小口地咬，似乎是在品味着一个什么故事。今天就该走了，可他却隐隐地觉出来她不大愿意，她好像有些个不舍，要不，为什么又多煮了两个鸡蛋呢？三天来他还隐隐觉得这土窑里的父女俩之间一直有种紧绷绷的气氛，似乎有件什么事情因为他的到来而暂时中止了。这事情显然是主人不愿叫外人知晓的。

洗了脸，吃了鸡蛋，他靠在自己的被垛上，随手又打开了那本没有书皮的《新华字典》，一行一行地看下去：涟，水面被风吹起的波纹。莲，多年生草本植物，生浅水中，叶子大而圆叫荷叶，花有粉红、白色两种……鲢，鲢鱼，头小鳞细，腹部色白，体侧扁，肉可以吃。奁，女子梳妆用的镜匣。妆奁，嫁妆，陪嫁，陪送，旧时女子出嫁从母家带去的衣服用具等……

窗外不远处，传来连枷打在豆秧上的闷响。来到古老峪的第一个早上，他到场院上去过，因为记着"同吃、同住、同劳动"的纪律，手中的连枷挥打得分外卖力。可只干了一会，身子刚刚发热，当队长的汉子就派下来另外的活。

"老李，你跟上咱女子把这边打完的豆秧抱一捆送到马号去，再带上些回去生火吧，招呼炕凉。"

周围的人们都很谦恭地围望着。放下连枷他才发现，身后站着一个空了手的男人，正把两只粗大的手举到嘴前呲呲地哈着，厚厚的嘴唇里喷出长长的一条白气。他猛然就觉得很不好意思起来，对自己刚才那一阵热情而奔放的劳动尤其愧悔。因为他停了手，周围的人们也都停了手，很木讷又很谦恭地在等什么。内中一位老人呵呵地笑道：

"老李真是能行呢，劲大，呵呵，劲大！"

众人也都附和着，都说"劲大"，可又都分明还是在等。他一下子明白过来：大家在等着他离开。脸一下子涨红了，本来还想再干一会儿的决心顿时飘得空荡荡的。得了父命的女儿搂起一大抱豆秧来，在一旁轻声地催促：

"老李，咱走！"

他赶忙抱起豆秧遮住脸。刚刚走出不远，他就听见背后的场院上一阵阵的笑骂和连枷爽利的敲打声。有只豆荚扎到了脸上，很疼。

回到土窑里，当炕头上的灶火呼呼地蹿起来的时候，她微笑着问他：

"能住惯不？"

"能。"

她抿嘴忍住笑："能住惯，昨夜里那是咋啦？"

他脸又红了，答不上来。

猛地，她将一只手掌反转来堵到嘴上，两腮间升起一片桃红。

来到古老峪的第一天夜里，他跟着队长回到家里，队长指着土炕说：

"就在我这儿歇吧。"

他不由一愣，因为灶台前呼闪着的火光里分明站着十八九岁的她。看他发愣，队长又解释：

"全村就这六户人，到处都是老婆孩子一大堆，就我这还能挤下。"

他不好再说什么,只好"挤"下来了。"同吃、同住"是对工作队员最基本的要求。但到了晚上该脱衣睡觉时,他还是有些不自然,油灯在炕头上的灯座里幽幽地晃着,晃得心里总有些忐忑。可是队长却率先坐在被窝里,先脱了棉衣,露出污垢遍布的坚实的身子,接着,褪下棉裤又露出半截厚墩墩的屁股,而后从被窝里抽出棉裤来,一面又吩咐:

"老李,咱们先睡。"

他只好硬起头皮也脱,但却小心地留下了秋衣秋裤。等着他钻进被窝,队长伸出蒲扇般的大手朝灯座上那幽幽的火苗一扇,灭了,又吩咐:

"你也睡!"

语气中分明带了些愤懑。黑暗中,炕的那一端服从着,传过来一阵窸窸窣窣的脱衣声,他直觉得羞愧难当,就从那一刻睡不着了。可是熬到半夜里,尿却把他从被窝里逼了出来,听见响动,汉子问道:

"老李,炕凉?"

"不。上厕所。"

"给。"

随着一声钝响,那只大砂盆被递了过来。他慌忙推让着:

"不用,不用!我出去,我出去!"

"出去看受了风。不怕啥,黑灯瞎火的谁也看不见。"

他还是满心羞愧地跑了出去,那一刻,总是觉得黑暗处闪着一双眼睛。她问的就是这件事,笑的也是这件事,可率直的眼睛里黑亮亮的看不出半丝的杂念来。他喜欢这双眼睛。

三天来,每天晚上他给大家念文件的时候,就是这双黑亮亮的眼睛从头到尾,目不转睛地盯在他脸上。有一次,文件念到一半,有一

个字的发音忘记了,他随手打开字典查阅了一下,又接着读下去。第二天,她惊异地指着那残破的书满怀敬意地问道:

"这书咋恁有用,啥字都有?"

"差不多。"

"这字咋写?"

她敲敲灶火上扣着的鏊子。他查出来指点给她看:

"这不,'鏊',一种铁制的烙饼的器具,平面圆形。"

"呀——呀!"

她五体投地地赞叹着,粗糙的手拿过字典。离得很近,空身穿的对襟棉袄的扣袢之间,一条白白的肌肤忽隐忽现。他忽然建议道:

"你给当咱们古老峪的先进吧!"

"我不。"

"为什么?"

"我才不先进哩。"

"我看这三天就数你听得认真。"

"听啥。"

"念文件呀。"

她抿嘴笑了:"我啥也听不懂,我是看你念得好看。"

他不由得升起一阵悲哀来。

她把字典还过去:"你们公家人都好看,看这手细的,像是戏上的人。"

悲哀中又揉进些难言的惭愧,他急忙别过脸去。

"爱巧就嫁给你们公家人了,在煤窑上。"

"爱巧是谁?"

"住东头,在公社念过一年完小,去年结的婚。"

为了从窘状之中挣出来，他改了话题："两三天都没听见你和你爸爸说话，跟他生气啦？"

她低下头去，再不说了，灶口上的火光一闪一闪的。

场院上连枷还在响，单调、枯燥，他放下也是同样单调枯燥的字典，从书包里取出那份已经复写好的总结材料来。封面上写着："古老峪农村三大革命运动总结"。已经想好了，自己拿一份，这一份留给队长。

兀自支撑在灶口上的那枝柴终于烧断了，一阵塌折的微响之后，落进灶炕中的残柴又冒起一股火，把锅底剩下的一点水烧得呻吟起来。

场院上连枷的声音停了，过了一会传过渐近的脚步和人声。愈走近那人声似乎愈急切：

"人家哪不好？你凭啥不应承？"

"他坏，他撕拽我，还摸我！"

"撕拽就咋啦？摸就咋啦？还不是早晚的事？你往后还得躺到炕上给人家生儿哩！"

"他是牲口！"

"你才是牲口！你不嫁能守我一辈子？你知道村里都说啥？都说我留着你是自己用哩，牲口，你不把我逼得见了你妈就不算完？"

争吵突然停顿了。她一定哭了，他想。

可是等到父女俩走进土窑的时候，两个人的脸上都是那么平静，平静得叫人感到木然。父亲放下手中掐着的一蓬豆秧，周身拍打着，脸上又堆出往日的笑容问：

"老李，等得肚饥了吧？"

他忐忑不安地应着，心里生出来许多的愧疚，本想问问父女俩吵些什么，可看见主人脸上那做出来的笑容，就又把话吞了下去——那

17

笑脸分明是一张厚厚的盾牌。他忽然就感到自己在这土窑里的多余和无用。

冬天是两顿饭,本来吃完前晌饭他就该走了,可不知为什么就耽搁了下来,只觉得还想做些什么,可又什么也没做,一直等到日压西山的时分,他才背上行李走出了窑洞。走的时候她不在,不知去了哪。队长说了几句炕不热,饭食不好的客套,而后又把那份总结还给他:

"老李,这营生还是你留着吧,搞运动啥的都是公家的事情,咱留下这没啥用。"

他笑笑,接了过来。

沿着那条斜长的土路他登上沟顶,一道坦平的土垣豁然在眼前舒展开来。暮色中,冬日荒寂的土垣上没有一丝声响,满目皆是一种闷钝的空旷。西坠的太阳被云层裹住,正在烧出一派金红来。忽然,他看见她了,路口上放了一副水桶,扁担横放在两只水桶上,她正坐在担子上静静地等。他急走到近前去。

"你走呀?"

"嗯。"

"不来了吧?"

"嗯。"

"你走晚了,得赶夜道。"

"不怕,有手电。"

"我回呀。"

说着,她把水桶担了起来。

"你还是当了先进吧!"

他几乎是抢着在说。

"我不。"

"当吧，这次当了先进能到县里开三天会！"

"真个？"

"嗯。"

"你也去？"

"嗯。"他说谎了，特别想说。

"我当！我还没去过县上哩。"

她挪挪扁担，满足地微笑起来：

"我回呀。"

随着步子，扁担钩在水桶的梁撑上发出吱吱的尖响。

辉煌的夕阳从烧毁了的云海中掉了出来，刹那间，干旱贫瘠的土垣被它幻化成一派壮丽的辉煌：黑幽幽的窑洞，残缺的围栅，破烂的窗棂上挂着的满是尘土的辣椒串，场院上的谷草垛，道路上星散的牲畜的粪便，院子里啄食的邋遢的鸡群，石槽前奔忙的肮脏的小猪，家门前怀抱婴儿的衣衫褴褛的妇人，垣头上凄凉地举着枯瘦的手臂的荒棘，顿时都被染上一层灿烂的金光，一切都面目全非，一切都熠熠生辉，一切都在这一刻派生出无限的生机来，显得有如童话般的富丽堂皇……

在这幻化的辉煌之中走着她，水正从桶里溢出来，于是在均匀的颤动中，流金溢彩般地，有火焰沿着桶壁燃烧起来。

仿佛被这火灼痛了眼睛，他急忙转过了脸。

选　贼

"行了,选吧!"

队长敲惊堂木一般,把手中的青石片在碾砣上啪地敲了一下,而后又把一条腿高高地举起来,朝碾盘上很有气势地一踏。

天太热,热得人迷迷糊糊的。老檀树底下的村民们一个个愣怔着脸,全都糗在那不吭气。队长发火了:

"日他老先人!不是嫌我太霸道?给了你们民主又不动弹,咋?还得叫我替你们民主?县官大老爷也不能有这么大的派头。选!今天不把这偷麦的贼选出来,咱的场就不打了,今年的麦子就不收了,过大年全都啃窝窝!快些,快些,各人选各人的,不许商量!"

还是没人吭气,还是全都愣怔着脸,这件事情委实有些难办。

昨天夜里是队长值班看场,清早起来一查,装好袋的麦子丢了一袋。叫来会计、保管再查,还是丢了一袋。队长操起祖宗来,发誓要把盗贼捉拿归案。查来访去,线索只有一条——麦子丢了一袋。众人帮着分析：第一，不是婆姨偷的，一百多斤婆姨扛不动。第二，不是六个北京来的学生娃偷的，学生娃都住在刚盖的集体宿舍里，偷了没处放。第三，不是队长偷的，队长看场。看来就是贼偷的。可贼偷是为个人享用，不会自告奋勇来投案，可恶。可恶却又不露马脚，无奈。众人越宽心，队长就越是把祖宗操个不停。他觉得尊严受辱，这个偷麦的人专挑这一晚不是为偷麦，是为要他队长的好看。直气得队长眼冒金星，看着人人脸上都写了个贼字。一气之下他把村民们召集起来，发动群众选举破案：婆姨们没有选举权，揽着娃娃挤在犄角里看热闹；学生们也不选，准备好了纸和笔，只等着有谁想好了结果，走过来趴在耳朵上说一声就记下一票——只记被选举人。

可是，天太热，热得人迷迷糊糊的，挤在阴凉底下的男人们全都热得发傻。看看骂不动，队长把紧绷绷的脸松下来：

"不怕，民主选举么，想选谁选谁。你看着谁像是偷麦的就选谁。"而后一拍胸脯，"选我也行！选出来也不定准就是贼，咱们选的是线索。选吧，选吧，从你这儿开始！"

队长的指头戳点着离碾盘最近的那个人。指到脸上了不能不动，那糨成一团的人群开始出现了第一个缺口，接着第二个，接着第三个……有只花尾巴喜鹊落到檀树上，叽叽喳喳地叫起来，着着急急的，仿佛也想飞下来凑一票。

选民们一本正经，一个个凑到耳朵上去嘴唇动动，然后又神态庄重地退回原地。选举进行得十分顺利，十四张选票，无人弃权。学生们笑笑，把选票交给队长，队长的眉毛顿时拧了起来：

"好哇，狗日们，你们就这么恨我？这么多年我就算是白给你们干啦？全都选我，我真想吃麦用着上场里偷去？狗日的们，知人知面不知心哇。我，我全都操你们的祖宗！全都操！我不干了，这个烂队长谁想当谁当,到年下谁有本事谁上公社争救济款、救济粮去,看有谁门儿么?看能闹回一分钱来么?狗日的们,喝西北风去吧!"

一甩手,队长退出选举,走了。

选民们又愣怔怔地糗成一团了:

"把他家日的呢,谁想就能这么齐心,哎——"

不知是谁绷不住弦了,扑哧一声笑出来,老檀树底下顿时哗啦啦地笑成一片,眼泪淌下来了,肚皮直抽筋,男人女人全都东倒西歪,好像是有股旋风在麦田里搅。

笑够了,有人发起愁来:

"他要真不干,今后晌当下就没有人喊工派活,弄不好真要把麦子耽误了。"

"人无头不走,鸟无头不飞。村里没有头儿了,没个人管这还能行?"

学生们不知深浅:

"他实在不干咱们就再改选一个呗!"

"选谁?选你?到年下你能给队里弄回来救济粮、救济款么?"

老檀树底下的村民们从刚才的幽默中清醒过来:眼下的麦子,年底的救济,衣食性命岂是可以开玩笑的?刚才那一场确实闹得有些过头了。于是,笑容退净了的脸上,愣怔怔地添上许多惶恐。女人堆里传出叽叽喳喳的埋怨来:

"尽是胡闹哩,这回惹下了,看你们咋呀?"

"有本事闹,就有本事收场,你们自己当队长吧!"

"一袋麦子,丢就丢啦,吃就吃啦,值得为这得罪人?"

天太热,热得人迷迷糊糊的。男人们自知惹了祸,嘻嘻地露出些白牙,可那露出来的白牙却掩不住越聚越多的惶恐。谁也想不出今天

怎么收场。队长不在,老檀树下面顿时留下一片填不满的空白。毒毒的太阳底下,人们从惶恐中又生出些怨恨来:

"这个东西,你偷就偷吧,非得等他看场才下手?"

"这杂种是成心坏大家的事情哩,逮住不能饶他!"

"让狗日的吃了麦子烂肠子,烂成一节一节的!"

"查出来捣烂个龟孙!"

"搜,挨家挨户搜,就不信找不见那条口袋!"

可是,不管多么激动,不管多么义愤,撇下了村民的队长并不见回来。队长不回来,人们只有惶惶地在老檀树的阴影里悬着。

有人建议:

"还是推举个人去家里叫吧。"

谁去?

义愤平息了的人群又糨成团了——漏子是大家捅的,该让谁一个人去顶杠子?去了能有好话?少说也得把十八辈的祖宗给人家预备下。

"大家的事情大家去吧!"

人群挪动起来。又有人补充道:

"婆姨们在前头,婆姨家好说话,拉拉扯扯的面子上就混过去了。"

"对,婆姨们走前头!"

人们黑油油的脸上又有些白牙露出来,糨成团的人群终于活动起来。随着一阵从屁股上荡起来的灰尘,全体村民,女人在前,男人殿后,从老檀树下哩哩啦啦走到灼人的阳光里去。一眨眼,留下了空荡荡的一片阴影,和几个不知所措的学生。

有一只大胆的公鸡,自信地跳到碾盘上来,一啄一啄地在碾盘的裂缝中叼起些陈年的米面,而后抖擞着华丽的羽冠,勾举脖颈,旁若无人地唱起来,那神态,那气度,颇有几分领袖的风采。

眼　石

盯着，盯着，那紧绷在后脑勺上的红花手巾呼地蹿了起来，像火苗子舔了心尖，绞得人倒吸冷气。脑壳里装了面大铜锣，有人敲，咣——，金星四迸，大朵的红花就漫成了满天的红雾……

"我日死你一万辈儿的祖宗！"

有水从那红雾中涌出来，流进嘴角里，咸。

绕在腕子上的闸绳猛一拽，一个趔趄，接着扑通一声，他像个装满了袋的毛褡跌在坚硬的山路上，反穿的羊皮袄裹着身子，肮脏的黑羊毛一阵乱颤，活像是拖着一条死牲口。大车里，坐在石灰堆上的女人失魂落魄地惊叫起来：

"娃他爸！娃他爸！"

大大小小的石头刀割斧锯一般从身子下边划过去：

"日你妈，拖死吧，拖死了干净！"

这念头只一闪，全身的肌肉就都拉紧了，腿一弓，身子也跟着拱起来。可是大车下滑得太快,挣扎不过,人又被拉成一条直线,满是尘埃的黑羊毛复又触目惊心地乱摇做一团。两只方口鞋一前一后地滚落在路旁。

惊乱之中,在前边摇鞭子的车把式扳住手闸,猛勒缰绳,一阵狂呼乱喊,好不容易才把大车停在了半坡。辕骡口吐白沫,两条后腿在腹下弓曲着,用整个身子抵抗着冲下来的重载。车把式怒不可遏地勒着缰绳,扭头向后边拉闸的副手喷过一阵臭骂:

"我日死你妈!你个日的敢是没拉过闸?这种路上失闪了是耍笑的?这车上坐的不是你老婆孩子?把你家日的呢,撞鬼啦!"

地上的那一团黑毛蠕动着站起来又退回去穿好鞋,一声不吭地回到岗位上挽紧闸绳。车把式呵斥着:

"拉住!"

一面松开手闸,放缓缰绳,鞭梢在辕骡眼前虚晃一下,悦声道:

"走吧,红骡子。"

大车又晃动起来,胶轮碾上一块路旁突进来的锐利的石角,咯嘣一声闷响,接着,轰然落地的车上荡下一股呛人的白烟。随着响声车把式心疼地和他的胶轱辘对应着:

"哟哟——,我的胶子咃!"

紧绷在后脑勺上的花手巾又晃了起来,眼睛里只有那些跳动着的红块和一条白晃晃的山道。

随着山路的蜿蜒盘绕,一道令人目眩的绝壁或左或右尾随而进。绝壁下的涧河翻滚着白浪,可传上来的声音却是远远的,似乎隔着什么。车把式心太狠,车装得太满,使了围板还又冒了尖儿,尖儿上苫块破毛褯,毛褯上玄玄乎乎晃着个穿花衫的媳妇,媳妇怀里抱着叼奶头的娃娃,车一晃,紧巴巴的衫子下边就会露出白嫩嫩的肚皮来。可昨天夜里，这肚皮叫别人揉搓过了……

"我日死你一万辈儿的祖宗！全成了假的，全成了假的……一万辈儿的祖宗！"

脑壳里的大铜锣又在敲，咣——！眼前的雾又升了起来。手里没杆枪，要是有枪，那个紧绷绷的花脑勺早就碎了！

"假的！一万辈儿的祖宗！"

车尖儿上晃着那惊恐万状的女人，看着丈夫满脸阴森森的杀机，她觉得末日到了，一阵阵的寒气从心底里升上来，手足无措之中，她只能愈来愈紧地搂住儿子——这个用末日换来的儿子。早知他今天这个样，昨晚宁可拼死也不干。男人家都是牲口！

他觉得身上在哆嗦，好像是冷，眼前的雾退下去，又显出来那个紧绷着花手巾的后脑勺。昨天晚上，在城东关大车店那间小屋里，狗日的就是兜的这块花手巾……

喝了酒，两个男人的脸都红成了紫猪肝，他抗不住酒力，有点晕。媳妇还在一旁劝着恩人：

"他哥，你再喝。这回多亏你给凑了这八十，要不娃娃还得在医院扣着。可得好好谢谢你哩！"

"拿啥谢？"

接酒的人嘿嘿笑着，随手取下头上的花手巾塞过去。女人酥软的胸脯上热辣辣地撞上一只拳头。

儿子得病住进县医院，媳妇陪着也住，一个半月过去，欠下医院的账，人家扣住人不放，他气得在医院门口跳着脚嚎，多亏这八十块的救命钱。车把式比往日更理直气壮地吩咐：

"去，把料拌好添上，到井上绞些水预备饮，再到街里给我买盒烟。"

他去了,头还晕,只能一样一样慢慢做,等他拿着烟卷返回来时,小屋的门插着。脑壳里的大铜锣就是从那时候敲起来的。他被这突如其来的事惊呆了。想砸门,可又怕丢人,猛然才想起来人家差他出门时那一脸的笑来。人家借给他钱的时候,也是这么笑的。整年跟着人家跑车,成天都得在人家手心里攥着,眼下还又欠了八十块的人情。腿一软,他蹭着墙蹲下来,隔着窗纸屋里的响动传出来,那些所有的细节都可以想得见,脑壳里那面大铜锣一下连一下地猛敲:咣——!咣——!

不知过了多长时间。

车把式开门走出来的时候,正朝头上挽这条带红花的手巾,见了他,一愣,一笑,丢下一句话:

"我另找地方睡,夜里你招呼牲口,钱,还不还由你吧。"

说完,人走了。

酒劲太大,头更晕了。他跌进屋去,把女人剥得精赤条条,一顿毒打,而后又饿狼一样扑上去。

他后悔借了他八十块,后悔也晚了。

太阳光下的这条路又陡又长,白得晃眼。他觉得越来越管不住自己,只是想杀人,想见血,没有枪,有石头!

"一万辈儿的祖宗,好汉做事好汉当!不宰了这个杂种连自己都是假的!"

路太短,一转眼六十里只剩下一半。他没有枪,没有石头,没有机会,好像,也还缺一些勇气。花手巾包着的那颗硕大的头,还有不用回身就能看见的那像刀砍出来一样的下巴骨,还有裹在羊皮坎肩里头的那副宽大厚实的身架,拴了红缨的鞭子威风凛凛地在肩头上飘拂,自信,威严,高傲,人家从来都是这挂大车的统帅;统帅着四匹骡马,一挂车，还统帅着他这个拉闸的。可是，半夜里蹲在墙根下听到的响动声又响了起来，那面大铜锣又敲了起来，红雾中又有水奔涌而出，很热，很咸。

"我日死你一万辈儿的祖宗！"

白晃晃的车道朝着半天里升上去，胶轮压上了六十里山路当中最险的陡坡——豹子岭像一个阴险的狎客躺在半空中冷笑着。骡马们低头弓背四蹄猛蹬，被马蹄铁踏碎的沙石四下飞迸，车把式一手握住手闸，一手连珠炮般地甩着响鞭，鞭梢呼啸着扫过，向那些摆动着的长耳朵愈来愈残忍地逼近。平日攒在肚子里的脏话，此时一古脑地倾泻了出来：

"驴日的们，这阵可不敢给老子退了坡！灰头这时候你还要滑哩，日死你个杂种的！青骡上啦，上！上！后闸，当心着，你狗日的再不用撞鬼啦！"

本来就在车尖儿上玄玄乎乎晃着的女人，朝幽幽的绝壁下偷看了一眼，浑身的筋肉立刻就僵直起来，一只手死死地抓住了身边粗大的麻绳。涧底哗哗的水声招魂似的从遥远处传上来。

车和马，肉和心，都悬挂在那几根铮铮欲断的套绳上，沿着绝壁的边缘上升。

"娃他爸……"

女人呻吟般地呼唤了一声——没有回答，游丝般的呼唤飘忽着在唇边挣断了。

瓦蓝的天上，一只苍鹰在飞，它犀利的眼睛看见了如蝼蚁负重般在绝壁上挣扎着的那一群。猛然，从那挣扎中生出了一阵痉挛的悸动，接着，是一个绝望的停顿，接着，是一阵撕心裂肺的呼喊：

"退坡啦——！上闸呀！上闸呀！"

拉闸人下意识地弹起来跳向车侧，一咬牙把粗大的闸绳死命拉向怀中，立刻，闸杠和瓦轴剧烈地摩擦起来，往日敷上去的松香在震耳欲聋的响声中，吱吱地冒起了青烟。可贪心的车把式装出来的那座"石灰山"太重了，坡太陡了，它拽着四匹骡马，四条人命，斜刺里滑向绝壁。

绝望中，车把式又在呼喊：

"眼石！快打眼石，快！"

平日里练就的动作不用思索，拉闸人转瞬间把闸绳挽死在铁钩上，飞身扑向路边，抱起一块枕头大的青石来。就在这一瞬间，他看见车把式被撞倒了，不知怎么把衣服挂在了手闸柄上，失了根的身体在疾速的下滑中左跌右撞挣扎不起，眼看就要滚落在铁蹄之下，眼看就要随着他的"石灰山"一起丧身涧底。拉闸人的脸上猛露出一丝残忍的冷笑来：

"一万辈儿的祖宗，天报应！下去吧，都给我下去，我认了！我认了！"

"娃他爸，快打眼石呀！"

女人在呼救，可却不知道朝下跳。

"日死你妈，假的！"

闸杠和瓦轴仍在凄厉地轰响着，胶轮被兽齿般的碎石疯狂地撕咬着，整个车体都在发出断筋裂骨般的咯咯吱吱的呻吟。猛地，从那车尖儿上传出来孩子尖锐的哭声……拉闸人被电击了一般骤然扑向胶轮。轰然一声，施放烟雾似的，半崖里升起一片白云。接着，一切都停了下来；接着，从白云里挣扎出一个白人，额角上滴下殷红的血珠；接着，这白人扑向辕头，从辕杆下边拖出那个仇人来嘶喊着：

"一万辈儿的祖宗！我该把你个杂种放到崖底下！我该把你个杂

种放到崖底下!"

一块被车轮撞动的石头缓缓地,缓缓地,滚向绝壁,在崖畔上摇摆了一下,仿佛无限深情地依恋着什么,旋即自由地垂落下去。刹那间,有一道苍色的闪电尾随着直劈涧底。

晚上,在马号前边卸了车以后,花手巾朝耳边凑上来:

"后半夜上我家去,我给你留门。"

他愣起眼,不大明白。

花手巾笑笑:"你心里不是不平展吗?咱们弟兄生死之交,犯不着为女人置气,今黑夜就算是我补你。"

他听懂了。心中一阵狂跳。

夜静更深的时分,他去了。果然花手巾给他留着门。事完之后,当他心满意足地跨出屋门的时候,花手巾正在墙根下蹲着,和昨晚一模一样。他也不由一愣,一笑,而后硬铮铮撂下一句话:

"钱我还你!"

回到家里,媳妇来开门时只披了一件布衫,不知怎的胸中涌起一股兴头来,他一把将女人拥到了炕上。温顺的女人无声地驯从着,可她分明感到丈夫身上没有了那股杀气,丈夫又成了原来的丈夫。

黑暗中,土炕上有两团模糊的白影在晃动。

月亮落下去了,天上有很多星星。

看 山

视线举着整座山峰朝上升,升,升……然后,停在半空里挣扎着,到底挣不过,沮丧地落了下来;然后,再朝起升,升,升;然后,更沮丧地落下来。

"全一样,东西再大,本事再大也有个不毯行的时候!"

这么想着放牛人的视线里露出一股近似彻悟了的解脱来。看了一辈子的山,总算是把山看透了,看透了,心里又有点怜惜它们:

"当初朝天上举的时候,也不知费了多大的劲,举来举去举不动的时候,也不知受了多大的委屈,生了多大的气。"

无比的怜惜从视线中涌泻出来,深情地抚摸着群山。只能在苍天之下忍受屈辱的山们沉默着,木然着,比肩而立,仿佛一群被绑缚的奴隶。沉默聚多了,便流出一种对生的悲壮;木然凝久了,便涌出一种对死的渴望;于是,从沉默和木然中宣泄出一条哭着的河来,在崇山峻岭之中曲折着,温柔着,劝说着。

太阳很好,草很好,牛们也很好。随着缓缓移动的脚步,和吃草时摆动的脖子,牛铃丁丁冬冬地响着,稳稳的,悠悠的,传得很远。牛群越放越大,可是自己越过越孤单:妈死了,老婆死了,后来,儿子半路上也死了,只留下一个女儿和自己厮守着。可是,再后来,女儿也出嫁了。嫁女儿的时候他有些不舍,不舍可也到底嫁了。女儿一嫁,他的日子就好像是凝冻了一般,没有一丝的生气和活气;所剩下的只是放牛,只是像眼前这样独自一人每日每天,呆呆地看着这些个山。

猛地,有个东西白亮亮地刺进心里来:

昨天晚上,队长来找他,说他老了,说放牛的活儿苦重,说村上只有牛倌挣的工分最多,说队里打算换一个牛倌,说问他愿意不愿意。"不愿意!日他老先人,想端我的饭碗子哩!"心里这么想,嘴里却没这么说,只是笑笑,只是说:"我还能行哩。"送走队长,他提着马灯进了牛圈,看着反刍的牛们,两行老泪流下来,他问:"你们愿意么?你们说我老么?"牛们不说话,只把眼睛恋恋地看着他。今天,好像要躲开什么似的,他早早地把牛们带上了山。

树丛里一阵惊乱,杂沓的奔蹄声中蹿出两条牛来,雌的在前,雄的在后,雄牛高举着傲然的角,紧追不舍,前蹄一顿,整个身体优美地腾空而立,接着两条前腿准确无误地搭在了雌牛的腰上,腹下那繁衍生命的灵物伸了出来,急切地寻找着。放牛人笑骂道:

"牤牛,牤牛,你狗日就没个够!你就不怕老?"

黑眼圈的雌牛扭动着身子,灵巧地一摆,从重压之下挣脱出来,钻进一蓬灌木丛中,庞大的雄牛在密匝匝的灌木丛前煞住脚步,悻悻地摆摆脖子,对着山脚下的村庄发出一阵浑重的吼叫。

放牛人靠着一棵歪脖子的橡树坐下来,坡下的石缝里生出一蓬丁香，正好挡住了身子，可却挡不住视线。掏出烟荷包用烟袋锅挖了一阵，掺了土拉叶的自制烟末随着喷出来的青烟，发出一股类似脚汗的臭味，可放牛人却有滋有味地享受着，透过眼前的青烟若有所思地看着山脚下那个熟悉的小山庄，他和牛们就是从那儿走出来的，村西头那三间石顶石墙的房子就是他的家，他一个人的家，只要他不回家，房顶上的那个烟筒就冷冷清清地永远不会冒出烟来。全村的人里，没有谁能像他这样，每日每天把自己的村子从头到脚打量个够。有一缕烟从嘴角挤到眼眶中来，泪水热辣辣地淹没了村子和家，揉揉眼，他把视线移向别处，可不觉中又恋恋地转了回来。不由就想：都是石顶石墙，都是扛锄下地，都是生儿育女，咋就没有个够？想到这儿又偷笑起来：你自己就没有个够，你自己天天坐在这半山里看来看去的就没有个够。可是，还没等这一丝笑容在嘴角上生出来，那惜别的悲哀就不由自主地漫了上来……"狗日的，他就不该跟我说！"

村子里，管成家的门口挂了一只面箩，箩上缚着一条尺把长的红布条，鲜亮亮地透着刚得了儿子的喜气。黑小家年前死了老人，过年时用白纸写的对子还在乌黑的门框上贴着，字辨不出，纸还是白生生的。保成媳妇正朝院墙上搭被子——娃娃们又尿炕了。下地的人们，三三两两扛着锄头走过村口的神树。鸡和狗的叫声像是隔了一层什么远远地传上来……一切都是熟悉的，一切都是看过无数遍的，可他觉得总没有把它们看透，自从女儿出了嫁，他就觉得这一切都和自己远远地隔了一层。倒是和牛们越来越亲近了。刚才在山坡上追逐的那头牸牛，就是儿子死的那一年出生的，不知怎么的，他总觉得这牸牛的眼神像自己死了的儿子，小的时候就尤其像。

牛群在山坡上散散漫漫地游荡着，长长的尾巴在周身上下不时地甩打，轰赶着围上来的虻蝇。长舌头在肥嫩的青草丛里卷来卷去，吃到酣畅处白白的口涎就顺着嘴角长长地垂下来，在明媚的阳光中拉出一道闪闪发光的弧线。或许是猛然间回忆起什么遥远的往事，它们就会中断了香甜的咀嚼从青草中抬起头来，黑而大的眼睛久久地注视着群山。

放牛人自信地在橡树下坐着，在山坡上，在身边的这一群当中，他已经享受惯了一种至高无上的尊严，他是它们的中心，它们是他的依靠。可是今天这自信中却夹进了一些惶恐：我真的就老得不中用了么？他真的就不用我了么？工分多那是我雪里雨里挣下的，这也叫人眼红么？嫌多，我宁愿减工分。可队长说话时的口气分明是冷冷的，是不容商量的。"狗日的，你也有个老的时候，你也不能一辈子当队长！"他知道，这种话只能是坐在这半山里，在心里骂骂，若是队长站在面前，若是队长真的把替换的人找了来，他只会笑笑，只能服从的，他想不出有什么办法可以不服从。不由得，他又想起撒手而去的老婆，半路而去的儿子来，想起虽然舍不得但还是嫁出去的女儿来。他原想能招一个上门的女婿，可是在这一带做上门女婿是要改姓更名的，是最辱没祖宗的事情，是为男人所耻笑的。眼巴巴地等了许多年，到底还是等不过了，临行前，女儿一口气给他蒸了足够十天吃的干粮，引得他这么多年，总是想那十天，总是回味那些干粮的香甜。

山脚下，队长家的石窑里有人走出来，是队长的婆姨，慌慌的，走进院角上的茅厕里，手在腰间鼓捣了一阵，朝下一蹲，一个肥大的屁股就在太阳底下白亮亮地露了出来。村里人不讲究，茅厕只围上一圈半人不到的矮墙，蹲下去不见人就拉倒。可是在半山坡上，那截掩人耳目的矮墙形同虚设，一切都看得明明白白的。放牛人的脸上露出一丝报复的笑容来，把烟袋叼在嘴上，看着，笑着，就仿佛茅厕里有人在唱戏。笑着，看着，忽然又觉得十分的惶恐，慌慌地又把眼光移到远处的山上,就像偷了别人的东西。阳光下的屁股,白亮亮地刺痛了眼睛。

山们还是一如既往地沉默着,木然着,永远不会和昨天有什么不同,也永远不会和明天有什么不同,不同的只是人老了,放牛人细细地思量着:甩石头用的小锨已经磨得只剩下半个,若是换人,得叫队里到河底镇再去打一把新的来;下雨天上山穿的毛腿,已经防不住水了,若是换人,得叫队里再出羊毛,再纺线,重新织一副;水壶是自己预备的;再剩下的就是牛们了,跟人一样,各有各的脾气禀性,不在一块过日子谁也摸不清,心疼不心疼得看各人的良心……这么想着,那惜别的凄凉又涌了上来,好像是自己要咽气了,好像自己在给儿女们一件一件地安排后事。山还是原来的山,水还是原来的水,太阳也还是原来的太阳,不懂事的牛们安闲地吃着草,它们不知道,队长昨晚上来过,也许明天,也许后天,带它们上山的人就不是原来的那个人了。到那时候,就会是另外一个人,站在山坡上看山脚下的村子,看这些石顶石墙的房子,看这些扛锄下地的人们。

树丛里又是一阵杂沓的奔蹄声,牤牛又一次地向黑眼圈的雌牛发起了进攻。这一次,雄牛成功了,它把雌牛逼在一个死角里,随着一阵浑身的战栗,也随着一丝因此而来到的难以察觉的衰老,一股生命之流从它结实的体内畅然而出。

心里昏昏沉沉的,太阳很暖和,坐在橡树下的放牛人睡着了,一缕口水从嘴角上搭下来。恍惚之中,他看见自己回到了村西头那间冷清的石房里,石房里忽然热闹起来,牛们不离左右地簇拥着,口口声声叫他队长,他坐在炕头上颐指气使地分派着:牤牛你去泉上担水,黑眼窝给我烧汤做饭,长耳朵和独角去拉土垫圈。它们都是只会服从,只会笑,没有谁不听话的,他很满意,朗声问道:

"我老么？"

"不老。不老。"

牛们都说，都笑。

可他还是老了。白胡子长了老长老长，想死，可又没有病，就走到半山这棵歪脖子橡树底下，拴上一根牵牛用的麻绳，往脖子上一套，两脚悬空，死了。牛们都围上来哭，牤牛哭得最凶，他睁开眼，劝牛们：

"不用哭，我想死。这石顶石墙的房子我一个人住够了。山根底下这个村子我天天看，看透了。"

牤牛说："你死，我也死，跟你一块走！"

牛们都围上来："我们也跟你一块死！"

半山里大家哭作一团，哭得肝肠寸断。他被哭得心软了：

"我不死，我不死，咱们还是都活着吧……"

哭着，说着，放牛人醒过来，伸手一摸，脸上湿湿的。黑眼窝下的那只牛犊子正凑在脸前头，伸着舌头舔他的脸，也许是尝到了一点咸味，细长的舌头怯生生地又一次伸上来。他不动，任那牛犊去舔。

太阳很暖和。

合 坟

院门前，一只被磨细了的枣木纺锤，在一双苍老的手上灵巧地旋转着，浅黄色的麻一缕一缕地加进旋转中来，仿佛不会终了似的，把丝丝缕缕的岁月也拧在一起，缠绕在那只枣红色的纺锤上。下午的阳光被漫山遍野的黄土揉碎了，而后，又慈祥地铺展开来。你忽然就觉得，下沉的太阳不是坠向西山，而是落进了她那双昏花的老眼。

不远处，老伴带了几个人正在刨开那座坟。锨和镢不断地碰撞在砖石上，于是，就有些金属的脆响冷冷地也揉碎到这一派夕阳的慈祥里来。老伴以前是村里的老支书，现在早已不是了，可那坟里的事情一直是他的心病。

那坟在这里孤零零地站了整整十四个春秋了。那坟里的北京姑娘早已变了黄土。

"恓惶的女子要是不死，现在腿下娃娃怕也有一堆了……"

一丝女人对女人的怜惜随着麻缕紧紧绕在了纺锤上——今天是那姑娘的喜日子，今天她要配干丧。乡亲们犹豫再三，商议再三，到底还是众人凑钱寻了一个"男人"，而后又众人做主给这孤单了十四年的姑娘捏和了一个家，请来先生看过，这两人属相对，生辰八字也对。

坟边上放了两只描红画绿的干丧盒子，因为是放尸骨用的，所以都不大，每只盒子上都系了一根红带。两只被彩绘过的棺盒，一只里装了那个付钱买来的男人的尸骨；另一只空着，等一会儿人们把坟刨开了，就把那十四年前的姑娘取出来，放进去，然后就合坟。再然后，村里一户出一个人头，到村长家的窑里吃荞麦面饸饹，浇羊肉炖胡萝卜块的臊子——这一份开销由村里出。这姑娘孤单得叫人心疼，爹妈远在千里以外的北京，一块来的同学们早就头也不回地走得一个也不剩，只有她留下走不成了。在阳世活着的时候她一个人孤零零走了，到了阴间捏和下了这门婚事，总得给她做够，给她尽到排场。

锹和镢碰到砖和水泥砌就的坟包上，偶或有些火星迸射进干燥的空气中来。有人忧心地想起了今年的收成：

"再不下些雨，今年的秋就旱塌了……"

明摆着的旱情，明摆着的结论，没有人回话，只有些零乱的丁当声。

"要是照着那年的样儿下一场，啥也不用愁。"

有人停下手来："不是恁大的雨，玉香也就死不了。"

众人都停下来，心头都升起些往事。

"你说那年的雨是不是那条黑蛇发的？"

老支书正色道："又是迷信！"

"迷信倒是不敢迷信，就是那条黑蛇太日怪。"

老支书再一次正色道："迷信！"

对话的人不服气："不迷信学堂里的娃娃们这几天是咋啦？一病一大片，连老师都捎带上。我早就不愿意用玉香的陈列室做学堂，守着个孤鬼尽是晦气。"

"不用陈列室做教室，谁给咱村盖学堂？"

"少修些大寨田啥也有了……不是跟上你修大寨田，玉香还不一定就能死哩！"

这话太噎人。

老支书骤然愣了一刻，把正抽着的烟卷从嘴角上取下来，一丝口水在烟蒂上亮闪闪地拉断了，突然，涨头涨脸地咳嗽起来。老支书虽然早已经不是支书了，只是人们和他自己都忘不了，他曾经做过支书。

有人出来圆场："话不能这么说，死活都是命定的，谁能管住谁？那一回，要不是那条黑蛇，玉香也死不了。那黑蛇就是怪，偏偏绳甩过去了，它给爬上来了……"

这个话题重复了十四年，在场的人都没有兴趣再把那事情重复一遍，丁丁当当的金属声复又冷冷地响起来。

那一年，老支书领着全村民众，和北京来的学生娃娃们苦干一冬一春，在村前修出平平整整三块大寨田，为此，还得了县里发的红旗。没想到，夏季的头一场山水就冲走两块大寨田。第二次发山洪的时候，学生娃娃们从老支书家里拿出那面红旗来插在地头上，要抗洪保田。疯牛一样的山洪眨眼冲塌了地堰，学生娃娃们照着电影上演的样子，手拉手跳下水去。老支书跪在雨地里磕破了额头，求娃娃们上来。把别人都拉上岸来的时候，新塌的地堰将玉香裹进水里去。男人们拎着麻绳追出几十丈远，玉香在浪头上时隐时现地乱挥着手臂，终于还是抓住了那条抛过去的麻绳。正当人们合力朝岸上拉绳的时候，猛然看见一条胳膊粗细的黑蛇，一头紧盘在玉香的腰间，一头正沿着麻绳风驰电掣般地爬过来，长长的蛇信子在高举着的蛇头上左右乱弹，水淋淋的身子寒光闪闪，眨眼间展开丈把来长。正在拉绳的人们发一声惨叫，全都抛下了绳子，又粗又长的麻绳带着黑蛇在水面上击出一道水花，转眼被吞没在浪谷之间。一直到三十里外的转弯处，山水才把玉香送上岸来。追上去的几个男人说山水会给人脱衣服，玉香赤条条的没一丝遮盖；说从没有见过那么白嫩的身子；说玉香的腰间被那黑蛇生生地缠出一道乌青的伤痕来。

后来，玉香就上了报纸。后来，县委书记来开过千人大会。后来，就盖了那排事迹陈列室。后来，就有了那座坟，和坟前那块碑。碑的正面刻着：知青楷模，吕梁英烈。碑的反面刻着：陈玉香，女，一九五三年五月五日生于北京铁路工人家庭，一九六八年毕业于北京第三十七中学，一九六九年一月赴吕梁山区岔上公社土腰大队神峪村插队落户，一九七二年八月十七日为保卫大寨田，在与洪水搏斗中英勇牺牲。

报纸登过就不再登了，大会开过也不再开了。立在村口的那座孤坟却叫乡亲们心里十分忐忑：

"正村口留一个孤鬼，怕村里不干净呢。"

可是碍着玉香的同学们，更碍着县党委会的决定，那坟还是立在村口了。报纸上和石碑上都没提那条黑蛇，只有乡亲们忘不了那摄人心魄的一幕，总是认定这砖和水泥砌就的坟墓里，聚集了些说不清道不白的哀愁。荏苒便是十四年。玉香的同学们走了，不来了；县委书记也换了不知多少任；谁也不再记得这个姑娘，只是有些个青草慢慢地从砖石的缝隙中长出来。

除去了砖石,铁锨在松软的黄土里自由了许多。渐渐地,一伙人都没在了坑底,只有银亮的锨头一闪一闪地扬出湿润的黄色来。随着一脚蹬空,一只锨深深地落进了空洞里,尽管是预料好的,可人们的心头还是止不住一震:

"到了?"

"到了。"

"慢些,不敢碰坏她。"

"知道。"

老支书把预备好的酒瓶递下去:

"都喝一口,招呼在坑里阴着。"

会喝的,不会喝的,都吞下一口,浓烈的酒气从墓坑里荡出来。

木头不好,棺材已经朽了,用手揭去腐烂的棺板,那具完整的尸骨白森森地露了出来。墓坑内的气氛再一次紧绷绷地凝冻起来。这一幕也是早就预料的,可大家还是定定地在这副白骨前怔住了。内中有人曾见过十四年前附在这尸骨外面的白嫩的身子,大家也都还记得,曾被这白骨支撑着的那个有说有笑的姑娘。洪水最后吞没了她的时候,两条长长的辫子还又漂上水来,辫子上红毛线扎的头绳还又在眼前闪了一下。可现在,躺在黄土里的那副骨头白森森的,一股尚可分辨的腐味,正从墓底的泥土和白骨中阴冷地渗透出来。

老支书把干丧盒子递下去:

"快,先把玉香挪进来,先挪头。"

人们七手八脚地蹲下去,接着,是一阵骨头和木头空洞洞的碰撞声。这骨头和这声音,又引出些古老而又平静的话题来:

"都一样,活到头都是这么一场……做了真龙天子他也就是这个样。"

"黄泉路上没老少,恓惶的,为啥挣死挣活非要从北京跑到咱这老山里来死呢?"

"北京的黄土不埋人?"

"到底不一样。你死的时候保险没人给你开大会。"

"我不用开大会。有个孝子举幡,请来一班响器就行。"

老支书正色道:"又是封建。"

有人揶揄着:"是了,你不封建。等你死了学公家人的样儿,用火烧,用文火慢慢烧。到时候我吆上大车送你去。"

一阵笑声从墓坑里轰隆隆地爆发出来,冷丁,又刀切一般地止住。老支书涨头涨脸地咳起来,有两颗老泪从血红的眼眶里颠出来。忽然有人喊:

"呀,快看,这营生还在哩!"

四五个黑色的头扎成一堆,十来只眼睛大大地睁着,把一块红色的塑料皮紧紧围在中间:

"是玉香的东西!"

"是玉香平日用的那本《毛主席语录》。"

"呀呀,还在哩,书烂了,皮皮还是好好的。"

"呀呀……"

"嘿呀……"

一股说不清是惊讶,是赞叹,还是恐惧的情绪,在墓坑的四壁之间涌来荡去。往日的岁月被活生生地挖出来的时候竟叫人这样毛骨悚然。有人疑疑惑惑地发问:

"这营生咋办?也给玉香挪进去?"

猛地,老支书爆发起来,对着坑底的人们一阵狂喊:

"为啥不挪？咋，玉香的东西，不给玉香给你？你狗日还惦记着发财哩？挪！一根头发也是她的，挪！"

墓坑里的人被镇住，蔫蔫的再不敢回话，只有些粗重的喘息声显得很响，很重。

大约是听到了吵喊声，院门前的那只纺锤停下来，苍老的手在眼眉上搭个遮阴的凉棚：

"老东西，今天也是你发威的日子？"

挖开的坟又合起来。原来包坟用的砖石没有再用，黄土堆就的新坟朴素地立着，在漫天遍野的黄土和慈祥的夕阳里显得宁静，平和，仿佛真的再无一丝哀怨。

老支书把村里买的最后一包烟撕开来，数了数，正好，每个人还能摊两支，他一份一份地发出去；又晃晃酒瓶，还有个底子；于是，一伙人坐在坟前的土地上，就着烟喝起来。酒过一巡，每个人心里又都升起暖意来。有人用烟卷戳点着问道：

"这碑咋办？"

"啥咋办？"

"碑呀。以前这坟底埋的玉香一个人，这碑也是给她一个人的。现在是两个人，那男人也有名有姓，说到哪去也是一家之主呀！"

是个难题。

一伙人闷住头，有许多烟在头顶冒出来，一团一团的。透过烟雾有人在看老支书。老人吞下一口酒，热辣辣的一直烧到心底：

"不用啦，他就委屈些吧。这碑是玉香用命换来的，别人记不记扯淡，咱村的人总得记住！"

没有人回答，又有许多烟一团一团地冒出来。老支书站起身，拍打着屁股上的尘土：

"回吧,吃饸饹。"

看见坟前的人散了场,那只旋转的纺锤再一次停下来。她扯过一根麻丝放进嘴里,缓缓地用口水抿着,心中慢慢思量着那件老伴交代过的事情。沉下去的夕阳,使她眼前这寂寥的山野又空旷了许多,沉静的思绪从嘴角的麻丝里慢慢扯出来,融在黄昏的灰暗之中。

吃过饸饹,两个老人守着那只旋转的纺锤熬到半夜,而后纺锤停下来:

"去吧?"

"去。"

她把准备好的一只荆篮递过去:

"都有了,烟、酒、馍、菜,还有香,你看看。"

"行了。"

"去了告给玉香,后生是属蛇的,生辰八字都般配。咱们阳世的人都是血肉亲,顶不住他们阴间的人,他们是骨头亲,骨头亲才是正经亲哩!"

"又是迷信!"

"不迷信,你躲到三更半夜是干啥?"

"我跟你们不一样!"

"啥不一样?反正我知道玉香恓惶哩,在咱窑里还住过二年,不是亲生闺女也差不多……"

女人的眼泪总是比话要流得快些。

男人不耐烦女人的眼泪,转身走了。

没有星星,也没有月亮,很黑。

那只枣红色的纺锤又在油灯底下旋转起来,一缕一缕的麻又款款地加进去。蓦地,一阵剧烈的咳嗽声从坟那边传过来,她揪心地转过头去。"吭——吭"的声音在阴冷的黑夜深处骤然而起,仿佛一株朽空了的老树从树洞里发出来的,像哭,又像是笑。

村中的土窑里,又有人被惊醒了,僵直的身子深深地掩埋在黑暗中,怵然支起耳朵来。

假　婚

他从一开始就觉得这事情怕是有假。当做保人的队长笑嘻嘻地把这个女人，和那个三四岁的小女孩领到院子里来的时候，他猜定女人准保是叫队长"过了一水"。可是心一横，他还是把这女人和孩子接下了。老婆死了二十年，两个闺女都已出嫁，他这条熬了二十年的光棍实在是干渴坏了！男女双方在那张保书上按了指头印，队长从炕席背面撅下一条苇劈儿，把从牙缝里剔出来的葱花鸡蛋又抿回酒气冲冲的嘴里去：

"行啦，又捏和成一个人家啦！你是光棍一条穷得娶不起；你是死了男人又遭了年景出来讨吃，只求有口饭吃。穷碰穷，碰对了。走遍天下也是男人睡女人，女人生娃娃，一块过吧！公社那张结婚证好说，等闲下了，你求个人给家里写封信，寄回一张证明来补上它。"

把队长送出院门外的时候，队长又凑在耳朵边补充着：

"错不了，是陕西榆林贺家梁的人。我找小学校刘老师查过地图，地图上明明标着哩，她跑不出地图去。今黑夜好好解解渴吧，可不敢太狠了，往后日子长哩。嘿嘿，那货浑身肉肉的，保你错不了……"

那火气猛然撞上来：

"狗日的，保险过了一水！"

可这股火只一闪，便过去了。不管怎么说，人家给你领来个不用花钱的婆姨。更何况，就是没有队长这一水，自己也绝不是头一水——你还想做梦娶个黄花姑娘？想到这，连他自己也取笑起那股无名的火气来：嘿嘿，癞蛤蟆想吃天鹅肉！

返回屋里，他把米面油盐指给女人，又教她生了一回火，然后挑起水桶一气把缸灌满，放下水担又拿起斧子来到柴垛前。二十年来，他一直是将就担水，凑合劈柴，嫁了闺女以后连油盐吃到嘴里也尝不出些滋味来。今天不一样，今天浑身上下猛然胀满了力气。刚才，和队长一起喝得猛了些，酒们在腔膛里热烘烘地烧着，烧得人有些微微地晕眩。斧头在院子里山摇地动地挥舞起来，随着冬冬的响声，洁白的木屑在锋利的斧刃下边飞进出来，下雪一般在身前身后铺了白花花一片。正劈着，女人出来抱柴，在身旁伏下身去的时候，他蓦然瞥见那厚墩墩的胸脯一阵撩人的乱颤，仿佛揣了只肥鹅在那灰黜黜的衣裳下边，他抿嘴在心里笑起来：

"好这两只肥奶，能托一对金刚在上边！"

其实，这女人他昨天已经见过。昨天听说村里来了个讨吃的女人在队长家留宿，他去扫过一眼，那时候还不知道这女人打算寻个人家。可是现在看和昨天看不一样。昨天是看人家的，今天是看自己的。这么想着，他那双定定的眼睛里流露出些占有的放肆来：看前身，看后身，看头上，看腿下……女人分明感到了这目光的灼烫，默默地接受着，并不停下手里的活计，偶尔低低地抬起眼睛和他轻轻一碰，随即又顺从地垂下眼皮去。男人的直觉让他感到了这默许之中的沉着，和这沉着之中的认定了命运的冷静。可是，他觉得她不该这么冷静，他觉得这冷静碰着了他胸膛里那股热烘烘的力量，她这么冷静太不像个女人了。可他又实在想象不出眼前这女人应当是个什么样子才合他这男人的心意：永辈子没有见过面的三个人，一眨眼捏成一家子，就是唱戏也还得拉个过门呢。可这不是戏，眼前这个女人早就经见过了男女中间的那些事情，经见了不止十回八回，连孩子都已经三四岁了。一个穷光棍你还想什么？酒们还在胸膛里烧着，而且又有一股别的力量翻涌着加进来。他紧紧握定手中的斧子，凭着男人的骨气狠狠地压抑着那股在身体里冲动起来的力量。他不能倒了架子，尤其不能在这讨吃女人的面前倒了做男人的架子。看着女人稳稳地在屋门后边隐去的背影，他的眼睛里又现出那一对肥硕的奶子来，那个"能托一对金刚"的怪念头叫他再一次地笑起来：

"你狗日还想挑肥拣瘦？——解了肚饥就是好饭！"

吃完饭，点着灯，炕席上、墙壁上忽长忽短地晃着三个陌生的人影。不到半个后响的时间，这女人已经把屋里抹得干干净净的。灶里还有些残柴在燃烧，女人半倚着墙站在灶口前，昏暗的灯影，一张脸在灶口的火光中明暗飘忽地显出来。他沉浸在这显得有几分陌生的温软之中，被岁月磨难得早已变得粗糙了的身体，和变得同样粗糙了的心，在这幽幽的灯影和飘忽的火光中受到一种难言的感动。可这感动也叫他陌生。

该问的该说的，都问了也都说了。搜肠刮肚又想出来的不多的几句话也说了。所剩下的似乎只是那一刻，和那件事了。那些所有被他有意无意拿来支撑"架子"的东西，像深秋的叶子一样轻而易举地落下去，赤裸裸地把树的身体露了出来。

女人在等。火光中忽明忽暗的脸上，分明持着那股认定了的冷静。

只有孩子超然在这对男女之外，手里拿着他那只用狍子的蹄腿制成的烟袋，翻来覆去地把玩，时不时地从嘴里冒出一两句稚嫩的外乡口音。

他心里猛升起一股焦躁和愤懑，他不满意女人脸上那股执着的冷静，随手从头上取下污黑的毛巾来命令着：

"给，洗洗！"

女人微笑着走过来伸手去拿，他顺势抓住女人的膀头，一把将她扭转到自己跟前。

"妈，枪！"

女孩指着斜挂在墙上的那支长长的火枪，操着外乡口音喊起来。

女人并不挣，只是低下眼睛：

"等她睡了吧。"

"不等！西屋空着！"

他发起火来，而且不知为什么又想起来这女人昨晚曾被队长"过了一水"——吃"过水面"也叫老子等？！

女人不再应声，默默地为孩子拉过一个枕头抱她躺下，又把一块不知何年何月藏在衣兜里的，化得黏糊糊的糖球塞进孩子嘴里。

没点灯。他像是带了一件猎物，把女人领到炕上。一团漆黑之中，那股在腔膛里憋涨了二十年的洪水，野蛮而又疯狂地倾泻出来。两个生命在那混沌难分的黑暗中纷乱地搅成一体，分不清你和我，分不清男和女，分不清什么是别人什么是自己……

一只偷食的老鼠从房顶失足掉下来，吱吱地尖叫着，仓皇逃窜之中撞在一个滚烫而柔软的肉体上，它猜不出这是什么，尖细的爪子在炕席上留下一串魂飞胆散的碎响。

第一天，他们是这样。

第二天，他们是这样。

第三天，他们还是这样。

他觉出自己在发疯，可他又没有力量制止从自己身体中狂涌而出的这股疯狂。而且，只要一想到这女人在属于自己的前一夜，曾被别的男人"过了一水"，那股疯狂就十倍地膨胀起来，膨胀得比自己那个血肉组成的躯体不知要巨大多少倍，像一个毛首毛身的怪物，气喘吁吁地和自己对峙而立。

可是，这股狂潮终于一点一点地在女人温软而又宽容的胸脯上平静下来。等野性平静下来，他那股男人的自尊和自信又在身体里复苏了。这一天，吃过早饭，他等那女人收拾停当之后，从怀里掏出十块钱来：

"给。"

女人愣愣地不接。

"嫌少？再给十块！"

女人还是愣着。

"你不用哄我。你有家，你有男人，他没死，你还有娃娃，他们在家等着你哩！"

"没……没……"女人惶恐地摆着头。

"哄你的鬼吧！"他发起火来，"你在我这儿住上三个月、五个月，住上一年半年，瞅个空儿一走，还不是撂下我一个人？我图啥？图个白白养活你娘俩一场？走，要走就快走！我五尺高的男人不能叫人当大头耍！"

有泪从那个女人的脸上淌下来。

不知怎的，他竟从这泪水里得到了一些快意。这么多天了，他一直觉得窝囊，觉得自己没有降住这个冷静的女人。自己总是着着急急地盼着天黑，天一黑，又总是猴急着那件事情。现在好了，捅破了这一层窗户纸，这女人分明是攥在手心里了。女人抽抽搭搭地哭着：

"他大哥……"

"行，叫开大哥了。"他在心里冷冷地笑起来，"你到底是撑不住了呀！有本事做这种事情，就得有本事撑到底。"可他并不把这话说出来，只是蹲在炕头上稳稳地笑着，蛮有把握地等着。

"他大哥，家里遭了年景，实在活不过去了……我对不住你。你要是不愿意留，我们就走……你那被子我昨天才拆洗了，还没给你缝好哩，等一阵缝好了，我就走……"

猛然有一股泪水呛上来，他死命地忍着。那条被子还是三年前二闺女出嫁时给他拆洗过的。这几天，这个女人屋里屋外没命地干，村里人都说他走时运，半道上拾来个财神。说实话，他自己的心里也时时地翻涌起这念头来，想把这女人和孩子拴住。他甚至想过要和这女人一起回贺家梁把证明拿回来。女人是个好女人，可假的也到底是假的。他气这女人做假做得这么真，做假做得让他动了心。

可男人的心肠到底还是叫女人的眼泪泡软了：

"要留你就留，想走你就走，我又不管你……"

女人直通通地当屋给他跪下：

"他大哥，我和娃他爸都忘不了你……"

一股火气又撞上来，他暴跳着：

"你回去告给你男人，我的枪子儿够不着他，要是能够着，我头一个枪毙的就是他！他是个活畜生！"

"他大哥，他也是可怜人……我不留，给你做了被子，明天我们就走……"

那个三四岁的孩子不知道大人中间出了什么事情，只管抱住妈妈又哭又喊。

他心里想到了也许会闹这么一场，可闹了这一场又叫他十分的不自在——这算是演了一出啥戏？可能一想到印在保书上的那两个指印，一想到这个本该是自己老婆的女人，却原来又是别人的老婆，心里的那股邪火便一阵阵地撞到脑门上。

"夫妻"一场这么快就走到了尽头。

这一晚，吃过饭，又到了上灯的时分，他们默默无言地僵持着。孩子已经滚在炕角里睡着了。

女人在等他。

他抽着烟，心在发狠。他不能放过这一夜，不能眼睁睁地放过这个最后的机会。过了这一晚，他不知道自己又要干渴多少年……他对着灯头用那只狍子蹄腿制成的烟袋过着烟瘾，一锅又一锅地抽，而后又一锅又一锅地把烟灰磕在炕沿上。这个并无什么希望的希望破灭了，这个本来就是假事的假事结束了。可是它却在这个熬了二十年的光棍汉的心里引出无限的烦恼来。越是烦恼便越是焦躁和愤懑，他不知道该把这满腔的焦躁和愤懑发向何处，只知道那个明天就要走的女人在等他。猛地，他把那只精巧的烟袋摔到了锅台上，回身命令着：

"睡吧！"

女人解开扣子，灰黢黢的衣服后边露出那两只肥硕的奶子来。突然，一个念头烫了一下，他质问道：

"队长那狗日的动过你没？"

女人尴尬地低下头去，把敞开的怀又掩起来。

"说！动过没？！"

女人迟疑了一阵，艰难地点点头。

"狗日的，叫我吃他的过水面哩！我日他的祖宗！"

男人胸腔里的那股狂潮又劈头盖顶地压下来，他朝女人扑了上去，肆虐着，疯狂着，发泄着，仿佛大半生的苦难皆因为这件事而变得更苦了，仿佛此生此世挣不脱的那张网全因为这个女人而勒得更紧了。在野蛮的痉挛和喘息之中，他把那说不清道不出的烦恼和苦闷，撕不断扯不开的灵魂和肉体搅成了碎块，搅成一股血肉模糊的污流朝着女人倾泻下去。

女人无声地承受着，温软而宽容的胸脯在那狂潮的冲击下，仍旧温软而宽容着。

如豆的油灯幽幽地燃着，艰难地在坚硬的黑暗中支撑起一抹似有若无的光明。

当那狂潮终于平息下来的时候，男人粗拉拉的手掌无意中在女人的脸上抹下些温热的泪水来。

秋　语

　　紧擦着地皮，锋利的镰刀稳稳地搭到玉茭秆上，用力一提，刷，现出两个一模一样的圆圆的斜面，淡青色的斜面上发汗似的，汪出些晶莹细碎的汁液来。随着一阵噼噼啪啪的坼裂声，枯黄的叶子带着被它们拂起的最后一阵微风倾倒在地头上。于是，这萧瑟的山野间便又辟出一角秋日的空旷。

　　"今后晌这块地割完了。"

　　"完了。"

　　"歇歇吧？"

　　"歇歇。"

　　"就在老五跟前抽一袋。"

　　"能行，就在老五跟前。"

　　又是一阵枯叶噼噼啪啪的坼裂声，两位老人坐在被自己割倒的玉茭上，慢腾腾地各自取出烟袋，一边抽着，又各自退下一只几乎和自己一样苍老疲惫的布鞋来。把鞋底朝上翻着，抽完一袋，就把烟锅里残留的那团暗红的炭火，小心翼翼地磕到鞋底上；而后，端起鞋凑到脸跟前，又把新装满的烟锅倒扣在炭火上引着；就这样，一锅接一锅地重复着这略显局促的动作，很迟缓，也很自信。用这种方法人虽劳累些，但很节省，不管抽多少烟，每一次耗费的火柴只有一根。

"看看快么，春起老五还和咱们种哩，秋里的玉茭他倒吃不上了！"

"快，咱们也快。"

"嘿嘿……"

一阵秋风袭来，刮散了一只鞋底上的火种，刮来一阵干枯的朽叶们的摩擦声，谈话被迫中断了，惋惜的咒骂声中，那只反扣着的鞋只好翻正过来：

"家日的呢，来，对对。"

两只锃亮的烟锅，一白一黄，交喙般地对紧在一处，一个吹，一个吸，眨眼，又冒出许多辛辣的青烟来。青烟的背后是老五的坟，春季才安葬的，现在却已覆满了杂草。这里埋人不挖坑，只依山打一眼洞，讲究些的就再砌一个拱顶，洞口用碎石封砌，坟口前用三块石板搭一个既做"门"又做"桌"的石案。日后，每一年的清明，活着的人便到这些石案上来祭奠，趁着些泪水，死了的和活着的，就在石案上有了片刻的聚会。现在，夏季已过，野草早就把山和坟连成一体，只有那三块石板，冷冷地，在草丛中支撑着一个死的记忆。

"全一样。活着，是自己种了玉茭吃玉茭；死了，是看着别人种了玉茭吃玉茭。"

"说的——到底不一样，这一口烟先就抽不上了。"

一阵无话。

干燥的秋风又揉搓出些干燥的摩擦声。

"今晌午吃的啥?"

"吃啥?窝窝。"

"这几天一提吃饭就熬煎人哩,一斗多玉茭面捂得霉了,又苦气又涩巴,高低吃不完啦!"

"金贵得你!咽不下去玉茭面啦?你还是不饿。"

"嘿嘿,人这东西就是贱,得着点好的,再不想坏的;够着点高的,再不看低的;要不咋说人往高处走呢。"

"高?白面大米高,鱼翅燕窝更高,你能够着?"

"够不着还不许想?"

"想也是白搭!你还想着坐了龙庭天天吃炖肉呢!"

"嘿嘿,狗日的偏是会勾引哩。要能天天吃炖肉,谁还跟你这老鬼来割玉茭。到时候,挠痒痒我也雇上人给挠!"

两人笑起来,笑得很开心。想不到一番闲话竟引出一个如此惬意的境界来。若不是这么说出来,甚或连他们自己也不会料到,在自己的心底里竟藏了如此奢侈的妄想。

"老五跟我说过,有一回他在队伍上肥肉吃多了,一连跑了五天的肚,玄乎把肠子也泻出去。"

"嗨呀,这一件事他吹了够五十回!"

黄了梢的野草们静默着,那三块冷冷的石板也静默着,无声地倾听着这场本来应该是三个人的闲谈。秋天的山野照旧空旷着,寂寥着,刹那中,仿佛天地间万物皆无,唯留下这些懵懵懂懂的苍老的声音。

"最末后那一天我去了,傍黑的工夫他又来了精神,说是要唱,银女哭着不叫唱,我挡住:唱,这一辈子他还有几回哩?活着不唱,死了唱?他就唱,气也接不上,磕磕巴巴就唱了一句:'头戴翡翠押凤髻,身穿八宝龙凤衣'……夜里咽的气。"

"老五的福气——倒唱了一辈子好戏文。"

"可不是，临死还有这么一句好戏文。"

"老五不该死，死了叫咱们少听多少戏文。"

"就是。"

或许是察觉了，或许是根本就没有什么察觉，两位老人不约而同地停下一切哪怕是极细微的动作，定定地木然着，甚至连一点记忆的残片也不曾拂动起来。老五就在他们身边，浅浅的一个洞，薄薄的一堵墙……这个不久将往的世界于他们并无什么恐惧，更无一道黑白分明的界线，人生走到结尾了才依稀觉悟到其实连开始也是没有的。

"银女一股劲哭，说是对不住老五。"

"是对不住。她银女连半个娃娃也没给老五生养下。"

"连玉茭也知道年年结籽籽哩，人活一世活成个绝户，老五真是恓惶死啦，窝憋死啦。银女咋就接不下个种种？"

"生死不由人，哭也是白哭。"

一只玉色的蝈蝈，从倒伏着的玉茭秆的缝隙中奇迹般地挣扎出来。断了一条腿，却仍有些筋肉连着。也许是和草木一样的被霜染过了，翠玉也似的身子上竟也有几点秋红。头顶上两条细长的触须惊恐地摆动着，面对自己这块被搅得天翻地覆的世界茫然不知所措。一只本来接火种用的布鞋，现在忽然有了另外的用场，筋骨嶙峋的手捏着它猛然把蝈蝈扣在黑暗之中。当蝈蝈再次见到光明的时候，已经被两根指头牢牢夹紧在中间，苍老的笑声犹如孩童般欣喜：

"嘿嘿，看你狗日还跑么？"

"老鬼，又不是娃娃家，你害它干啥？"

"嘿嘿，就是给娃娃抓的么。石娃跟我哭闹多少回了，就是逮不着个蝈蝈。"

"老得没样啦,能给孙子当孙子,狗日的。"

"嘿嘿……"

"今后响的玉茭不用割啦,你就捏着它吧!"

"说的,还能白挣人家队里的工分。有地方装它。"

说着,蝈蝈又落入无底的黑暗中,也许它有些受不了烟荷包里辛辣的烟末,那条唯一剩下来逃命的腿,有力地弹蹬着,把牛皮做的荷包划出些细微的响声来。

"老五和银女过事(婚礼),你在么?"

"咋不在?那一回的羊肉炸美了,我一气吃了狗日五碗!"

"要说老五也有些福气,先给阎锡山当兵,后给贺龙当兵,一晃半辈子,偏偏就有个银女在村里给他预备着哩。"

"银女嫁给老五那阵,旺财死了有一年多了。"

"胡说,八个月!"

"一年!"

"八个月!主意还是我给他出的:盛到碗里的肉就是你的,等啥?等得长了能轮上你?——先拾掇了再说!老五那日的才跟我说,这辈子还没挨过个女人的身子,叫我先教教他,哈,狗日的,这事能教?到底缠不过才给他细细说了一回,哈……"

"要我就不说,就带上他找银女,叫银女教他。啥?嫌丢人?问你就不丢人?……哈,不知道这老鬼还有这洋相……"

"……哎,谁知就害了老五,这银女不会生养。"

"……"

又是一阵无话。

那只黑暗中的蝈蝈挣扎得猛烈起来,牛皮荷包里一阵噼噼嘭嘭的闷响。歇久了,身体里的血流得迟缓起来,渐起的凉意在胸前背后慢慢扩张开，把本来就佝偻着的身子更紧地挤到一起。远处，升起些薄薄的山岚，淡淡的，浅浅的，似乎也是冷冷的。你会以为是自己的眼睛模糊了，揉一揉，再看，还是那一层冷冷的淡蓝。

"你说银女赶明儿是跟旺财埋呀？还是跟咱老五埋？"

"用问！"

"旺财？"

"不跟旺财埋跟你埋？旺财家里那一伙伙人眼珠子瞪得快要栽到地下了！"

"好说了，她银女到底是跟老五活了几十年！"

"几十年顶屁用，人家旺财是头一个男人。你银女就是再嫁上三回五回，也得回到头一个男人这儿来！"

"要是银女和老五有个一男半女的就好了。儿女们出头硬顶住，他谁敢来刨坟不成？"

"净是淡话，一男半女——有吗？"

"哎，老五做鬼还是做个孤鬼。"

"有啥法儿？"

"家日的呢，来世一场还不如不做这个人！"

"哼，由你？"

"日它的祖宗！……"

烟，早就不冒了，烫手的烟锅也变得凉冰冰的，两个人忽然失去了闲聊的兴致。远处的山岚似乎是逼近了些，田野里无声地涌起一派冷寂。

"动弹吧？"

"动弹。"

他们歪斜着站起来，走向垅头，又开始重复那个在一生之中注定了要成千上万次重复的动作。锋利的镰刀又在玉茭秆上割出许许多多一模一样的圆来。随着噼噼啪啪的声音响过，在他们身后留下来的，是愈来愈多的空旷。

太阳西沉了。

越来越重的暮色中，层层叠叠的山们惶恐地晃动着惊慌的额头，以为是光明正在抛弃自己。其实，它们不懂，那一层层如梦魇般漫上来的黑暗正是自己的身影，它们正深深地没顶在自己对自己的遮蔽之中。

远远看去，昏暗的山影浑然一片，什么也辨别不清。若不是时不时地有玉茭长长的尸体倒下去时发出的坼裂声，谁也不会知道，那浑然而昏暗的山影中包容着两个收割的老人。

送　葬

"吃吧吃吧，快吃，加菜！"

队长抹一把脸上的汗水，在锅边上丁当有声地敲着铁勺。那口气，痛快，大方，且比平日少了几分派头，多了几分真诚。

"六月的羊，膻过墙。"灶火上，大铁锅里冒出来的热气果然是腥膻无比。可众人却并不在乎这膻气，一个个蹲在地上，把脸扎在大海碗里，十几条汉子，十几只海碗，庙屋里一派稀里呼噜的吞咽之声。一面吃着，一面从碗沿儿上翘起脸来迎奉着队长的大方，一律的红脸白牙，一律的汗珠滚滚。从容一点的，就会从碗边上直起身来，伸手从鼻筒里捏出两管清鼻涕甩到地上，再把指头在鞋帮上蹭干，或是跟队长嘿嘿地笑笑，或是和身边的人搭几句闲话，这中间又总能十分敏捷地操起筷子，把浮在碗面上的肥肉夹一两块放到嘴里去。

队长抡起勺子在锅里转了两圈，把赶到一处的肉块盛了出来，真满，满得冒了尖儿！人们都把眼睛抬起来，那盯着这只冒了尖儿的流汤滴水的铁勺，自然也都明白，这满满一勺肉不会倒在自己碗里。果然，队长朝那两个从邻村请来的木匠走过去：

"来，你俩有功！"

看着这一勺肉终于有了归属，众人似乎都松了一口气，而后，又都真心实意地附和着：

"嘿嘿，就是有功哩！"

"不是你师徒俩熬夜，拐叔这阵儿也没个安置处。"

两位木匠满脸谦和地应酬着，说些"不要紧""不算啥"的客套话，所不同的是师傅脸上透出一股自信和满意；而徒弟的眼睛里总是闪烁不定的胆怯。当队长笑着又把第二勺肉块递过来的时候，师傅伸手挡住了铁勺：

"算了吧，他一个娃娃家吃不下那么多的肉，还要滞住食呢！"

徒弟慌慌地把一只手捂在碗口上：

"吃不动啦，吃不动啦！"

可是，众人却不依，都跟着队长热情而真诚地劝着：

"说毬的，吃吧，十五的小子吃死老子，快盛上！"

徒弟的防线被攻破了，可眼睛却一直怯怯地朝师傅脸上寻找着一个认可。师傅不说行，也不说不行，只把身子扭向别处——众情难却，他不好驳了大家的面子。

有人同师傅搭讪：

"你这一辈子做了多少棺材？"

"嗨呀，这可说不上，总有七八十了。"

"咱这道川里死在你前头的人都是福气！"

"咋说？"

"能躺你做的棺材还不是福气！"

说话的人笑起来,听话的人也笑起来,谁也明白,这奉承话是说到木匠心缝里去了。于是,大家都朝庙屋外的院子看过去,那儿,放着木匠师徒精心赶制出来的杰作:夏天白得刺眼的阳光下,是那口白得刺眼的棺材。棺材旁边是那棵已经老得不结果的苹果树,这棵陪伴了主人半生的苹果树似乎懂得发生了什么,挣扎着,把自己斑驳的树影扑倒在棺材上,偶或有风吹过,枝叶间便是一派沙沙的悲戚之声。

"看看这板刨得光么!"

"瞧那缝子严的!"

"一样样的木头,人家手里出来的货就是气派!"

木匠师傅呵呵笑着道出心里的一点遗憾来:

"可惜,是杨木。要是用柏木,样子更好。我这一辈子就做过两口柏木棺材,一回是老以前给邸家二奶奶做,一回是给公社陈书记的老丈人做,那木头,刮出来不用使漆就是亮的!"

"你说啥?"

队长把手中的铁勺扔回到菜锅里:"柏木?看他配么!就凭他那么高的成分儿?就凭他这富农?队里埋他就够面子,也就是我给他出头办这事情,搁着别人谁敢?"

有人问:"不是'四清'的时候给拐叔摘了帽儿?"

"摘了帽儿他也是有过帽儿!"

众人都讷讷地缄了口,稀里呼噜地吞面条的声音又淹没了一切。队长说的这件事情大家都知道,而且,还知道土改的时候拐叔的哥哥卷带着细软跑了,拐叔是个拐子,跑不脱,是顶替哥哥做了富农的。土改分了房子、分了地,就把拐叔分到村东的旧庙里跟送子娘娘做伴。拐叔似乎并不懊恼那些本不属于自己的土地和房产,似乎也不懊恼那顶"帽儿",见了乡亲们终日呵呵地笑着。后来,就在庙屋前栽了这棵苹果树。后来,他又使出祖传的嫁接手艺,于是左邻右舍和附近的村子里,到处都有了他这棵苹果树的子孙。托送子娘娘的福荫,那满树春天的白花,秋天的红果,把拐叔苍白的寂寞染得有了一些颜色。后来,等到苹果树不怎么结果子的时候,拐叔长出一把胡子来。

稀里呼噜的声音里有人又改了话题:

"这棵苹果树有股子怪劲儿,它就是今年才一颗果子也不结的,它好像知道拐叔今年就要死。"

"也不一定,没准还是拐叔见它不结果子了,才定了死心。"

"可不是,一辈子就做务了这一棵树,树不结果子了他还有啥惦记?"

"拐叔的死心是早就定了的,你没见麦收分的这一斗麦子磨成面他一口没动,他是专意留给这一天的。"

"是哩,拐叔心善。"

"不心善没有咱们这一顿白面条吃。"

队长又把勺子丁丁当当敲起来:

"快些,吃过三碗的等等,先叫两碗的加过这一回!"

喊声未落,已有六七条汉子围在热气腾腾的锅前,把各自的海碗落地有声地蹾到锅台上,而后,目不转睛地盯着那翻腾的锅口。有人快意地咒骂着:

"家日的呢,从正月到这会儿再没沾过个腥气儿!"

众人会心地哄笑起来——大家都一样,都是从正月熬到现在,有半年不沾荤腥了,连肠子也叫窝窝刮薄了。本来队里出面给拐叔送葬是件公差,用不着这许多人,可队长还是把全村的男劳力都使派上了,有这一顿饭,有队里杀的这一只羊,当然就要人人有份。笑过了,有人打趣:

"拐叔是善人，死了还给大伙弄来这么一顿好饭食，真比这庙里的娘娘还心善！"

众人又笑，笑过，又说：

"可不是，赶明儿等你死了，还怕吃不吃得上这么一顿羊肉面哩！"

"吃上也不一样——那是自己的，这可是公家的！"

于是，庙屋里再次哄起一阵男人们低沉有力的笑声。屋外的阳光白白的，院里的棺材白白的，肮脏的碗边上露出来的牙齿也是白白的。

队长把铁勺一抡止住了笑声：

"行啦，你们不用拿死人磨牙了，快吃，吃完了还得给拐叔掏坟呢。我们队上研究了研究，就在十五亩地头上掏吧。拐叔活着那会儿，锄地锄到十五亩就说等死了就想埋在这儿。要说呢，埋在那儿有个政治影响——土改前十五亩原本是他家的地。嗐，人都死毬啦，影响不影响也扯淡。说起来那地也不是他的，是他哥的。这人也是不算话，没有享上富农的福，净是受了富农的苦。行啦，不说了，人一死都是扯淡！"

庙屋里忽然一阵出奇地安静，男子汉们都静穆地倾听着队长这一段难得的"政治"演说。那些本来人人皆知的事情，那些熟知到了不愿理会、久远到了几乎忘却的事情，在这一刻，似乎突然有了一些从未想到的含义，似乎有个什么东西深深地刺到心里，把一个麻木了的地方撩拨得疼痛起来。其实在很早以前，他们中的大多数人，原也都有过一块或大或小的属于自己的土地。有人叹起气来：

"这拐叔……"

"成天笑笑呵呵的人，心里倒窝着这么一块病。"

"哎，死了就是了了，都是扯淡。"

队长又把勺子挥起来：

"行啦，行啦，干部们说说就算啦，你们群众说多了又是政治影响！"一面说着又掏出一包烟来，"来吧，吃完饭一人抽一根。"

烟是"绿叶"牌的，一毛四分钱一包，这一份开销也是公家的，所以，会抽的不会抽的都有抽一根的权利。一股沉闷随着烟们在庙屋里弥漫开来……队长忽又想起了两位客人，忙又招呼：

"工钱就按咱说好的折价成一斗半麦子，你找保管到库里领上，口袋库里就有，用完了记着还回来。"

木匠师傅点头应承："行呀，没有现钱就麦子吧。"一面又吩咐徒弟，"你领去吧。我送送这老拐子，我院里那两棵苹果树还是他给接的呢。"

队长笑笑："行，做了棺材再埋人，送人送到底了！"

说着再一次把勺子挥起来：

"来吧，都把空碗递过来，剩下这点菜每人分一点，拿回去叫娃们也尝上些。"

人们又都拥到铁锅前，再一次把大海碗蹾到灶台上，而后在灶前立定，抽着烟耐心地等着这最后一次分配。等到每个人都把自己的饭碗端起来的时候，队长正色道：

"今天的晌不能歇长了，后晌我不再叫了，谁要吃了羊肉面再耍奸滑，扣分儿！"

男人们并不回话，一律嘻嘻着露出些白牙。

半人高七尺深的一个洞，就着山坡掏进去，并不费多少工。十几个男人轮番上阵，抽了五盒"绿叶"，日沉西山的时分总算完工了。拐叔身后一无孝子、二无家人，队里只能尽责任，却不能尽了礼数和情分。没人抬棺，没人摔盆，没人举幡，无亲无后也就没有人灵前跪拜，没有人抚棺大哭。那白得刺眼的棺材，就那么被几个汉子白得刺眼地抬到驴车上，无声无息地拉到掏好了的坟洞前。每个人都格外分明地感到这无声无息的压抑，有人阴冷地打起趣来：

"家日的呢，棺材里头的人没声音，棺材外头的人也没声音。到底是谁死了？"

没人应对，这笑话说得太瘆人。

昏暗的山影中，只有队长那和平常一样威严、一样有派头的指挥，为这生和死划出一道熟悉而分明的界线。

棺材周围撒了五谷，棺材头上摆了几枚硬币，棺材前边燃起三炷线香，点着了一盏添了麻籽油的小小的长明灯。而后，碎石一块一块地把坟口封了起来，留下拳头大小的一个洞。队长拎起早就准备好的一只红公鸡，把鸡头塞进洞里，一面又对着鸡屁股拍了两掌，那公鸡便急躁而慌乱地对着另一个世界嘶叫几声。随即，拍鸡人严肃而又认真地问一声："掏墓的人出来了么？"众人也是严肃而又认真地答一句："出来了！"而后，才把这唯一的孔穴堵死。再而后，用三块石板搭一个低矮的石案，在坟前烧掉几张黄纸。

一切该做的都做了。

拐叔终于最后离开了这个世界，又在那个世界被布置停当。

有一刻，大家都愣住了，定定地瞧着那被自己隔开，似乎也是被自己建造的另一个世界，不由得升出些茫然和陌生来。

队长搓搓手，习惯地说了一句：

"收工吧！"

愣着的人们这才忽然省悟了似的扭动起来。暮色中，人们的面目愈见模糊，隔得远些，便只剩下憧憧的影子。人群中有人提起了话头：

"拐叔走得利索。"

"可不，一根麻绳一吊，甚也撒开了。"

"搁着我，也这么干。"

"就是哩，一个人孤孤的有啥熬头。"

不知是谁在说，也不知是谁在答。

这从山坡上走下来的一群，正在被愈来愈重的暮色一点一点地侵吞着。

1987 年 1 月 28 日寒夜

同　行

"就一回，能行么？"

"行你娘的脚！"

"一下下倒把事办啦，谁也眊不着。"

"呸！你死呀！"

伸过去拽衣服的手被狠狠地打脱了，只好缩回到脸上去抹那些冰凉的唾沫。一面抹一面又赔出笑脸来，可一笑，却笑出满口的黑牙，全村的女人们最瞧不上的就是这些黑牙。忙忙的用嘴唇去遮盖，没等盖住已经有话刺过来：

"瞧那牙吧，寒碜死人！"

这一句，比骂比打都有效，他那男人的热情和自信顿时被全部扫荡干净，猥琐、自卑地垂下头去。

林子里很暗，很静。脚下的这条小路铺满陈年的枯叶，每一步都会踩出些疲劳的叹息。浓密的枝叶编织出来的林海在头顶上深不可测地蔓延开去，偶或有一两只飞鸟游鱼似的飘忽而逝。从现在开始一直到东坡村十五里山路，都是这种恶实实的林子，老以前，常常是土匪们做手脚的去处。也许正是因为想起了这些剽悍的男人，他才终于鼓起了勇气的。现在他什么气也没有了，清清楚楚地想起了自己的职责，肩头上女人的包袱忽然就沉重了许多。女人是离了婚改嫁到东坡去的，新婆婆看不上眼，受不了婆婆的虐待，竟独自跑了回来。今天，临走前她爸爸给他塞过一盒"绿叶"烟来：

"我说，你不是要去东坡看你姐？干脆和她厮跟上吧！"

他接过烟，知道这姐姐是非去看看不可了——一盒"绿叶"要一毛四分洋哩！等到做爹妈的骂过了，做女儿的哭过了，两人便相跟上了路。上路前他存了一个侥幸的野心：

"家日的呢，两个男人都用过了，我也……"

现在，当野心和曾经装了野心的自己都被打得四分五裂的时候，他除了六神无主而外，想不出别的办法来应付这局面，只是觉得有点委屈：

"牙黑就咋了？牙黑也是男人……"

女人把垂头丧气的男人撇在身后，径自朝前走了。四下里一阵沉闷，只有脚下枯叶的叹息在前后呼应，一时间树林中的幽暗浓重压人。有汗珠从男人的鬓角里挤出来。

树林的外面，夏末的太阳像一只巨大的熨斗，把敞亮的天空烫得又平又蓝。忽然间，眼前一亮，岛屿似的有一处坍塌了的旧宅从幽暗中梦境般地冒了出来。据说，土匪们曾在这旧宅里支着锅吃过人。女人停下脚来，等着男人跟上来壮胆，等来人，却看见那满头满脸的汗，于是指指身边的一块石头：

"歇歇吧。"

女人先坐下,男人犹豫了一下也坐下。即刻,一股女人的气息钻到鼻孔里来。侧着的脸是粉红的,侧着的肩头是圆圆的,奶子挺得胀鼓鼓的,那四分五裂的野心忽又聚在一处膨胀了起来,呼吸也跟着粗重了许多,女人厉声道:

"你放规矩些!"

"……我是说这叶子厚得比褥子还软哩……"

"胡呛!"

"两个男人都用过了,你还怕啥哩……"

"呸!"

又是些冰凉的唾沫,那野心又四分五裂到爪哇国去了。

"你再胡缠我就回村啦!"

嘴在说,身子却不动,有眼泪大颗大颗地滴下来,男人慌了:

"我又没动,我又没动……"

女人只管哭,她现在是两处都去不得,两头都是水火坑。

"你个狼不吃狗不咬的畜生……"

"是畜生!是畜生!"

"你个丧良心货……"

"是哩,没良心!"

"你就不是人……"

"不是人!……呀呀,快不用哭啦,招呼叫人家过路的看着!"

"看就看,自己哭自己怕谁看……"

密匝匝的墨绿围着旧宅,深井似的在头顶上镶出一片荡荡的蓝天来,女人的哭声和男人慌乱笨拙的道歉搅在一起,朝那蓝天悠悠地升上去。远处有些鸟在叫,近处有只被惊动的野鸡从灌木丛里窜出来,扑噜噜地拖出一道长长的彩锦。

既是自己哭自己，就得自己出来收场。果然，这女人哭过一阵，便又不动声色地站起来独自走了。男人忙不迭地把抽剩了半截的"绿叶"烟夹到耳朵上跟过去。两个人默默无语，一前一后，除了踏碎枯叶的声响之外，再无半点别的声息。四下里又是一阵更浓重的沉闷和昏暗，就仿佛潜行在一个冥冥的深渊中。为了表示自己的悔过和歉意，男人走得十分卖力，他甚至希望这片梢林再大些，再恶实些，到东坡的路再长些，那样，他就可以更多地赎回自己的野心，把自己的悔过和歉意表白得更清楚些。可十五里的山路到底并不太长，等到他那被汗水湿透了的衫子凉下来的时候，远远地看见了一片参差的村落。眯起眼睛认了一阵，他认出姐姐家的那三孔灰黑色的砖窑。窑顶的烟囱上正有些青烟袅袅地升起来——还好，没有误了饭时。想到又可以在姐姐家吃上一顿可口的饭，他衷心地欢畅起来。

爹妈死后，他和姐姐相依为命。姐姐出嫁到东坡那一年，他常常独自一人穿过林子跑去看姐姐，有时为想她，有时只是为了一顿饭。姐弟相见总不免抱头哭一场。那时候，人小胆小，走到幽暗处便兀自吆喝起来壮胆，十五里路喊下去，常常就扯哑了喉咙。后来，时间一长也就淡漠了。再后来，等到姐姐把孩子接二连三地生下来，姐弟俩便常常经年也不见面了，那十五里的山路竟叫人觉得遥远起来。

姐姐到底还是姐姐，看见弟弟来了，又在和面盆子里实实地加了两碗面。只是等到把掺了榆皮面的擦疙瘩杆到脸前时，却又戳着鼻子骂起来：

"你不能咋，号里的驴也不能比你再傻了。一盒'绿叶'烟就支使得你跑三十多里路？误一天工分多少钱？吃这一顿饭多少钱？说你不够成就是个不够成，照这样，你一万辈儿也不用想娶媳妇，咱刘家前生前世造下啥孽啦⋯⋯"

他闷着头，一碗又一碗地把听见的和端着的一股脑吞下去，自己当然不是为了那一盒"绿叶"烟才来的。到底为什么？却又说不出口来。实在听得烦躁就应了一句：

"咋，想你么，就不许看看！"

"一不死，二不病，想的我要咋？啥会儿你成家立业，栽根立后啦，姐姐咽气也是痛快的！"

他有些耐不住了："不就是吃了一顿饭么，我给你钱儿！"

一句话戳到心窝上，姐姐捶胸顿足地嚎起来。他摔下碗走了，相依为命多少年，姐弟俩第一次翻了脸。

气哼哼地走出村，他在村外的河滩边上拣了一处树荫坐下，刚刚晒过的石头热气还没有散完，片刻工夫，屁股下边已是温温地发烫了。他掏出"绿叶"烟来，却又想起姐姐的数骂，细细想起来，自己虽有几分受了"绿叶"烟的支使，可比吃饭、比抽烟都要紧得多的是那件说不出口的心思。如今不但遭了姐姐的数骂，最重要的是那心思白白地心思了一场。倒霉！晦气！想起来全是碍了这一盒"绿叶"烟的面子，不知怎么心里陡然升起对这一盒烟的仇恨来，狠狠地把烟盒撕了一把：

"家日的，都抽了你个龟孙！"

等到抽出一支来，忽又想起耳朵上还夹着半截，只好又恼悻悻地把抽出来的烟卷塞了回去，点着了耳朵上那半截烟。一面吸，一面又恋恋地朝村里望。他觉得姐姐或是姐姐的哪一个娃娃肯定会从村边的那个路口上追出来。他希望他们追出来。那样，他再走心里要好受些。而且，他还可以把坐在树荫里反复想好的几句话撂给他们：

"咋，穷就穷，光棍就光棍，不够成就不够成，窝囊就窝囊，反正就是这一堆啦！反正也不用你养活，反正爹妈也是不在啦！"

他知道，说了这话，姐姐一定会哭。等她哭了，自己再哭，然后就走。男子汉不能受女人家的气！他还知道，过不了几天，姐姐就会蒸上馍来看他！

可是，凭他在河滩上想得天花乱坠，却不见半个人影走出来。他那些男人的志气终于熬光了，只剩下越来越多的委屈和孤独把鼻子搅得酸酸的。他想哭。

头顶上，被蓝天禁锢了一天的太阳仿佛难产一样，终于血淋淋地从蓝色中挣脱出来，跌落在西山顶上。接着，报复似的，放起漫天大火。山谷里骤然暗了许多。

终于，村边的路口上有人奔了过来，而且是照直朝自己奔过来的。等他认清来人后不由得激动起来，隔了老远便喊：

"咋，你又回来啦？"

来人并不答话，只是匆匆地朝这赶，走到近前，他叫起来：

"狗日的，他们凭啥打人？看你脸上这血！狗日的，他东坡凭啥打我村里的人？找他说理去！"

一面跳骂着，竟弓腰在河滩里抓起一块石头来。女人上前死死拽住他的一条胳膊：

"走吧，咱还是厮跟上回吧，我不去那个家了，死了也不去……"

"包袱呢？不能白白把包袱便宜了他，我给你要去！"

"走吧，走吧……"

"不行，不能便宜了他！"

"我求求你啦！……"

女人忽然号啕起来。他被吓住了，呆呆地盯着那张涂满血泪的脸，把自己的志气和委屈忘得干干净净。

走过河滩，爬上山梁，一同来的两个人，又一同淹没在那恶实实的林子里去了。所不同的是，来的时候多一个包袱，走的时候多了些伤痕和眼泪。这一次，他再也没有什么野心了，他知道这些眼泪是为另外两个男人和这个女人自己而流的。这中间没有他一星半点的份儿，他最多也只是凑巧看见些别人的事情。这种事情，做梦也轮不上自己，哪怕为这种事情哭一场的机会自己也不曾有过一次。女人一路都在抽抽搭搭地哭，他只好闷头跟在后边。两个身影匆匆在黑魆魆的林间闪过，真就好像是一个黑牙小鬼捉拿了什么冤魂去生死簿上销账。

天完全黑下来的时候，他们返回到自己的村子外边。村口的老杨树怪物似的，黑森森地从半空里狰狞地扑下来。女人冷丁停下来不走了，他绊了一下，笨笨地跌撞在女人身上：

"咋啦？"

"我不回了……"

"不回了？"

"熬煎死人啦，真不如死了强……"

他这才明白过来，于是上前拉住一只女人的胳膊：

"不怕，有我哩，我给你说情！"

这一次女人没有打他，反而扑上来哭在了怀里：

"熬煎死人啦，真熬煎死人啦……"

那些白天被他馋馋地看在眼里的肩膀和胸脯，现在都在身上碰撞着，早就熄灭了的野心又干柴遇火似的烧了起来。他把一只手悄悄地按在奶子上抓了一把，马上又遭火烫了一般放开了，一心等着会有唾沫再喷到脸上来。等了一会儿，并不见唾，女人只是呜呜地哭，孤苦无助的悲哀压垮了她。不知是自己真的有了勇气，还是女人的可怜给了他勇气，他竟然脱口喊出一句：

"不怕，他们都不要你，我要，我不怕！"

黑暗中竟觉得自己高大起来。女人什么也没听见，只管凄凄艾艾地痛放悲声。他又十分昂扬地加了一句：

"家日的呢，我要，我不怕！"

天很黑，黑得什么也看不见。阳光下面的那个大千世界，现在没有了，一切都变成这单一的黑色。

送家亲

浑身抖索了一下，慌慌的，她把被烫得很疼的那根指头吮到嘴上。三爷说这二十九个灯捻非得要一个火种一口气点燃。刚才那根草棍儿尽管烧了手，可到底还是把最后一个灯捻点着了。灯碗也是照三爷的吩咐，用山药窖里最大的一个山药蛋掏空了做成的。现在二十九个灯头纷乱地在灶口前燃烧着，竟使这一向昏暗的石窑里显出一点炫人的辉煌。本来就是一团乱麻的心被这二十九个灯头搅得更乱了，仿佛满腹心事都被支在了灯头上燎烤，她索性闭了眼，任那愁绪在火苗上焚做青烟……二女儿又在婆婆的怀里哭起来，婆婆费心地哄劝着，三番五次哄不住，老人索性撩起衣襟来，把早已干瘪了多少年的奶头杵到孩子嘴里，一缕灰白的头发散到脸上也顾不得拢，只顾"噢——噢"地摇晃孙女。眼泪猛然就涌了出来，她掩饰地转过身去。她看透了，身后边的这个人就是将来的自己。早晚也有这么一天，奶子也会像个皱巴巴的口袋吊下来，头发也会又灰又白，手指头也会总是蜷曲着再也展不开，也会像一截老树根似地盘在炕上发呆……睫毛上的泪珠把视线弄得模糊了，二十九个灯头围成的光环幻化成无数绚丽的光环，搅得心里更乱了，这一辈子还没这么乱过。她再一次地闭上眼，把泪珠和光环们沉重地从睫毛上推了下去。

凭直觉，婆婆知道媳妇准又是在哭：

"呀呀，针尖儿大个事儿，看值得么？"

她长长地抽一口气，把哭声堵在心里。

"灯都点着了，还不快些唤你三爷去，唤来咱好做。"

她犹豫了一下，可还是鼓着勇气说出来：

"妈，咱不做了吧？……"

"咋不做哩？快些儿快些儿！"

她顺从地站起来走到外间，打开屋门时又提醒婆婆：

"妈，灶台上还有半碗糖水水，小女子哭就喂喂她。"

关上门以后她没有马上就走，就那么软软地靠在门框上。现在她不用闭眼也是一团漆黑，篱笆墙的瓜蔓上有只萤火虫在爬，忽明忽暗的微弱的萤光把夜色弄得神秘起来。她觉得自己有点像那只萤火虫，说不定什么时候就灭了，就会在这没边没沿的黑地里灭得无影无踪。石窑里又传出来二女儿的哭声，她忽然忘记了自己的任务，不由自主地又提醒：

"妈，喂小女子些甜水水吧！"

"咋？你还没走？"

婆婆的声音分明焦躁起来。随即，漆黑的街巷里响起一阵惶恐的脚步声。

三爷把装满谷子的升子放到灶台上的时候，婆婆满脸歉意地探过身：

"看麻烦的，求你给送家亲，还得用你的谷子。"一面又埋怨媳妇，"沉沉的，咋你不帮三爷拿上？"

三爷从容地拍打着前襟："我预备下省得大家麻烦。"

说着从怀里取出一把筷子长短的谷草秆，和许多剪得极精致的花花绿绿的彩纸。两个女人顿时都缄了口，恭恭敬敬地看这些纸，看了一会儿，婆婆有几分忐忑地试探：

"用我们娘母搭个手么？"

"使不上女人。"

三爷的话很短，也很有些威严。女人们越发地不敢出声，定定地瞅着眼前的这个男人笨拙迟缓的动作：

灯碗的后边放了谷升，剪裁的彩纸条展开来夹在谷草秆上，插进谷子里。五杆红的，十二杆黄的，一杆黑的，一杆蓝的，依次排开簇拥着一块用黄纸裱糊的灵神牌位；再插上五炷香，再摆上三盅酒；做完这些，又展开白纸剪成的八个手拉手的小人，放一张黄纸写好的祖先亡人的牌位（即谓家亲），用一碗谷，一盏灯，一盅酒，两炷香，摆到水缸下面；最后抽出三根线香捏在手中，把线香伸到灯头上的时候问了一句：

"送了家亲就问腰腿疼？"

二十九个灯头烧得很亮，墙壁上，三爷的身影又怪又大，瓮声瓮气的问话活像是这大影子说出来的。婆婆仓促地应对着：

"除了腰腿疼，还有家里尽出些日怪事情。"

听到这她抖索了一下，朝婆婆看过去，发现婆婆也正在朝自己看。她们都明白，请三爷来送家亲，送一送这些到宅里来做怪的祖上的亡灵，不是为的婆婆的腰腿疼，而是为了婆婆说的这个"日怪事情"，是为了自己。想到这，心里便生出许多对婆婆的感动，这感动，把眼前的光环又搅做缤纷的一片。

三爷长长地"唔——"了一声，并不问"日怪事情"的根由，把线香对到火苗上，烧出一股甜腻腻的香味儿来。点了这炉香三爷就靠在炕沿上抽闷烟，不说话，半闭着的小眼睛埋在满脸的皱纹里，灯头们又把他的怪影子大大地投到墙上。婆婆找些旗旗剪得好，人人剪得巧的话题来讨三爷的高兴。三爷并不回话，只是长长地"唔"了一两回。香过三炉，三爷对着灶台上那些代表天地众神的彩旗和牌位三叩三拜，口中念唱起来：

> 千扬神，万扬神，
> 神里难，难里神，
> 扬起山西蒲县城，
> 村岗路扬南砣村，
> 高名上姓吴门宗，
> 为盘头夫人老阴人，
> 身带龙凤军情，
> 也不知道是寒火虚实，
> 也不知道是神君觉惊，
> 阳世三劫草帽子人，
> 不知道天高地厚，
> 这无法可治了，
> 请得这杨门小小马童，
> 剪上五杆高旗十二杆黄旗，
> 在九龙口里献起大小神君。

唱罢，三爷又把一条长方的黄纸点燃，不叫它着地，两只厚茧遍布的大手倒换着托起那团火舌，火光闪处，三爷的脸上竟满是刚毅和肃穆。在那双男人的手掌中，火舌们终于缩成几片又黑又薄的纸灰飘落下来。跟着，三爷又点起一炉香，又有些甜腻腻的味道飘出来。

"这是迷信！"

她在心里告诫自己。十年前在公社中学念书的时候，学校的陈校长就给同学说过跳神送鬼的事全是假的，是迷信。可越是这样告诫，眼前的这个场面就越缠人。三爷为什么要说这一句呢？为啥要说"这无法可治了"？他怎么就知道没法子了呢？这件事也许还有办法呢，没有办法了请你来送家亲是干啥呢？真要是"无法可治了"，家里这四个女人往后交代给谁呢？越这么想，她在那"无法可治了"的念头里陷得越深。土炕上，两个女儿都已睡着了，婆婆歪斜在墙上也熬撑不住了，强睁的眼睛里除了极度的疲倦之外，再看不到任何其他的东西。一股骤然而起的悲苦和凄凉，从这横躺竖卧的人堆里席卷而来，她几乎放声大哭起来，但又怕吓坏了孩子，又怕婆婆埋怨，只好拼命压住，压进心里的哭声逼得她周身一阵战栗，呻吟似的，她又长长地抽进一口冷气。

"泼香菜吧！"

不知不觉中三爷已经又做了几道什么仪式，正端着一碗冷水，把一根香折碎到水里。她惊惶地看一眼婆婆，转身到外间屋捏来两撮生米生面放进碗里。三爷把水当屋泼在地下，又念：

"各回各家中，各回各坟茔。"

念罢端起家亲牌位和那五杆挂了红纸的旗子走出屋门，一面走，一面又吩咐：

"撒灰。"

她赶忙从灶底的炉窝里掏一把柴灰，沿门槛齐齐撒下一道灰线，嘴里也学着三爷的样重复一遍：

"各回各家中，各回各坟茔。"

人还没进屋，婆婆已经在里间又催促起来：

"快拾掇菜吧，你三爷去十字儿上送了家亲说话就回来！"

其实，三爷的酒菜早就准备停当了放在案板上，尖尖的一碗山药丝，满满一碗鸡蛋，再加一瓶高粱白酒和做酬劳之用的三升麦子。一眨眼，就在刚才被三爷称做九龙口祭神的地方，火光又闪了起来，山药丝炒熟了，鸡蛋也炒熟了，酒在细瓷壶里烫温了。两个女人尽心尽意地上下伺候，劝酒劝菜。可三爷只喝酒不碰菜，喝得脸慢慢红起来便推了杯子，提起那条装了麦子的口袋，掂一掂，又放下：

"算了吧，留着给娃吃些吧！"

女人们一阵骚动，一阵由衷的感激涕零。

三爷并不理会女人们的感激，把窑洞上下周遭打量一番，叹一口气：

"哎——，一家子全是女人，宅里阴气太重，往后怕是还要有事情。"

"他三爷，有啥法能解救么？"

"难说。"

说完，三爷撇下两个呆愣愣的女人，径自走进黑洞洞的街巷里，拖塌、拖塌的脚步声传了老远。

刷锅，洗碗，铺被，吹灯。两个女人照往日那样做着些琐碎的事情，也间或提起些琐碎的话头，可她们再也没能从三爷那个可怕的预言中挣脱出来。她又想起三爷刚才唱的那一句"这无法可治了"，心又痛楚地揪成一团，事情闹到这一步还有什么办法可治呢？还有什么办法可解救呢？三爷还提啥往后，眼下这一关就把人熬煎死了……她就那么一动不动地直直地躺在黑暗中，两眼也是直直地瞪着，太黑，黑得什么也看不见。黑暗之中，脑子里那些杂乱的念头转得特别快，这疯狂的旋转把脑子里弄得也是黑洞洞的一片……耳朵边上传来微微的鼻息，她能分辨出哪是大女儿哪是二女儿。头顶上飘忽而过的凉风，是从破了的窗户洞里吹进来的，她糊好过，又被小女儿捅破了。屋里头弥漫着的这些汗味，鞋味，和炒菜炝锅味，也是大家弄出来的。面笸箩里窸窸窣窣的响声又是那只小老鼠在偷食呢，有一回，她笑着把一只鞋扔过去，吓得小东西打着滚吱吱乱叫……可她弄不明白，怎么会就这样在这个温暖熟悉的家里，突然落到这样一种陌生和孤独的绝望中来了，而且还是"无法可治了"。真的是无法可治了，她从一开始就想透了，不管是哭，是气，不管是求神还是拜佛，都救不了自己，自己也救不了自己，自己没有任何办法可以阻挡这事情的发展。可是，她又可怜婆婆，她不忍心现在就当面给婆婆戳破。好像，更不忍心自己给自己戳破，她想不出戳破了以后该做些什么。那只小老鼠大概吃得高兴了，大概是又招来一个伙伴，面笸箩里竟有些繁忙热闹起来。不知不觉中，她忽然看见了模模糊糊的窑顶，剥落了的墙皮后边牙齿似的，露着些乌黑的石头。她猛地想起自己没有听到鸡叫，鸡们不会不叫的，可为什么自己竟一丝一毫的察觉也没有呢？她有几分惊讶地侧过身去，却又更惊讶地发现婆婆也没有睡，窗纸上透过来的朦胧的晨光，照出婆婆两只直瞪瞪的眼睛。她惊恐地叫了一声：

"妈……你没睡？"

"咋能睡哩……"

一语未了，老泪纵横。

"那个黑心的畜生,他咋就能想起离婚呢?这多年他在外边工作都不离,为啥现在偏偏要离呢?咱娘母哪点对不住他?……"

除了眼泪,她只有一个字:

"妈……"

"我做下啥孽啦,生下这个畜生,半道上撇下娘母四个是活是死呀……是妈害了你呀……我不跟他过,我饿死也不跟这畜生!"

"妈……招呼吓着娃些……"

"是我害的你,是我害的你……"

"妈……不怕,离了婚我也是咱吴家的人,我哪儿也不走,地还是咱娘母俩种,我给你养老送终……"

"我怕是活不过这一回啦……"

"妈……你心里要是还过不去,咱再请东川的王先生来做一回吧?"

"我是活不过这一回啦……"

"妈……"

一声洪亮高昂的鸡鸣从院子里传过来,这一次,她听清了,而且听出来是自己家的那只大红公鸡。天已大亮。只是眼里的泪水把窗纸弄得十分模糊。

1987 年 6 月于太原

驮　炭

视线里塞满了又肥又圆的屁股。

驴们正在上坡,坡很陡,路很窄,两边夹紧了浓密的灌木丛,于是,视角上仰的眼睛里就只能看见这些又肥又圆的屁股,上下左右地晃,黑亮黑亮地闪,紧绷绷地充满了力气。在这四个庞大的屁股上边还有一个屁股,也是紧绷绷的,裹在一条打了补丁的黑裤子里。裤子是黑的补丁却是绿的,粗针大脚缝上去,活像两只绿眼傻瞪瞪地往后瞧着,瞧得他直想笑。两只绿眼的上边晃着一根充鞭子用的树枝,晃着晃着就晃出一句唱词儿来:

说西庄道西庄,
西庄里有位好姑娘……

可惜,只有这一句,唱完了就干干地停下来接着闷头走路。他只好继续和那两只绿眼对视，耐心地等着下文。等了一阵，果然又唱起来，可还是刚才那又干又硬的一句。他忍不住催促："嘿，接着唱呀！"

唱歌的人带着几分歉意笑起来：

"嘿嘿，不会啦……"

"不会这个，唱别的。"

"嘿嘿，除过这一句，啥也没学下……"

真扫兴！他把仰着的脸低下一点来，那些又肥又圆的屁股们又满当当地塞到眼睛里。山路上一阵沉闷。

像是为了补偿，在前边领牲口的人倡议道：

"你这北京娃给咱唱个北京的新式儿歌吧？"

"我不唱！"

"咋？"

"北京的新式儿歌都是直着脖子嚎，听那还不如听咱的叫驴。"

领牲口的叽叽嘎嘎笑起来：

"哈，厼娃，说话咬人得多哩……"

笑够了，又提议："哎，你们北京娃不是还会唱外国的洋歌儿，唱个外国的叫咱开开眼。"

邀请很真诚，也很急切。这一次，他没有推辞：

> 茫茫大草原，路途多遥远。
>
> 有位马车夫，将死在草原。
>
> 车夫挣扎起，拜托同路人：
>
> 请你埋葬我，不必记仇恨。
>
> ……

歌挺长，歌词挺多，他唱得很认真，也很动情。他觉得自己有点像那个"马车夫"。唱完了，嘴里很干渴，耳朵却在等着听众的评价，走了十几步也不见动静，冷丁传来一句："马车夫就是赶车的？"

"嗯。"

"要是这，他跟咱也差毬不多，都是伺候牲口的。"

"嗯……"

这一次的回答很勉强。心想："差得太多啦！"一面又急着催：

"这歌好听吧！"

"寡淡。"

"为啥？"

"说就说，唱就唱，你这又像说又像唱的一个调调还不胜蒲剧顺耳哩！"

他苦笑笑，没再搭腔。队伍里一头黑驴"啊——儿，啊——儿"地叫起来，声音粗野洪亮，震耳欲聋。叫完了，喷个响鼻甩甩头，长长的耳朵有力地拍打出噼噼啪啪的声音。领牲口的人叫起好来：

"家日的黑驴，叫得美！"

刚才的苦笑又浮了上来，他解嘲道：

"我早就说了，还不如听咱的叫驴。"

领牲口的人再一次开心地大笑起来。

他没笑，笑不出来。忽然觉得山里的白昼竟是这样的悠长，淡得发白的天上空荡荡地悬了一颗孤单的太阳。去驮炭的那个煤窑离村子二十五里路呢，真是太远，太长。两人都闭了嘴，只有杂沓的蹄声或深或浅地踩到沉闷中来。

同行的伙伴耐不住寂寞，走了不远，绿眼睛上的那根树枝又兴致勃勃地晃起来：

"你那相好的攀上高枝儿不要你啦?"

这一炮轰得太突然!刚才还是一片空白的脑袋里顿时一团大乱。他想不到别人会当面问这个自己最忌讳、最隐秘的问题,一时间支支吾吾地对答不上。

"哎,睡过她几回?"

说着,不安分的伙伴兴冲冲地转回身,一张颜色深得与黑裤子相近的脸上灿然放着光彩,头一摆,又旋即转了回去。

这一次的轰炸更是十倍地猛烈。他满面通红地喊:"你胡说什么!什么睡不睡的!"

绿眼睛上的树枝晃得俏皮而又自信:

"嗨——呀,嘴硬。你不睡她,相好个啥?"

"你根本不懂什么叫谈恋爱!……"

"嗨——呀,寡淡。不睡她,干干的有啥爱头?天底下男人女人还不是一个样!"

坚定不移的自信和坦率裹着浓烈的马骚味儿从头顶上弥漫下来。尽管他十分的不情愿,尽管他觉得是如此的驴唇不对马嘴,可他又毫无办法去阻挡这赤裸裸的侵入。

"女人家眼窝子浅,刚有了工作倒把你蹬了。她狗日就没看出你是公子落难,等啥时候咱翻过身来,她骚货跪到门跟前求都求不上!我说这话你信么?"

也许是马骚味儿太呛人了,他顿然停下脚步来,和驮炭的队伍拉开了距离,于是,有许多空旷涌到这距离中来。山谷里,一只布谷在唱,像一个成熟了的女人,从容而又沉静。

不知不觉的,领头的人在山顶上喊叫:

"快些!我带你去个解渴的好地方!"

他奋力蹬上去，果然，山脚下几间村舍，正把淡蓝色的寂静缓缓地喷吐出来。

走下山坡，来到一座旧石屋门前，领牲口的伙伴高呼一声：

"来啦！"

门帘一挑，闪出一位健壮的农妇来，窄窄的门框顿时显出了局促。农妇冲着来人脱口便骂：

"就知道是你个龟孙！"

"哈哈，咋就知道？敢是想我了吧！"说着，手伸过去在女人肥硕的屁股上拍了一把。

"骚胡！放尊重些！"

"等你转生投胎做了娘娘，我天天烧香尊重你！"

"我要当了娘娘，就让你投胎做个叫驴！"

两个人你来我往地肆意笑骂。他不由得停下来，左右看看，索性在门前的大柳树下坐下来。一转眼，伙伴端了两只粗瓷海碗走出来，杵给他一碗，抿了一口，甜的。伙伴朝他挤挤眼："咋样？"他不答，只笑笑。端水的人撇下他又闪进屋去，仿佛黄鼠狼进了鸡窝似的，即刻又搅出许多嘻嘻哈哈的笑骂来。他一面听，一面细细地品尝碗里的甜味，和混在甜味里的那股淡淡的蒸锅味儿。等到伙伴笑够了出来招呼上路的时候，他起身将半碗糖水款款放到窗台上。

走出村子，伙伴又把树枝摇了起来：

"你说咋样？"

"什么咋样？"

"这女人咋样？"

他仔细想了想：

"挺胖。"

"哈哈,狗日的那一身肉就是爱见人哩!"

一面说笑又兀自催促道:"快些,快些,不磨嘴了,人家等着要炭呢!"

山谷中迎面吹来些风,风里裹着一股煤炭燃烧的气味。

在煤场上,两人仔细地挑出些均匀的煤块,把所有的驮筐装满过了秤之后,领头的伙伴变魔术似的又从鞍子下边抽出一条毛裢来,笑嘻嘻地搬来枕头大小的两块煤装进毛裢里,一前一后朝肩头上一搭:

"这是窑上的规矩——饶头儿!"

"有驴呢,干吗还用人背?"

"驴驮回去是队里的,人背回去是自己的。咋,你不背点?"

他摇摇头,朝这遍地是煤的河滩打量着:河谷对岸是十几座烧土焦炭的煤池,每座煤池上都有十几个火口在呼呼地响着,把蓝色的火焰白白地吐向空中。再看看伙伴的那两块煤,不由得有点心疼那些火焰。

加了分量自然不如来时那么悠闲,分量压得人和驴的脚步都快起来。不一刻,人和驴都淌下些汗来,只有他轻松得不自在。很快,又到了刚才的村子,又到了刚才那旧石屋门前,但并没有停步的意思。背着煤的伙伴朝他挤挤眼,又摆摆手,他只好跟着走,走过小河,走进山根下的一片杨树林,人马才停下来。他满心狐疑地望着那背煤的人把一块煤倒在地下,又将毛裢提在手上:

"你等等,我去给她送炭。"

他猜出八九分,便笑。说话的人也笑。一闪身消失在树林外边,急如星火的脚步响箭似的消失在远处。头顶上繁茂的树叶顿时喧闹了许多。他索性拣了一块草地躺下去,把眼睛闭起来……最后分手的那一夜,他和她确实是睡在一张床上的,就那么死死地搂着,她哭了一夜,他劝了一夜,他完全可以照说的那样"睡她",可最终还是没有,就那样分手了。分手的时候她和他都想不到是现在的结局……他有一点暗暗地惊讶,两个人几年的情感,在这闭起眼睛的昏暗中似乎只需要短短的一瞬便可滑过。于是,他固执地挽留着这眼皮后边的昏暗。只有树叶沙沙地响声能传到这昏暗的深处……

不知过了多久,响箭似的脚步又奔了回来,见了面不说话,只对他涎着脸嘿嘿地笑,笑完了,熟练地抱起地上的煤块,看看纹路,朝一块青石上用力磕,那煤竟齐崭地一分为二,而后,又照原样装进毛褡一前一后地搭到肩膀上。而后,又笑笑:

"嘿嘿,这块是给咱婆姨的!"

他也笑笑,并不发问,只是默默地照旧跟在队伍的后边。走上山坡的时候,他忽然记起了那间旧石屋和那个健壮的农妇,就想:那石屋门前现在一定有个人在朝这儿张望,那张脸一定是白白的,很胖。于是便转过身去。转过身去才知道自己错了,石屋门前空荡荡的,错落的村舍们依旧是缓缓地把那些淡蓝色的寂静喷吐出来。头顶上领牲口的伙伴又来了兴致:

> 说西庄道西庄,
> 西庄里有位好姑娘……

短短的唱词后边似乎空下了许多未能尽意的不满足,接着,运足了力气又唱。可惜,还是只有那又干又硬的短短的一句,既不婉转,也不悠扬。

"难怪只爱这一句。"

他想。

"喝水——！"

　　从土窑的阴凉里朝外一跨，"轰"的一下，灼人的热浪立刻逼出满身的鸡皮疙瘩来，头发下边一阵炸痒，活了二十岁终于知道，鸡皮疙瘩原来热极了的时候也出。眼睛四周被白炽的阳光晃出一圈黑影，忽忽悠悠的弄得人有点轻飘飘的晕眩。刚才睡着时汗水浸湿的领口一眨眼干了。脑袋里残存的一点睡意被热浪扫荡得干干净净——真清醒！一片亮晃晃的意识里，仿佛也当头悬着个太阳。他眯起眼睛朝远处看过去，涧河对面红褐色的岩壁像一张醉汉的大红脸，热烘烘地贴着河水。咽下一口唾沫，他极其清晰地回忆起刚才的梦境：就在自己家的胡同口上买了一根冰棍，小豆的，从小到大一直就爱吃小豆冰棍。嘎嘣咬了一大口，抬起头来正好看见胡同口灰砖墙上的那块牌子，搪瓷的，蓝地白字，清清楚楚写着：羊尾巴胡同。心想，应该给她也买一根带回去……不对，她们家住隔壁教子胡同，不住羊尾巴胡同……跟着，抽冷子似的打起雷来，浑身一激，醒了。不是打雷，是工头吆喝上工，堵在窑口只喊两个字：

"喝水——！"

小工们四肢并用地爬起来，吭吭哟哟地伸着懒腰朝外挪。麦秸铺的地铺上还有人腻腻歪歪地磨蹭，工头骂起来："我日你娘，坐下月子啦！快些！"

他扭回头去看了一眼，尽管地铺上的那个人一边起身一边极力地掩饰着，可他还是在裤裆口上看见湿乎乎的一片，心里不由得鄙夷地咒骂起来：

"尿小子，又跑马了！真他妈的马裤呢！"

"马裤呢"是大伙起的外号，因为他老"跑马"，书上说这叫"遗精"，是病。"马裤呢"成天蔫头耷脑的，大伙起哄的时候他的脑袋就耷拉得更低，一张紫脸恨不能钻到裤裆里憋起来，这种情形又叫人有点可怜。他给他出过主意："回北京找个医生治治。""马裤呢"抬不起头来："这事儿没法张嘴……"

工头已经提着瓦刀上了脚手架，不戴草帽，挺着一颗光头在太阳底下硬晒。他是涧河川里手艺最好的匠人，庙里的神仙，村里的男女，都住他盖的房，他砌的窑。他又是涧河川里最苛刻小工的工头，有两句最著名的口头禅，"我日你娘，我就不知道什么叫个累！""我日你娘，我就不知道什么叫没钱儿！"大伙背地里骂他，管他叫二地主。其实，二地主是五代贫农。二地主喊工是因为这十孔砖窑粮食收购站和他订了合同，大队叫他全面负责。合同规定的钱数是死的，但又规定早一天交工就早一天算钱，领工的人就多一份分红。二地主就拼命地赶，白天赶着人干活，天一黑又赶着人睡觉。为了延长白天的工时，他索性取消了午饭后的歇晌。在他的治下，这几孔充满了麦秸味和汗酸气的土窑活像是马圈。这些歪歪斜斜出出进进的身体，除了不会打响鼻和甩尾巴，剩下的差别并不太大。

他紧贴在墙根下边一条窄窄的阴凉里站了一会儿。工头把他和"马裤呢"分到一块滤石灰，这事叫他有点扫兴，可是别人全都不愿意和"马裤呢"一起干活，他不忍心瞅着北京老乡活现眼。"马裤呢"无声无息地走过来，他劈头给了一句："你小子真他妈没出息！"

"马裤呢"脸红了，知道他在骂什么，只觉得无地自容。

"你就不会忍着点？"

"这事儿不由人……"

"一肚子坏水，你成天就想这缺德事儿！"

"没有……根本没有。"

"我不信！"

"真的……这事不由人……就是活太累，我顶不住。"

"马裤呢"已经拖出哭腔来了，他只好强忍住涌上来的厌恶不再追问。在他二十岁的生涯中还从来没有过一次这样的经验，只在初中三年级的生理卫生常识课上，模模糊糊听老师讲过一次，在印象深处他觉得这种事情很肮脏，很见不得人。

好像嘲弄人似的，正午的太阳把每个人都变成侏儒般的短小，紧拖在脚跟后边。石灰堆强烈的反光逼得人难以睁眼。他赶忙把墨镜掏了出来，隔着茶色的镜片，暗下来的世界顿时清爽了几分。"马裤呢"没有墨镜，只好苦巴巴地半眯着眼。这副被他无意间带来的墨镜，是他俩唯一的劳保用品。工头分活的时候说："你有镜子，滤灰吧！"可这副墨镜一直都在折磨着他，每一次当他把墨镜架到鼻梁上的时候，都觉得欠了"马裤呢"的人情。有几回他把墨镜塞给"马裤呢"，可都叫"马裤呢"半哭半笑地推辞了。他若像个男子汉硬邦邦地推辞也就罢了，偏又是一副苦相。看见这苦相他就光火："你小子不戴活该！"

　　滤灰池的旁边是这座小山似的石灰堆，他和"马裤呢"的任务就是把涧河里的水一担一担挑上来，在池子里把这座"山"一点一点地兑成石灰浆，用耙子一刻不停地搅拌着，把浆过滤到池子下边的那个深深的大坑里，而后再把滤剩下的渣子、石块撮出来。石灰山很大，涧河里的水很满，所使用的耙子、铁锹、扁担、水桶也全都坚固耐用，需要的只是他和"马裤呢"吃下窝窝头以后所转化出来的力气。

　　也许是眼前这两块茶色玻璃带来的一点清爽引起了快意，他又想起刚才的梦境来：真有意思，怎么就单单梦见要给她买冰棍呢？还是小豆的，人家说不定爱吃奶油的呢，别说，这事儿还真的从来没问过她。都说心里想什么梦里就梦什么，可不知为什么他特别想梦的那件事没叫他梦上。昨天晚上，趁着二地主不注意，他偷偷跑回村去了，一口气跑了十五里山路，把她偷偷叫出来在村口的老杨树底下坐了三个多钟头，然后又摸夜路跑回来，一点也不觉得困，一点也不觉得累。老杨树是村里的神树，有半间屋子那么粗，老树根宽得像板凳，比北海公园里的长椅一点不差。三个多钟头他一直搂着她，磨缠了十几次，她到底还是答应了，解开领口，让他把手伸了进去。满是茧子的手抓住那软软的东西时，他浑身抖了起来，想忍，可忍不住，抖得像一架什么机器，抖得心里一阵阵的发晕。他知道她的小名，就叫："二丫儿……"

　　"嗯。"

　　"二丫儿，我自小看着你这儿慢慢鼓起来的。"

　　"没德行，就知道看这个！"

　　"我早就想摸摸你这儿是什么样儿。"

"我又没挡你……"

"你妈要知道了,非得骂我把你勾坏了!"

"自己知道就得!"

"我忍不住……"

"缺德。"

老杨树在头顶上温柔地遮盖着,一弯下弦月在树荫的外边洇染出一个朦胧的世界。有好几次他一直把她抓得叫起疼来,模模糊糊的,他渴望着更强烈,更隐秘,也更纵深的东西,可又有一种更为难以名状的恐惧在提醒和压抑着他。她的全部语气和细微的举动都在给他一种明白无误的暗示,她绝不会全部满足他膨胀起来的野心,她是不会放弃最后的防线的。他和她似乎陷在一种共同的恐惧和羞耻之中……从昨天夜里到现在,他一直有一种难以忍耐的兴奋,手心里也一直保留着那令人发抖不已的触觉。像看电影似的,在脑子里一遍又一遍地重温着那三个多小时里的全部细节,脸上,嘴上,手上,胸口,大腿,膝盖,所有曾经碰撞过和摩挲过的地方,全都保留着清晰无比的印象,就好像一根顶花带刺的嫩黄瓜握在手心里、碰到牙齿和舌苔上。可惜,刚才的梦里只有冰棍,剩下的什么都没有。

"我日你娘,站那么直不嫌腿疼?"

晴天霹雳似的,站在架子上的工头朝砖墙上拍着瓦刀骂起来。冰棍和老神树顿时崩散了,他又无比清醒地落回到烈日下的这个世界上来,慌张地抓起锹把,搅出一股令人窒息的白烟。一面铲着,"马裤呢"问了一句:

"你想什么呢,直发愣?"

他笑笑,什么也没说。过了一会儿试探着反问:

"哎,你小子跑马的时候梦的都是什么?"

"马裤呢"的脸猛地憋红了:"别他妈跟我瞎掰了,什么也梦不见,就是活儿累得顶不住……"

他很认真也很真诚地又说:

"嗨,不跟你瞎掰,我他妈不懂,想问问你,真的,你那时候是怎么回事?"

"也没怎么回事,就是觉得痛快那么一下,老也忍不住……"

"挺痛快的?!"

他眼睛瞪大了,声音也大了。"马裤呢"慌做一团连连摆起手来:

"你他妈别嚷呀,谁说痛快了,人家这是病……"

说着竟有眼泪在眼眶里聚起来。他见不得这副娘们儿的样,那种厌恶的情绪猛然又蹿了上来:

"得得得,您别跟我在这儿挤猫尿!"

也许二地主真的听见他的话声了,暴跳如雷地从架子上翻下来,照直冲到灰池边上:

"我日你娘,这是干活儿呢,还是开会呢?想白拿公家的钱儿!挑水!"

一边骂着,一边狠狠地抢过铁锨向池子里大团大团地甩进生石灰。像烟幕弹爆炸似的,三个人顿时都被裹在呛人的白烟里,他和他的伙伴逃跑似的挑着水桶冲下河滩。是为了惩罚,也是为了向众人显示威风,工头发疯一般片刻不停地朝池子里甩进生石灰。他们也只好发疯一般在滤灰池和涧河之间奔跑。小工们都有几分开心也有几分幸灾乐祸地瞧着这风车一般旋转的三个人。一池又一池的灰浆泻下去,一身又一身的汗水冒出来,一直挑到身上再也冒不出汗来的时候,工头才把铁锨插进石灰堆里。三团蒙满了石灰的东西,非鬼非人地在池子边上戳着，三张白脸上最显眼的地方，就是那三个露着红舌头的窟窿。二地主抹抹胡子上的石灰粉末，把记工员叫了过来：

"今后晌给这俩货记个加班！"

而后对着他们得意大方地笑了笑：

"我日你娘，半天工夫挣下一天的钱儿！"

这个喜剧式的结尾有点出人意料，一阵笑声在工地上传染开来。他和他的伙伴散架似的坐在地上，原本准备和工头大吵一架的火气泻得干干净净，什么感觉都没了，只有浑身的骨头节在疼痛地啃咬着。舌头下意识地伸出来舔到爆了皮的嘴唇上，被烫了似的又立即缩了回去。舌苔上负责辨别味道的感觉神经们被一种陌生而又强烈的味道折磨着，说不出那是苦是涩还是辣，它们碰到了落在嘴唇上的那层生石灰粉末。

工头颇有气势地拍打着自己肩膀和衣服上的石灰，把两个累瘫了的人撇在身后，高高喊了一声：

"喝水——！"

小工们都知道，这一嗓子是在颁布小憩片刻的命令，于是把手中的工具纷纷放下来。

他把墨镜取下来挂在胸前的扣眼上，还没有从刚才的疯狂中缓过劲来，顾不得选择什么阴凉，就那样在毒辣而又耀眼的阳光下边坐着，脑子里一片昏乱，没有了神树，也更没有什么冰棍。他眯起眼睛，朝自己刚刚搏斗过的涧河望过去，于是，白亮亮的涧河便载着酷暑中的阳光热辣辣地流进到意识里来，把一切都染成白色……下意识地，他竟也在心里跟着谁喊了一声：

"喝水——！"

喊完了，才猛然醒悟过来，一股怒火脱口而出：

"畜生！"

屁股底下有一块尖尖的石子刺得很疼，视线所及都是些被太阳烧得白晃晃的东西。

1987年6月于太原

篝 火

  红黄的火像个温柔的女人，在黑暗中摇摆出些光明来。他们拥着火，脸上也被涂满了红黄的温柔。繁星似锦的天幕上，分岔的银河清洌地流过山脊，有水声从河谷里淙淙地传上来，和那清洌融会在一起。有一个人在火边站起来，从身后的窝棚上取下铜锣，用力地敲了几下，接着，粗哑悠长的喊声便在山谷中传开来：

  "山猪噢——过去喽喽喽喽——"

  没有回声，坦荡的河谷中全是朦胧的夜色，和裹了夜色的浅浅的山岚。喊声像水漂儿在这夜色和山岚中划过，而后，沉到黑暗的深处。喊完了，把锣挂好，便又拥着火坐下来，脸上又被涂满了红黄的温柔。两个人漫不经心地又说起来：

  "今黑夜你咋能舍得来？"

  他听出同伴的话外音，故意避开了：

  "说毬的，不来你给发工分儿？"

"呀呀,快不用装龟孙啦,这是甚时候成了圣人啦?你当队长哩,工分儿还用着挣?再说这俩工分儿能值了你这一夜的美事儿?"

火焰在同伴的眼睛里分外明亮地闪烁着,刚才胸膛里那股被自己已经压下去的妒火呼地又蹿了起来。他干咳了几声,把它们压下去。再一次避开话锋,拿起一根柴棍在火堆里搅弄着:

"熟了么?"

"刚埋进去就能熟?"

可他没有停,还是固执地把刚刚埋讲炭火里的山药蛋拨出一个来,伸手捏了一下,指尖上一阵钻心的烫疼。他吸着凉气又把山药蛋扔回到火里,赌气似的不再用炭火掩埋,任它在火苗里煎熬。即刻,一股焦煳的味道被火烧了出来。同伴又揶揄道:

"哈呀,今黑夜这是咋啦?叫老婆训砍得连饭也没让吃?饥成了这个样?放着相好的不搂去,非跑到这儿来跟我挤窝棚哩,人家什么好吃的给你做不出来呀。你这儿咋就能舍得这么好的空子?"

他终于爆发起来:

"你狗日能停么?你不知道那杂种今黑夜去了?你这是成心难看我哩吧?"

同伴眼睛里的火光顿时大了许多:

"……你是说公社书记?……"

"除过他还有谁?"

两个人都煞住话头。火们静静地给那两张脸又涂上许多难言的温柔……

其实,今天他去过她那儿,今天书记一进村,他给书记号了房子,派了饭,又陪着书记喝了一顿酒,抽了一阵烟,然后瞅空子到了她家。对她说:

"书记来了。"

她点点头。

又说:"后半夜你支走他。我来!"

她又点点头。

他骂起来:"这狗日的就是冲着你才来咱这下乡的。"

女人定住神情,再没有动静。他又"祖宗""狗日"的骂了几句,骂了几句,又觉得骂得没有什么味道。忽又想起书记那张黑胖的脸来:

"你日哄日哄那杂种就行了,不能叫他尝了甜头老来!"

他和她都清楚这已经不是第一次了。他和她也都清楚他们似乎没有什么好办法挡住人家。无声的女人流露出些无声的哀怨来,这哀怨惹得他有些烦躁:

"你放心!我说了给你寻个人家就给你寻个人家,不会叫你总这么守着。早晚的事情,急啥?"

这个话他也说了不止一次了,也觉得没有什么味道。呆呆地站了一阵,便兀自退了出来。

喝了酒不想吃饭,约摸时辰差不多了,他趁黑潜进院子里,在那扇窗户底下藏住。听得有了动静,便偷偷地趴在窗纸上那个早就留好的窟窿跟前。已经看了许多次的一模一样的情形当即在眼前突现出来,牙齿们顿时被错出一阵闷响:狗日的连灯也不灭!就那么在明晃晃的灯苗底下喘着粗气,黑胖的身子赤条条地涌动着,压着一片也是赤条条的白色。有窗台挡着,看不见她的脸,只看见这团黑胖的东西猪一般地哼着喘着。他在心里冷笑着:杂种的,要睡女人可没个睡女人的好家具!跟着,灯灭了。他只好扭回头来。一扭头,霎时扑进这满眼的星星,真密,真稠,也真是水洗了似的干净。那股妒火似乎也不由得被洗去了一些,他在心里兀自笑骂起来:

"你狗日这叫干的啥事情？你睡相好，人家也是睡相好。又不是睡的你老婆，又没有占了你的东西，碍你的毬疼来？"

话虽这样说，可总是有些不平服，总是有股咽不下去的东西在喉咙里卡着：狗日的，你是公社书记呢，公社里的女人多啦，村里的女人也多啦，要哪个不行？你杂种就偏要占我嘴里的这一口食么？这么想着，他又恨恨地把眼睛朝着那个黑黑的窟窿转过去，越是什么也看不见，就越是想看见点什么，心里的那些不平也就越是剧烈。猛地，脚底下咯叭一声脆响踩断了一根柴棍，窗户里立刻传出警惕的声音来："谁？！"他吓得憋住气，一溜烟跑了出去，跑远了，才又朝那座熟悉的房子转回头去：

"你狗日总不能老在这下乡。后半夜就是老子的！"

不知怎，这样骂着，心里忽然又是一阵难言的滋味：忽然就觉得这个和自己相好的女人没有了味道；忽然就觉得两个人相好一场几年工夫，眨眼间都失了味道。他说不清原来那种味道是什么东西，是怎么回事情。也许就是因为总觉得自己欠了这女人一笔情分。男人睡女人都是欠了女人的情分，也欠了老婆的情分，可是有这么个黑杂种朝里一加，就什么也不欠了。不但不欠了，反倒是觉得那女人欠了自己许多东西——"赔本儿的买卖还有毬的味道！村里的婆姨多着哩！"这样骂着，才又觉得舒服了些。

火太大，刚才他扔进火里的那颗山药蛋被烧得缩成一团儿，竟有些蓝色的火苗断断续续地从那炭团儿上冒出来。同伴觉得自己刚才有些失口，真诚地劝慰道：

"嗜——，值不得生这么大的气，你睡相好，人家也是睡相好么。相好就是相好，老婆就是老婆。两码事。再说人家还是公社的头儿，你这当队长的能顶？算毬啦，婆姨家都骚浪的不行，你狗日的也把她睡够本儿啦！……"

两个男人同声放怀笑了起来，笑一阵又打趣：

"你今黑夜该领着你老婆听房去，她要知道有书记在那插着腿，保险再不和你闹架啦！"

两个人又是一阵大笑。本来是自己心里憋着的话，突然这么明白无误又分毫不差地被别人说了出来，他觉得窝在心里的东西顿时烟消云散，心中清爽得有如头顶上这条分岔的河汉。

"我说，这婆姨有啥好的，就把你这匹马硬硬地拴了这几年？"

他得意地笑笑：

"不上身分不出个好坏，上了身你才知道不一样……"

"吹牛吧！顶到天她就是个女人！就让你遇上活神仙啦？"

他不再回话，却把那些睡相好的细节和眼前红黄的火光叠印成纷乱的一片……冷丁，那一堆赤条条的黑肉加了进来。他笑骂道：

"狗日的，花儿好了都闻着香哩，今黑夜便宜死那黑杂种啦！"

"哈呀！还吃醋哩？真要憋不住，你就去，看看书记能让让队长么？看看你有这胆子么？"

同伴说完又哈哈地笑起来。他也跟着笑，但却把那个后半夜的约会藏在嘴里。等着同伴不再笑了，他认真地提起一个新话题：

"东坡的那个羊倌来说了两三回了，我看他挺合适。咱队里的这群羊老是没有正经人好好放。这羊倌上了门，咱村的羊就靠实了。"

同伴又揶揄起来："狗日的，相好的成了破鞋你就卖呀！"

"你胡说！我早就应承下人家的事情。"

他又想起女人那张无声无息的脸，想起那些无声无息的哀怨来，于是又硬铮铮地说道：

"做事情不能光想自己痛快。我有老婆孩子，能跟人家相好一辈子？人家她也得活自家的光景么！"

伙伴信服地点点头：

"我看能行。可你得说好，叫那羊倌一定得上门来。"

"他穷得连整衣服都没一身，不上门他能咋？出得起彩礼，娶得起媳妇，他还用熬光棍？这门亲事还不是他拾了大便宜！"

"相好一场，也算你对得起她！"

也许是被火烤热了，心里生出了一些暖意，他竟有几分温柔地笑起来。一面笑，一面又想起那张无声无息的脸，想起他第一次在她家过夜时的情形来。他是半夜进的门，进门第一句话就说："今黑夜我不走了。"女人什么也没说。第二句就说："你脱吧。"女人便慢慢地把衣服脱下来。山里人很简单，脱了布衫，脱了裤子，就是白生生的肉了。手腕，脖子，膝盖，还有脚上和自己一样，都是一层鳞甲般的污垢。然后，他就把灯吹了。他是在墨一样的黑暗中知道她是个好女人的。他从来不像那个黑杂种那样点着灯干……相好几年他不知应许过她多少话，但有一句忘不了：从第一次起他就说过，将来要帮助她再找一个合适的男人，再成一回家。男子汉大丈夫，说话算话，自己总算是对得起她了。

同伴被烤出些倦意来，把羊皮袄朝身上紧了紧，低头钻进窝棚去：

"我先给咱瞇睡上一阵阵。"

"行，睡吧。"

说着，他心里偷笑起来。河谷里的水声还是淙淙地响着，不远处的灌木丛里有只杜鹃在哭，天上的星星似乎是更稠，更密了。

不知过了多久。

等到窝棚里的人一觉醒来的时候发现他不在了。火堆的边上扔着一摊剥下来的山药皮，那颗被扔在火里的山药蛋早已烧成了一个炭块，圆圆的,像一只孤独的眼睛,在残火中幽幽地闪着暗红的光。同伴快意地咒骂着,露出些会心的笑容来。

蓦地,一颗流星从银花锦簇的天幕上忘我地挣脱出来,朝着无底的黑暗投了下去,耀眼的一霎之后,山谷中的黑暗似乎更黑,也更深了些。有声音从那黑暗的底里粗哑悠长地传出来:

"山猪噢——过去喽喽喽喽——"

好　汉

"吱扭——"，房门在背后关上了，隔着门缝他听见她呻吟似的长叹了一声，黑暗中，他无声地笑起来："家日的呢。天底下独一份儿！"这么骂着，他随手把斜靠在门边上的火枪提了起来。立刻，一阵快意的冰凉从手里传播开来。刚才，这双手像揉面团儿一样揉搓女人的时候，也是一种说不出的快意，和现在不一样，烫，烫得人身上熨熨帖帖的，烫得人心里晕晕乎乎的……"家日的，独一份儿！"

雪不知什么时候停了，微微的西风刮出满天高远的星星。风们带着寒气涌到胸膛里，畅快地平服着他因为女人而沸腾的热血。高大壮实的身坯在夜风中舒展着，浑身上下从女人身子上沾来的气息，随着热量一起弥散开来，他把火枪在手中倒换了一下，回过头去朝那扇刚刚合住的门又扫了一眼。他知道，只要自己抬手一拍，只要自己理直气壮地吐出一个字："我！"这扇刚刚关上的门马上就会重新打开，女人就会受宠若惊地迎出来。这一夜，自己想怎么揉搓她就怎么揉搓她，想怎么使唤她就怎么使唤她。可他偏就不，偏就硬硬地出来了。刚才事一完，他就穿衣服。女人说，这么大的雪，别走啦。他说，不。女人说，连过夜的酒菜都给你做下了。他说，不饿。女人就嘤嘤地哭起来。他笑笑，走到灶台上，伸手揭开锅盖，热气腾腾的锅里摆着一盘山药丝，一盘炒鸡蛋。他又笑笑，扣住锅，扭身从灶台上取过酒瓶子，把铁皮的瓶盖子用槽牙咬下来，咕咚咕咚灌下半瓶高粱白，而后命令道："快起。闩门！"女人顺从地爬起来，一面穿衣服一面还是抽抽搭搭的。走到门口时女人在后边求他：

"这么大的雪，明天别去打坡啦……"

他听出来女人想求的不是这件事：

"淡话。下雪不打，甚时候打？一伙人都说好了。"

女人迟疑再三，终于还是忍不住了：

"那个事儿你想好了么？"

他故意堵住话题反问：

"啥事？"

"本家的两个叔叔大爷们都等着要你这一句话哩。他们说你要不应承上门的事儿，他们就砸折我的腿……"

"敢——！狗日的们，叫他们的话朝我说！老子睡相好是明打明的，哪一回来你这儿瞒过人？老子的枪就在门口靠着哩，杂种们咋没一个敢放屁的？我就不信他们那脑袋比豹子的还硬！"

"人家说永福这一支里，就他一个独苗，永福死了就没人顶门子了……说你占了他的女人又灭了他的姓就得遭报应……"

他冷笑道："既是这么怕报应，咋你不和你那叔叔大爷们商量好了再叫我睡你？"

一句话又噎出女人满脸的泪水来：

"我求求你啦,我知道你要强,你好汉,可只要你答应了他们,咱俩的事就好办了,除了姓他的姓,剩下的我这一辈子就啥都由着你,你想咋就咋……"

他白灿灿地露出满嘴的牙齿来:

"我啥也不想,就是想睡你!"

一边说着,他果真抱起哭倒在怀里的女人,又返回炕头上。借着酒劲,果真又在面团儿一样的女人身上施逞了一回。

现在,浑身上下所有的骨头节都是松快的,松快得他想哼两句什么戏文,可惜不会,便把那心爱的枪举到眼前来把玩。这杆火枪的名声和自己的名声,在这一道六十里长的山川里是一模一样的。在这一道川里,敢拿着火枪打豹子,并且打住不止一只的人,只有他这一条好汉!在这一道川里,明打明地睡女人,睡了女人还得叫女人求上门来的,也只有他这独一份!浑身上下使不完的力气,此刻,正借着酒劲在胸膛里热辣辣地翻来涌去。除了这些使不完的力气,和手里的这杆好枪,剩下的他都不相信,也不在乎。他满意地估量着弱下来的风势:

"行,太阳一出山,风准停。打坡正是好时候!"

从昏迷之中刚一苏醒过来,就差一点被叽叽嘎嘎的哄笑声给抬起来,从同伙们那种嘲讽、开心、疯狂的笑声和目光里,他似乎是察觉到了一点什么。于是从地上支起身子,朝大家都打量的地方也看了一眼。这一看,自己也不禁笑起来。裤裆的正中央豁开半尺方圆的一个窟窿,自己的那个东西像个风铃似的挂在那儿,没遮没拦地露在外边。可一笑,额头、颧骨、和右半边脸猛一阵刀割般的绞痛。他咬着牙"嗞——"地倒吸冷气,随着满口的血腥味,他分明觉得有股冷风从脸上的那个伤口中穿透到嘴里来，脱口骂了一句：

"狗日的，扎透啦！"

"轰"的一下，同伙们的笑声又一次地掀起来：

"你个日的快不用操心脸啦，要是把你这家具一口咬下来，连龟孙光棍也当不成啦！跟上你那相好的一块儿当寡妇吧！……"

"杂种的家具就是好哩，连母猪都追着咬……"

"哈哈，好汉，好枪！两杆枪都好！"

听见同伴们骂得这么开心，他又想跟着一起笑。可还没等笑容摆到脸上，就再一次被刀割斧锯般的疼痛扯住。鲜血一股又一股地从那个穿透了的伤口里涌出来淹没了牙床和舌苔，他发狠咽下一口，强烈的腥味顿时把五脏六腑都搅了起来。

刚才，就在那头受了伤的母山猪从石坎下边猛地扑出来的时候，他脚下一滑，仰面朝天地摔倒在山坡上。那杆被自己也被同伙们夸赞了无数遍的火枪，脱手扬出去摔到石头上嗵地放了空枪。听见枪响，山猪发了疯一样朝自己扑过来，门扇宽的腰板，刀尖般的獠牙，裹来一阵冷风。当那张一尺多长的大嘴喀嚓一口咬下来的时候，他只来得及下意识地蹬了一下，心里"轰"地一闪：完了。随后，猪头一摆，他就像片被风刮起来的树叶在半空里飞了一阵，接着，便重重地摔下来。一根被镰刀割过的荆条茬子刀子似的捅在了脸上。然后，他就什么也不知道了。同伙们嚷了些什么，别人又放了几枪，自己怎么被抬到这儿来的，山猪是怎么打倒的，他就都不知道了……现在回想起来，都亏了这条又肥又大的挽裆裤。那张一尺多长的血盆大嘴全都咬在了肥裤裆上，如果再往上凑三寸，还能不能醒过来就不好说了。他想了想，取下头上绾着的毛巾衬到窟窿里挡住羞处，这个举动又招来一阵笑骂。他们这结成一伙的几个人，今年冬天是第一次打着了猎物，第一回开张。第一回开张就打了一大一小两只山猪。除了山猪以外还有这么大的笑话，大家的情绪自然特别高涨。今天，他的枪头准得出奇。一伙人追上这母子俩以后高兴得直叫喊。那只小的就是他一枪撂倒的，紧接着，第二枪他又打中了大山猪的后胯。猪叫，人也叫，分不清是猪疯了还是人疯了，一口气追了两架山头。谁也没想到这只受伤的山猪会躲在那个石坎下边，谁也没想到这只慌了神的山猪会返回身来拼命。当它带着一股冷风带着满身的鲜血蹿出来的时候，同伙们吓得四下里乱钻。就是在那一刻他摔倒了的，就是在那一刻手里的火枪甩脱了手的。这杆枪是他的骄傲。是他用一担麦子又贴了五十块钱，从河底镇张记铁匠铺里买来的。这杆枪的枪筒子比别人的都长了五六寸，准头大，射程也远。每年冬天一上坡，他就跟着这杆枪平添了许多威风。可真是万万没有想到，山猪扑过来的时候枪脱手了。枪脱了手他才知道，没有枪就什么威风都没有。那只山猪只是一摆头，自己就像片树叶儿似的飞了起来……幸亏是挽裆裤，幸亏是旧的，要不就什么都完了……同伙们的疯劲儿还没有过去，叽叽嘎嘎的有人笑出眼泪来。他不管别人笑不笑，又仔细地整了整衬在窟窿里的毛巾。而后，一边用眼睛找着问道：

"枪呢？"

"啥？……"

"我的枪呢？"

"你那枪不是在裤裆里好好的……"

他不理这个玩笑，又问：

"枪呢？快递给我。"

抓住冰凉的枪管，他忽然就想起昨天晚上的情形，想起女人的哀告来，不由得便有些后悔：若是听了她的话不出坡就闹不下这场玄事，这真是报应我哩。想到"报应",他的两只眼怔怔地僵在了眼眶里。

脸上、额头的伤口火烧火燎地疼。身子前边是同伙们生的一堆旺火,扔进火里的干柴噼噼啪啪地迸出些火星来。火一烤,伤口就疼得更厉害些,他转过身子,把伤口对着火外的冷风。肉已经分好了。头两枪都是他打中的,又受了伤,理所当然地比别人多得了两颗猪头。放在猪头旁边的那几块最好的肉也是自己的,功劳都在那儿明明白白地摆着,除了这个笑话之外,在同伙们的眼睛里他也还是条好汉。可他自己总是有点说不出的恍惚,也有点说不出的勉强,装了满肚子沉甸甸的心事和疑问。同伙中又有人打趣:

"还愣啥?扛上肉走吧,你身上一件儿东西也没少!"

"你那一枪把狗日的后胯打得不轻,行啦,不赔本儿!"

"叫寡妇给好汉包饺子吃吧。吃完了,好好睡她!"

一伙人又疯疯傻傻地笑成一团。笑声里人们捧来些雪盖到火上,嗞嗞啦啦的响声中,一堆旺火转眼化成几缕犹犹豫豫的冷烟在眼前飘散了。

靠人帮忙,他把挂在枪杆上的猪头和猪肉扛在左肩上。一伙人说说笑笑走下山来,话题自然还是离不开"战利品"最多,笑话也最大的人。任凭别人说什么,他只是闷着头一字不答。有人从背后捅他:

"咋,魂吓丢啦?"

他梗起脖子回了一个字:

"寡!"

"没丢咋不说话?急着给人家送肉也不是这个急法!"

他刚要还嘴,那些剧烈的疼痛又把他扯住,嘴里又有些腥味涌上来。有人换了话题,又夸起他的枪来:

"你这枪就是好,准头子也好。一担麦,五十块,值!"

枪就在肩上扛着，光滑的牛角把子就在手里握着，这个心爱的物件使了不是一两年了，可是今天他第一次对它有了一点异样的感觉。山猪扑到脸前时带来的那一股充满了死气的阴风，现在还在胸口上打旋。他觉得自己的心里头有点像刚才的那一堆旺火，好像也有谁捧了冰凉的雪盖在上头，好像也有什么东西化成犹犹豫豫的青烟飘走了……他忽然间觉得一阵彻骨的寒气，要是有一口酒就好了，借着酒劲就能驱驱这股寒冷。这么渴望着，竟真的打起一阵冷战，他使出浑身的力气把这股冷战强压下去。没走出几步，却又抖了起来……暮色中，他抬起头：远远的，那片熟悉的村舍也正在把一些青烟冷冷地喷吐到大山冷冷的阴影中来。

进村的时候，他故意留在最后装作要解手。看着伙伴们都各自走散了，他才急匆匆走到村口的神树下边，把两颗猪头恭恭敬敬献到树前的石台上，三叩三拜。而后，久久地跪在树前，固执而虔诚地在心里反复默念着那个"报应"，似乎是咬定了神树会给自己一个明确的答复，两只眼睛直直地朝越来越重的暗影里盯着。

似乎真的是为了答应他，随着一阵躁动，一群漆黑的乌鸦扑噜噜地从巨大的树冠中精灵似的飞了出来，围着神树盘绕数匝，接着，又归隐到那些古老而又神秘的枝干当中。

他抬起眼睛，在密匝匝的枝干的缝隙间徒劳地捕捉着那些倏忽而过的黑色的闪影。终于，委顿地垂下头来，放弃了努力，一个长长的叹息从他宽厚结实的胸膛里重重地跌落到阴影中来。随着这声叹息，又有一股血腥气浓烈地淹没了牙床和舌苔。

晚上，当他粗壮的胳膊又把女人揽在怀里的时候，认认真真地问道：

"你说报应。啥叫报应?"

女人想了想:

"遭报应就是不落好死。"

"受苦人咋就算是个好死?"

"用问。一辈子吃饱,喝好,有自己的房子,有老婆孩子,栽根立后,活够了岁数……你今黑夜是咋啦?"

他没有立刻回答,停了一阵,又说:

"你说咱啥时候过事(结婚)吧?"

女人从他怀里挣出来:

"你说这话当真么?"

他不耐烦地扬起脸来:

"麻毬烦吧!啥时候?"

"我再跟他们商量商量……"

"毬!好汉做事好汉当,自己的事用着他们操闲心?!"

顿时,有两行眼泪从女人的脸上淌下来……

1988年元月于新居

北京有个金太阳

一

仲银把双手背到身后，挺起胸脯，然后，再把穿着方口鞋的左脚朝前跨出半步，接着，从他粗壮的脖子里憋出一串音符来，索拉多拉拉索拉拉索米——唱！

立刻，和老师站成一排的学生们扯开喉咙叫起来，"北京有个金太阳，金太阳……"

仲银是老师。方圆十里学校只有一个，老师也只有一个，仲银就成了十里之内唯一的文化人。仲银打拍子不是面对演员，而是面对观众。仲银觉得只有这样才过瘾，只有这样观众的羡慕和赞叹才可以尽收眼底。因为是面对观众，仲银省去了手的动作，改而用脚，而且只用左脚，一下一下地把脚尖抬起来，再一下一下用力地踩下去，就把学生们的歌声踩出来，"北京有个金太阳，金太阳……"等到有人唱错了，仲银才用手，把蒲扇大的巴掌伸出去，狠狠地扇一下，歌声里就有了打击乐的音响，北京的金太阳就被打得七零八落的。仲银很威严地把头勾回来断喝一声,——重唱!于是,随着那只方口鞋的起落,北京的金太阳就再一次地升起来。

观众们全都怀着新奇和钦佩朝台上看,他们觉得老师的多来米实在是一种深奥的学问。有的时候,大家更欣赏的不是孩子的歌声,而是老师的威严,大家很着急地等着老师伸出手来,随便哪个孩子挨了打,台下就响起一片哄笑声。孩子的父母就会在笑声里给老师加油,仲银仲银,狠打!乡亲们一致认为,在教育孩子的问题上老师有无限的权力。方圆十里的山沟里仲银是最有学问的人,众望所归,乡亲们都觉得仲银才是个金太阳。仲银深知这一点,所以仲银特别爱指挥学生唱歌,沐浴在崇敬羡慕的眼光中,仲银觉得很自豪,很沉醉。

只要从戏台上稍稍抬起眼来,就会看见对面高接蓝天的大山,山坡上四季交替的画面,就会因为一个人的张望而具备了难得的主观意味——方圆十里之内,只有一个人懂得抒情写景这四个字的深奥。所以,在很自豪,很沉醉的同时,仲银也时常会有一点鹤立鸡群的孤独和惆怅,仲银就想,唉,都没文化,没有共同语言。因为自豪,也因为这随着自豪而来的孤独,仲银就觉得自己很需要一句诗,于是就从《毛主席诗词》上摘下一句写到粉连纸上。仲银的毛笔字并不好,但还是把那句诗写得龙飞凤舞的:"已是黄昏独自愁,更着风和雨。"仲银知道这不是毛主席的诗,但既然毛主席引用陆游的诗,那就不会有错。仲银把龙飞凤舞的粉连纸挂在办公桌对面的墙上,只要一抬头,"已是黄昏独自愁"的自豪和孤独就有了安放之处。偶尔有人来问问,仲银笑而不答,只说那是一句诗。有一次,生产大队的党支部书记赵万金问他,仲银,这疙疙岔岔的写的是啥。仲银就把《毛主席诗词》拿出来说,都是从这上边抄的,是诗,毛主席喜欢。支部书记就笑了,呵呵,仲银真是有学问,看这字写的,看这字写的,我连一个也认不得。仲银就想，唉，没文化，没有共同语言。

像大多数的乡村小学一样，仲银的小学校也办在村庙里，只是所有的神像所有的对联都没有了，只留下两排厢房，一个戏台。校长、教员、勤杂都加在一起，就只有仲银一个人。仲银把那只铜铃铛反复摇上十来次，从各处山村走到教室里的孩子，就又各自回到山腰或是山谷里去。没有神像没有对联的村庙里就只留下仲银，还有他的自豪和孤独。

仲银是"文化大革命"的前一年从中等师范学校毕业的，师范学校的四周也都是山，那些山和眼前的山都属于一条山脉，都叫吕梁山。毕业的时候，学校专门从省里调来两部电影叫大家看，一部是纪录片，演的是回乡青年邢燕子；一部是苏联故事片《乡村女教师》。看完电影以后校长做毕业分配动员报告，于是，所有的毕业生都以邢燕子和乡村女教师为榜样，豪迈地走进吕梁山的崇山峻岭之中。在这股献身的豪情里属于仲银自己的东西只有一件，只有一把口琴。来到小学的第一天晚上，仲银靠在棉被上，借着昏黄的油灯嗡嗡嘤嘤地吹起来。吹着吹着，仲银听到门外有人声，推门一看，院子里站了黑压压的一片人。看见仲银出来，人群谦卑地朝后蠕动，有两个胆大的孩子说，老师的琴好听，我村里还没人吹过这么好听的琴哩。仲银笑笑，仲银就想起《乡村女教师》来。笑完了，仲银看看天，又黑又深的天上空荡荡地贴着一个扁平的月亮，从那一刻起仲银就觉得冷白的月光，冷白地照亮了自己心里的自豪和孤独。仲银说，这么晚了，都回去睡觉吧，想听，我以后再给你们吹。仲银没有想到，崇山峻岭当中这一丝细若蚊声的口琴，竟给自己的自豪和孤独平添了如此的色彩。

有的时候，仲银也会想家。仲银总也忘不了自己考中师范学校的那一天。那天自己从县城中学把录取通知拿回家，母亲把那只装鸡蛋的瓦罐从躺柜上抱下来说，今天咱吃一回炒鸡蛋，总有八九年没舍得吃鸡蛋了。全家人都笑了。看见大家笑，仲银就哭了。母亲一边抹着自己的泪水，一边说，看你这娃，高兴事也是哭。于是全家人一下子都哭起来。仲银知道，父亲，母亲，哥哥，妹妹，为自己上学吃了许多苦；以后，为了供自己上师范学校他们还要再吃几年苦。可是现在，这一切终于有了报偿，自己终于当上了一名光荣的人民教师，而且，是一名和团中央委员邢燕子一样光荣，和那位苏联的乡村女教师也一样光荣的人民教师。这样想的时候，仲银就常常会看看那张龙飞凤舞的粉连纸张，然后，把口琴放在嘴里很抒情地吹一阵，细如蚊声的琴声就在破败的村庙中似有若无地传开，仲银的自豪和孤独，就会平坦而又富于色彩地在心里舒展开来。

等到"文化大革命"传到山里来的时候，仲银平静的教学生涯终于有了一点波澜壮阔的意思。所有党中央毛主席的伟大号召，都是通过仲银的嘴传达给贫下中农们听的，当仲银滔滔不绝地，把一份又一份中央文件念出来的时候，乡亲们觉得仲银简直就是站在党中央的家门口。念完了各种文件之后，仲银按捺不住行动的激情，把一张又一张控诉刘、邓、陶的大字报贴到戏台上；然后，又把学生们集中到戏台上齐声朗诵。听到村庙里铿锵有力的朗诵，乡亲们都很惊奇，都说仲银的学越教越有样了，都说，听听，听听，念得多好听。可是仲银不能满足，当报纸上登出毛主席戴红卫兵袖章的大照片以后，仲银也学着毛主席的榜样，做了一个红卫兵袖章戴在胳膊上。自己戴了还是不满足，又给所有的学生每人做了一个红袖章，大家都戴上。乡亲们又都很惊奇，都说仲银真是有办法，都说，看看，看看，袖章有多鲜亮。可是，惊奇了一阵，夸赞了一阵，一切又都归于了往日的平静。

等到冬天来临的时候，夏天做的红袖章已经裹不住肥厚的棉衣袖子，学生们纷纷把红卫兵袖章装进兜里，做了擦鼻涕的手绢。深深落空的仲银很伤心，仲银只好说，唉，全都没文化，没有共同语言。深深落空的仲银只好再回到自己的自豪和孤独当中去。仲银忽然觉得这么大的吕梁山，怎么就放不平自己的一颗心了呢。这可真是一件叫人想不通的事情。大家都不戴袖章自己也没有什么办法，可自己不能不戴。于是，仲银顽强地戴上红袖章，顽强地在村里走来走去，这样走来走去的时候，仲银分明看见许多的自豪和孤独从别人的眼睛里朝自己走过来，仲银和它们握握手，又随手把它们放在身后，渐渐地，仲银觉得自己很像一列拖了许多车皮的满载的列车。仲银就对自己说，仲银呀仲银，你真是"已是黄昏独自愁"呀。仲银再抬头看山的时候，山上的风景就有了全新的意境，仲银把自己的胸中块垒摆满在莽莽的群山之上。

　　有一次，仲银独自一人走到山顶上，放眼四望，起伏的群山掀起胸中壮阔的诗情，仲银觉得自己很需要一些诗，于是放声朗诵道，——站在山头望北京……有了这一句，一时又想不起下面的，只好再喊——站在山头望北京……四野苍茫，群山无语，吕梁山一瞬间吸干了仲银的诗情。仲银实在想不起下面应该说些什么，想不起说什么的仲银只好空落落的再独自一人走回到村庙里去。仲银靠在棉被上想起来毛主席的诗，"一万年太久，只争朝夕。"可是，仲银现在觉得白天很长，夜晚也很长，长得和一万年差不了多少。仲银不知道自己这么多的白天和夜晚，这么多的一万年到底怎么去打发。

　　后来，我问过仲银，我说，仲银，你那时候一个人孤零零的住在这个破庙里，每天都是怎么熬过来的。仲银淡淡一笑，仲银说，那时候村里人全都没文化，没一点共同语言，我一个人坐得闷了，就吹吹口琴,看看《毛主席诗词》。我拿起那本卷了边角的小册子问他,就这本?仲银点点头,就是。然后,仲银又淡淡一笑,"三十八年过去,弹指一挥间。"我也笑了,我知道,仲银又背了一句毛主席的诗,但不是这本小册子上的。那一刻,我忽然明白了为什么一个白天或一个晚上会等于一万年。

我看着仲银的眼睛,我说,仲银,我真佩服你。仲银没说话,仲银拿起桌子上的铜铃铛转身走到院子里摇起来。

二

仲银对我说,如果不是那些鸡蛋和白面,他早就站到天安门广场上了。

我想了想,我觉得左右人的命运的因素,有时候真是简单得不可思议。

仲银说,我那时候是一个人站在沙漠的中心。

我认真地回忆过,我自己从来没有一个人在沙漠的中心站立过哪怕一分钟,也从来没有在沙漠的中心遇到过鸡蛋白面和天安门广场这样相差万里的问题。

仲银决心找到医治自己孤独的良药,于是,仲银采取了更进一步的行动。仲银把一张停课闹革命的声明,赫然贴在了村庙的大门外。声明说,鉴于目前的革命形势,本校全体师生决定响应毛主席的伟大号召,停课参加"文化大革命"。本校教师将要参加革命大串联,到全国各地学习革命经验。复课时间,将根据革命形势的发展,另行通知。

　　声明一贴出去，党支部书记赵万金就来了，赵万金来的时候提着五斤鸡蛋，十斤白面。赵万金把鸡蛋和白面老练地放到桌子上，赵万金说，仲银，咱这苦地方，连狼都不愿意搭窝，你年轻轻能来给咱教书不容易。你要不教书了，孩子们还不是当一辈子睁眼瞎。这面，这鸡蛋你先吃，吃完了，咱再说。仲银很激动，仲银一下子想起来母亲的那一瓦罐鸡蛋，想起来父亲、母亲、哥哥、妹妹为自己受的苦。仲银觉得有必要解释清楚自己的目的。仲银说，赵书记，毛主席说革命不是请客吃饭，你现在这不是请客吃饭么。我怎么能为了你这五斤鸡蛋十斤白面，就不革命，就不参加"文化大革命"呢。赵万金就又老练地笑了，赵万金说，看你这话说到哪去了，一点鸡蛋白面和革命不革命的有啥关系。要说呢，现在正要打倒当权派呢，仲银，你吃了这些鸡蛋白面，也误不了你打倒。其实呢，一个农村土干部，不打倒吧，哪一天不是在泥里土里滚呢。其实呢，这些鸡蛋白面也不是我的，都是娃娃们的爹妈们东一家西一家的凑的。仲银知道，这地方平常没人吃鸡蛋白面，鸡蛋白面除了过年过节吃一点，就只有女人坐月子才吃了，一个男人怎么能吃女人坐月子才吃的东西。赵万金又说，仲银，不怕，吃是吃，走是走，你要真想走，这点鸡蛋白面也拦不住你，人往高处走水往低处流么，人要走到高处了，还不是天天吃鸡蛋白面。赵万金说得不紧不慢，说得滴水不漏，说得很老练。说完就走了。

　　仲银还是很激动。仲银决定坚决不拿群众一针一线，并且决定亲自一家一家的去送，亲自向大家说明自己的目的。仲银当时并没有想到这五斤鸡蛋十斤白面竟然会改变自己的命运，竟然阻挡了自己走向天安门广场的道路。仲银拿着鸡蛋白面在街巷里走进走出，仲银这样走进走出的时候,满心的激动渐渐地变成了满心的矛盾和沉重,鸡蛋白面一点也没有减少,反而又得到许多惶恐的道歉和许多真心的同情。乡亲们说,咱这地方真是太苦了,真是留不住人的地方,凭心想想,要是自己的孩子从一个恁大学校里毕业了,端上国家的饭碗了,也不想让他留在这种地方。仲银就反复地说,你们想错了。乡亲们就说,咳,仲银真是好心,除了你想错了能来咱这种地方,还有谁愿意想错了来呀。到最后仲银终于闭上嘴什么话也不说了。仲银刻骨铭心地感觉到无以倾诉的孤独。仲银实在想不出有什么办法可以向别人说明自己。仲银这样提着鸡蛋白面走来走去的时候,忽然觉得自己就像一个走进沙漠的乞讨者,那实在是一种彻底的一无所有。

仲银只好在心里慨然长叹,仲银说,真是没文化,真是没有共同语言呀。

仲银终于放弃了还回东西的努力,仲银站在街巷里环顾群山,仲银觉得有一把火红的烙铁吱吱作响地放在自己的影子上。

仲银带着鸡蛋白面带着满心的沉重走回村庙,仲银推开门的时候,发现了一群怯生生的学生,学生们稀脏的脸上骨碌碌地滚动着许多的担心和留恋。

学生们说,老师。

仲银说,你们没有看见门口贴的声明。

学生们说,看了。老师要走了。

仲银说,不是走,是去串联。

有一个学生把胳膊举起来说,老师,我把袖章又戴上了,要是我们都把袖章戴上,天天都戴上,老师就不走了吧。

仲银苦笑起来,仲银看见了那个袖章,袖章上抹满了干了的鼻涕。

仲银把手上的鸡蛋白面晃了晃,仲银说今天不上课,今天咱们吃饺子吧。我请客。

仲银说，那是他教学生涯中最难受，也最难忘的一天。那是一日千年的一天。

仲银拿出胡萝卜和大葱，炒熟了所有的鸡蛋，拌好馅，大家一起包好饺子。然后，全校师生围着锅台，吃饺子。筷子只有一双，碗只有两个。于是大家就端着碗转圈，每人每次只吃一个，然后就把碗递给下一个人。碗在转，所有的眼睛也在转，一直转到最后一个饺子也吃下去了，大家就笑起来，笑得很开心，很满意。仲银想，真是"三军过后尽开颜"呀。仲银这样想的时候满脸都是苦笑。

看见老师在笑，学生们很高兴，学生们说，老师，咱们唱个歌吧。

仲银说，行，唱吧。

学生们说，先唱《北京有个金太阳》。

仲银说，行，先唱《北京有个金太阳》。

那一次，仲银没有用脚指挥，仲银端起一只粗瓷碗来，用筷子叮叮有声地敲打着瓷碗。大家唱了许多革命歌曲，唱了《北京有个金太阳》，唱了《三大纪律八项注意》，唱了《大海航行靠舵手》，一直唱到把那只粗瓷碗敲破了，才终于停下来。

仲银把破碗放在锅台上，仲银说，放学吧，不唱了。

学生们兴冲冲地走出村庙，走到大门口，有人转回身来喊，老师，明天还上课么。

仲银冲着大门摆摆手，仲银说，上课。

鸡蛋白面没有了，学生们的歌声也没有了，村庙里格外的安静，村庙里还是只剩下仲银一个人。群山冷寂，炊烟霭霭，热闹之后涌上来的还是往日永恒的平静。

仲银走到大门前，咯吱有声地把自己的声明关在村庙外边。

仲银说，那天晚上，一个人对于平静的怨恨，从那只敲破的粗瓷碗里汹涌澎湃地奔流而出，不可遏制地弥漫了整座没有了神像也没有了对联的荒颓的村庙。

三

仲银说，那时候他经常学习毛主席的《矛盾论》，满脑子转的都是偶然必然，必然偶然。可是有一天，他忽然发现还有一种"然"，比偶然必然都厉害，这种"然"到底应该叫什么然，他怎么想也想不出来，反正偶然必然加在一块也比不上这种"然"。仲银说，我到最后还是没有想出来。仲银心平气和地梳理着这些现在已经枯萎了的思想，可是，当年这些思想，在他肥沃的头脑中有如一棵蓬勃的钻天杨。

四

事后，村民们一致回忆说，第一个发现老杨树显灵的是饲养员陈三。

那天清早，陈三去场院担麦秸，从场院回来经过老杨树的时候，陈三忽然发现树干上贴着一张黄裱纸，纸上写了许多字。陈三已经七十岁了，陈三知道那些字都是蝌蚪文，只有跳神的神官才认得。陈三记得自己七岁那年,皇上下诏停了科举,老杨树就显过一次灵。陈三慌忙跑回村去,于是,死水一潭的村子,忽然间爆发出"五洲振荡风雷激"的气势来。男女老少全都跑到老杨树底下,看见黄裱纸和蝌蚪文大家全都惊讶紧张得喘不过气来。不知哪一个扑嗵一声跪下了,接着,大家就全都跪下了。大家全都跪下的时候,并不知道这会是一件破坏"文化大革命"的反革命煽动案。大家跪在老杨树底下还是没有什么办法,有人就说,快把仲银叫来吧,叫仲银看看都写的是啥。

跟着,仲银就来了。仲银把蝌蚪文看了一遍,又把跪在地下的人群看了一遍,仲银什么话也不说,掉头就走。人群追在身后求他,仲银仲银,快给说说吧,快给说说吧。仲银还是不说,还是走。走了一阵觉得身子后头没了声音,一回头,看见乡亲们都朝自己跪着。仲银说,好吧,我告诉你们,纸上说"文化大革命"是天下大事,叫你们全都听毛主席的话参加"文化大革命"。要是不听,老天爷就要罚人。大家又问,仲银,你说该咋办。仲银说,组织红卫兵,破"四旧",贴大字报,游行喊口号。说完,仲银掉头又走。

老杨树是村里的神树。老杨树长了足有半间屋子粗,足有四五层楼高,郁郁葱葱的树冠遮盖了村口二三亩好地。谁也不知道老杨树有多老,只在村庙的碑记上刻着,永乐十年重修村庙的动议就是在老杨树下议定的。村民们对老杨树的崇拜和尊敬是不能用语言来言说的,也不是喊口号和朗诵诗可以表达的。那年冬天的那个早上,村民们对仲银给蝌蚪文做的解释将信将疑。就在这个时候,党支部书记赵万金闻讯赶到了。赵万金对惶恐不安的人群非常生气,赵万金说,解放都这么多年了你们还要搞迷信,"文化大革命"就是要破"四旧",你们还是要搞封建,你们这是不把新社会放在眼里,你们这是想造反,你们……

赵万金的话还没有说完,就出事了。后来大家一致向公安局反映,要不是出了这件事也就不会有什么反革命煽动了。赵万金说,你们这是想造反,你们……接着,就出事了。大家眼睁睁地看见党支部书记的嘴歪了,接着,就不会说话了。大家忙喊,万金、万金、万金。可赵万金就是不会说话了。村民们还没有谁曾经在一个早上同时看见这么多奇怪的事情。有人喊,这不是仲银说的那话么,这不是应验了么。于是,所有的人全都无比崇敬无比恐惧地朝着老杨树转过脸去,所有的膝盖全都不由自主地朝着黄土跪下去。

后来,县公安局的人就进了村。

公安局的侦察员老张先把手枪从腰里摸出来,老张重重地把枪往炕桌上一放,然后,老张看看脸色苍白的陈三,老张说,陈三,你老实交代,你到底什么时候发现那张黄裱纸的,快说。

陈三很慌乱,陈三说,我都是七十多岁的人了,我不能胡说,我咋能发现呢,我就没有做下那发现的事情,我就是去场院担麦秸,回来就看见那张黄裱纸,纸上全是疙疙岔岔的蝌蚪文。

老张说,还没让你交代这呢,你说,到底是什么时候。

陈三说,这还用问,这还用交代,天天都是早上担麦秸么。

老张很气愤,老张说,早这么说不就完了,你给我老老实实地交代,不许耍滑头。你们这些老百姓,一点文化也没有,就是会搞迷信。

陈三说,是哩,就是没文化。我七岁那年皇上下诏停了科举,我爸就说念书没用了,连秀才都不念书了你更不用念了,乖乖地种地吧。

老张更气愤了,老张说,行了,行了,你说的这都和案子没关系,你别和我兜圈子。你说说那张黄裱纸到哪去了。

陈三说，没到哪去，大伙立马拿来香点上，又供献了，磕了头，求了几句神灵保佑，天下太平，就把纸烧了。

老张说，你们这是销毁证据！

陈三慌忙解释，老张你不用生气么，大伙又不知道你要来，要是知道，还敢不给你留着么。老百姓是啥，老百姓就是得听公家的么，连人都归公家，要那么张纸做啥。我七岁那年，老杨树显灵，树上的那张黄裱纸也是这么烧的。

老张说，你给我交代交代目的吧，就是你们到底想干啥。

陈三说，没啥目的，老百姓能干啥，老百姓的事情就是种地养娃娃，就是想图个天下太平么，天下太平，老百姓就能种地养娃娃么。

老张说，你咋这么啰唆。你再交代一下，是谁最先说的老杨树显灵。

陈三毫不犹豫地抬出党支部书记来，陈三说，这事全都怪万金，万金的嘴要是不歪，谁能相信老杨树会显灵，哎呀，你说怪不怪，偏偏就那会儿万金歪了嘴。我七岁那年停了科举，也没闹得这么邪乎。

老张是公安局里最干练的侦察员，可是最干练的侦察员到底碰上了最棘手的案子，连证据都烧了，你还查什么。但是老张并不气馁，老张决心干到底，老张说，"金猴奋起千钧棒，玉宇澄清万里埃。"我就是要把这些牛鬼蛇神全都揪出来。

可惜，老张的豪情壮志到底没能实现。没等案子继续侦察下去，老张的公安局出了问题。县城的革命造反派宣布，公安局是代表刘、邓修正主义路线的反动工具，必须砸烂、取消。老张接到一纸立即返回县城的勒令。临走那天，老张在村口的老杨树底下迎面碰上了仲银。

两个人心照不宣地相互看了一眼。

老张说，仲银，案子的线索我全都掌握了。

仲银说，可是你得走了。

老张说，我早晚要把这个案子办了。

仲银说，老张，其实你并不理解人民群众需要什么。

老张说，我只需要几个人的口供，就可以证明那张黄裱纸上的字是谁写的。

仲银就笑了，仲银说，你真是什么也不理解。我和你没有共同语言。

老张朝仲银看看，老张发现仲银根本就没有看自己，仲银远大冷峻的眼光，从自己的头顶上高高地越过去，仲银的眼睛正在横扫吕梁的千山万壑。

这么一来，村子里顿时形成了权力真空。党支部书记不会说话了，公安局来办案的老张也走了，老杨树显灵的事情谁也不敢再提了，好像一个旋转的旋风，突然不动了，所有的沙子、石头、枯枝、败叶一下子都从天上掉下来，一动不动地躺在地上。整个村子就这样失魂落魄地闷了几天。终于，在一天的早上，仲银摇响铜铃铛把学生们集中到教室里以后，又把学生们放回村里去，孩子们把自己的父母全都带到学校来。仲银走到戏台的中央，仲银深知历史给予自己的机会和使命，仲银举起手来庄严地宣布，从今天起，咱们的红卫兵组织就算是恢复了，咱们要响应伟大领袖毛主席的号召，积极参加"文化大革命"，"破四旧，立四新"，横扫一切牛鬼蛇神，写大字报，学习毛主席著作，批判刘、邓、陶。尽管台下是一片紧绷绷的沉默，但是，仲银还是体会到了深透骨髓的幸福和快乐。这些幸福和快乐好像一片白云，把他高高地从人群的头顶带上蓝天。最后，仲银又补充说，以后咱们还要大唱革命歌曲。咱们现在就唱一个吧。仲银把穿着方口鞋的左脚朝前跨出半步，粗壮的脖子里憋出一串音符来，索拉多拉拉索拉拉索米，北京有个金太阳，——唱！

没有人唱。

台下的乡亲们全都紧绷绷地看着仲银，突然，会场上爆发出震天动地的笑声。笑声中有人喊，行啊仲银，全听你的，啥时候想唱了，你就吆喝人吧。

雷动的喊笑声中仲银突然冷静下来，突然感到从没有过的难堪，仲银拧起眉毛，仲银指着台下晃动的人群说，全都是榆木脑袋，全都是没文化，我和你们没有共同语言。这么说着仲银就哭了。乡亲们一下慌了神，仲银仲银你看你，哭啥呀，老百姓可不都是榆木脑袋么，可不都是没文化么，连万金都叫老天爷罚了，谁还敢再不听话呀，都跟上你闹文化革命不就对了。仲银说，不是跟上我，是跟上毛主席。对、对、对，跟上毛主席，反正是跟上就对了么，快不用哭了。

后来，仲银对自己流眼泪的行为一直追悔莫及。那两行眼泪许多年都留在记忆里，浸泡着仲银的自豪和孤独。虽然毛主席写过"泪飞顿作倾盆雨"，可自己的那场雨下得实在不是时候，那时候自己完全应该是"唤起工农千百万"，然后再"宜将剩勇追穷寇"，而绝对不应该是哭。

又过了一些时候，村子里又恢复了往日的平静。这平静慢慢煎熬着仲银的自豪和孤独。有一天的晚上，仲银独自一人找到陈三，仲银说，陈三爷，我知道那张黄裱纸是谁贴到树上的。陈三不答话。然后，陈三说，我啥也不知道。仲银扫兴地从陈三家里走出来，走出来的时候看见天上一轮浩月，如水的月光投下自己瘦长的影子，瘦长的影子在银白的路面上浮动,像是一条黑色的大鱼,神秘地漂荡在夜晚冰冷的水面上。仲银抬起头看看月亮,低下头看看影子。然后,仲银从冰冷的水面沉进无底的黑暗中。

仲银在黑暗中看看荒颓神秘的村庙,仲银想,那里面就住了我一个人。

然后,仲银又想,我也许该做那件事情了。

五

我后来一直想,到底我和刘平平是加快了那件事情呢,还是延缓了那件事情呢。但是,不管加快还是延缓,我这一辈子也忘不了仲银出村时的情形。

公社刘主任把我和刘平平领进村庙,刘主任说,这就是学校,这就是仲银,以后学校的教育革命就靠你们三个人搞啦。仲银没抬头,仲银说,这地方什么也搞不成,全是榆木脑袋。刘平平瞪大了眼睛,你这人,对待贫下中农什么态度。仲银说,我们家三代贫农。一句话呛得刘平平的眼睛更大了,你这人,简直没法理解。后来,仲银戴着手铐走出村的时候,刘平平的眼睛也是这么大,说的也是这句话。刘主任说,行了,行了,"军民团结如一人,试看天下谁能敌。"仲银,你得和毛主席身边来的红卫兵搞好团结,这可是个原则问题。仲银忽然抬起头来,眼睛对着眼睛地看着我问,你们真的在这呆一辈子。刘平平抢着说,不是一辈子,是世世代代扎根山区干革命。

仲银转过脸去看看刘平平,仲银念了一句毛主席的诗,仲银说,

"蚂蚁缘槐夸大国"。

事后刘平平对我说,这家伙是个怪物。仲银对我说,那女人能得要长出球来。

刘主任把我和刘平平领进村庙的时候,仲银那张龙飞凤舞的粉连纸还在办公室的墙上贴着。我和刘平平当时都没有也都不可能想到,这张粉连纸深远的意义。刘平平说,这是谁的呀,字儿写的不怎么样,味儿挺酸的。我说,毛主席的《咏梅》前面有一句话,"反其意而用之",实际上是对陆游的一种批判。说完,我们相视一笑。看见我们笑,仲银就涨红了脸,仲银说,我写这句诗,只代表我自己的意思,不是毛主席的意思,也不是陆游的意思。如果你们不喜欢我可以把它摘下来。刘平平说,我帮你摘吧。仲银断然拒绝了,仲银说,这件事情和你们无关,这是我自己的事情。仲银当着我们的面把那张龙飞凤舞的粉连纸摘下来,又当着我们的面把它撕碎。仲银嚓嚓作响地把那张龙飞凤舞的粉连纸撕得大雪纷飞。

仲银后来非常坦诚地告诉我,当时有两件东西最刺伤他的自尊心:一件是我和刘平平的那种亲密;一件是他母亲给他亲手缝做的方口布鞋。

其实,我和刘平平的亲密是再自然不过的事情,就像我们后来的分手一样自然。我和刘平平原来是同一个学校的,现在又同在一起插队。一个男的,一个女的,再加一座荒颓孤独的村庙,当然就会有些故事,当然就会有些不同一般的亲密。我和刘平平是在一次谈话中,漫不经心地提起仲银的方口鞋的。

那时候,我常常和刘平平一起走出村庙,沿着庙旁的那条小河信步而去。有时走得很远,有时走得很近。这种时候刘平平最爱唱《远飞的大雁》,"远飞的大雁,请你快快飞,捎封信儿到北京,翻身的人儿，想念亲人毛主席"。唱完了刘平平就说，我真想我妈。我就说，现在才知道北京有多远。这样说着，这样唱着，就把许多城里人的眼光撒在荒远的山坡上，就慢慢地看懂了夕阳西下，看懂了新月东升。后来，我到北京的一座四合院里去看望刘平平。那时候她已经结婚了，孩子上初中，丈夫是个出租汽车司机。一架茂盛的葡萄在院子里搭出一个硕果累累的秋天。隔着窗户我听见刘平平在唱歌，唱的还是《远飞的大雁》，只是节奏有点快。隔着窗户我看见，原来她在摆弄一台洗衣机，她的大雁现在是跟着洗衣机在飞了。

当我们或近或远地从河边走回村庙的时候，常常不是看见仲银窗口上的灯光，就是听见仲银一个人嗡嗡嘤嘤的口琴声。仲银好像在有意地回避什么。我对刘平平说，咱们应当和仲银搞好团结。如果不是那次讲起了鸡蛋白面的故事，也许真的可以像刘主任说那样和仲银搞好团结。那一次，我把仲银告诉我的鸡蛋白面的故事讲给刘平平听。听完故事刘平平笑得直流眼泪。刘平平一边笑一边说，因为五斤鸡蛋十斤白面就去不了北京啦，还别说，他要真去了，连天安门广场也放不下他那双方口鞋……正笑着，我觉得门外好像有人。走出去正好看见仲银。

我说，仲银进来吧。

仲银说，我不进，我穿的是方口鞋。

我忽然很不好意思，我说，仲银，咱们三个还是搞好团结吧。

仲银说，团结？咋团，咋结？你们这些大城市来的少爷小姐哪理解人民群众需要什么。我真后悔我在山上做了那句诗。

我说，哪句。

仲银极其轻蔑地对自己冷笑起来，仲银说，说了你也不理解。

仲银说完话掉头就走。第二天上课的时候，我发现仲银不但是穿的方口鞋，而且专门脱了袜子光着脚板。乌黑的鞋帮上突兀着一片白白的冷冷的皮肤，我不由就想起那张龙飞凤舞的粉连纸，想起那一地纷飞的大雪。

后来，我问过仲银。我说，仲银，你当时为什么那么反感我们。仲银宽和地笑笑，仲银说，我当时实在没有想到，天安门广场会突然走到我眼前。

我们知识青年的出现，确实使仲银显得无足轻重了。仲银再也不是方圆十里之内唯一的文化人，再也不是村民们崇拜的唯一中心了。仲银忽然再也找不到自己的自豪和孤独，没有了自豪和孤独的仲银深深觉得，每一个白天和夜晚都是对自己的侮辱。仲银就想，老张怎么就不来呢。仲银终于明白了老张的存在对于自己难以估量的价值，和老张的那场游戏，是让旋风重新旋转起来的唯一的力量。

后来，就出了那封轰动一时的匿名信。信是用一把尺子比着，一笔一画地写出来的，每一笔都是笔直的，根本无法验证笔迹。信是直接寄给县革命委员会的，信上说，关于老杨树显灵的反革命煽动案查与不查的问题，是一个革命和反革命的试金石。把伟大领袖毛主席的绝对权威，和老杨树显灵这样的迷信活动联系在一起，纯粹是阶级敌人对毛主席的侮辱，贫下中农坚决不答应。这封信从县里转到公社，从公社转到大队，然后，老张就回来了。县革命委员会责令老张立即恢复追查，并且一定要查个水落石出。老张回来的时候没有直接进村，而是直接进了村庙，仲银看见老张就笑了。

仲银说，我就知道你得回来。

老张说，我知道那封匿名信是谁写的。

仲银笑笑，笑得很奇怪。仲银说，老张，你还是什么也不理解，你什么时候才能理解人民群众到底需要什么。

老张说，仲银，这一次我就是要按照县革委会的指示，发动群众，依靠群众，彻底查清。

仲银再一次冷笑起来，老张没有抬头看他，老张知道仲银的眼睛这会正从自己的头顶上越过去，仲银正在横扫吕梁山。

老张不理仲银的眼睛，老张说，不管是谁干的，这一次查出来他就得跟我回去蹲监狱。老张说这句话的时候正好能用得上冷酷无情，或是无动于衷这样的形容词。

我和刘平平忍不住在一旁插了几句话。刘平平说，我觉得这件事情还得分析分析，不管怎么说，事情的结果是导致了群众积极参加"文化大革命"，并没有把矛头指向毛主席。最多也就是个人民内部矛盾问题，是个教育群众的问题。刘平平这样说的时候，仲银并没有转过头来，我只看见仲银的耳朵忽然涨红了。于是，我赶紧发表意见，我说，仲银当时虽然对蝌蚪文做了解释，但是根据群众的反映，仲银说的话全都符合党中央的精神，并没有什么政治性的错误。

老张还是无动于衷，老张撩起自己的绿警服，露出腰带上的手枪和手铐，老张拍拍它们，老张说，我不管，这次查出来，那人就得跟我回去蹲监狱。

正当我们这样说来说去的时候，仲银突然转身而去。仲银回到自己的房间里靠在棉被上吹起口琴来，仲银吹的是《北京有个金太阳》。嗡嗡嘤嘤的琴声很怪异很高昂地在村庙里荡来荡去。

刘平平说，这家伙第一小节从来就没有唱准过。

那是我们插队的第一个冬天，那是一个奇冷无比的冬天，奇冷无比的冰天雪地中只有这么一个必须查清的案件，和仲银怪异高昂的口琴声。渐渐的，追查工作归结到案件的中心，中心里只剩下最后的两个人，仲银和陈三。村民们都在叽叽喳喳地推测，不知道到底要抓谁呀，不知道还能不能在家过上年了。老张每天挂着手枪和手铐，在大家的推测中无动于衷坚定不移地走来走去。老张说，总得有一个跟上我回去蹲监狱。

仲银想了半个冬天，终于想好了。仲银想好的那天早上，老张正在陈三家里吃派饭，仲银走进去的时候老张嘴里正塞满了窝窝头。

仲银说，老张，不用查了，是我。看看老张的窝窝头还没吃完，仲银又说，我要不自首，你今年冬天就别想回家过年了。

老张又咬了一大口窝窝头，老张说，你先坐下，等我吃了这个窝窝。

老张吃完窝窝头，又喝了一大碗米汤，然后，老张抹抹脸上的汗水，取下腰带上的手铐给仲银戴上。老张说，我早就知道是你，走吧，跟我回去蹲监狱吧。

老张和仲银这样说话的时候，都没有注意到陈三放下了饭碗，只吃了一半饭的陈三张着嘴，愣愣地看着仲银，嘴里的窝窝金灿灿的很黄，很亮，很鲜艳。仲银出屋的时候转过身来看看陈三很黄很亮的嘴，仲银说，陈三爷，你好好在家放心过年吧。

然后，仲银对老张说，我得和村里的乡亲们告告别。

老张说，不行，这不符合政策，你给我老老实实地走吧。

这时候七十多岁的陈三忽然敏捷无比地从炕沿上蹿下来，陈三跑到街巷里喊起来，仲银叫抓走啦，仲银叫抓走啦，仲银叫抓走啦。七十多岁的陈三把满嘴的金黄，灿烂地喷到那一年冬天的冰天雪地之中。

村里人都以为陈三老汉是疯了，都从家里跑出来看疯子，跑出来了才看见仲银手上银晃晃的手铐。银晃晃的手铐把大家的眼睛弄得很疼，村民们就都叫起来，老张，老张，你可不要乱抓人呀。老张，老张，你别是弄错了吧。仲银，仲银，你快跟老张说句好话吧。老张坚定不移无动于衷地往前走着，一面走，一面把那只阴森森的手枪提在手里，老张把手枪举到那年那个奇冷无比的冬天里。

老张说，你们这些老百姓都给我听着，都给我老老实实地站着别动，谁要敢动一动，我就开枪。现在可是考验你们的时候，谁是什么阶级立场，一眼就能看出来。铐子我是没有了，绳子有的是。

就在老张坚定不移无动于衷地发表讲话的时候，仲银无比自豪地转过身来，在那个奇冷无比的冬天，仲银平生第一次感觉到了自己的感召力，平生第一次真正体验到了领导人民群众的幸福和快乐，这一次自己绝对不会再流眼泪了，这一次自己获得的是真正的胜利。仲银看到世世代代麻木冷漠的群山，终于被自己的力量驱赶着蠕动起来。看着自己眼前这惶恐不安六神无主的人群，仲银想起一句毛主席的诗来，"雄关漫道真如铁，而今迈步从头越。"跟着，又想起一句歌词，"戴镣长街行，告别众乡亲。"仲银想，我现在就是要告别众乡亲。这样想着，仲银把自己自豪远大的目光，从苍凉荒远白雪皑皑的群山上收回来。

仲银说，乡亲们，我还会回来的！

老张不耐烦地摆摆手枪，老张说，快给我走吧，等刑满了当然放你，这是政策。

我和刘平平当时也站在人群里，我分明地感觉到仲银骄傲轻蔑的眼光，在冰天雪地之中火辣辣地从我们身上居高临下地扫过。

我说，刘平平，我怎么觉得这件事情总有点奇怪呀。

刘平平很激动，刘平平说，我这辈子还没有见过这种场面，我怎么觉得他这会儿变得像个革命烈士，整个一个慷慨激昂，这个人太奇怪了，简直不可理解。

我们这样说话的时候,老张已经押着仲银走到了村口,走到了老杨树的下面。一条白晃晃的冻土大道上,走着自豪孤独的仲银,我忽然就想起来村庙里嗡嗡嘤嘤的口琴声,我觉得自己的鼻子有点酸,我忍不住对着远去的背影大声喊,仲银,你放心,我给你送行李去。

仲银听见了,可仲银没回头。

村民们久久地聚集在一起,叽叽喳喳地诉说着自己的惶恐和不安,诉说着这个奇冷无比不可理解的冬天。就在这时候,陈三突然坐在硬邦邦的土地上号啕大哭起来。陈三用苍老的双手拍打着冰冻的土地,陈三说,仲银仲银仲银……仲银呀,你咋这么糊涂呀。

就在那年冬天,七十多岁的陈三爷真的疯了。

六

那年的冬天,仲银成了方圆十里之内人们议论的中心。其实,从那以后的许多年里,仲银都是村民们感叹、猜测、回忆、崇拜的中心。就像那座没有了神像没有了对联的村庙,空出来的庙宇,反而容易放下更多的想象。

仲银在下决心自首之前,曾经考虑了整整半个冬天,仲银把一切都想好了,就是没有想到被抓进监狱之后,再也没人搭理自己了。

我给仲银送过行李,又送了几次衣服,每次仲银都催我,李京生,你给问问,他们到底什么时候给我定案,到底什么时候开我的公审大会呀。

那时候，宣判犯人都讲究开个公审大会，每次公审大会都是全县轰动的大事。人山人海，万头攒动，人们的眼睛全都盯着台子上的犯人。然后，用红笔打了叉的布告，就会贴遍每一个山庄窝铺。我觉得我有点猜透了仲银的心思，猜透了以后就有点害怕。我就说，仲银，你放心，我给你催催他们。然后，我就去找老张。

我说，老张，仲银的案子怎么样了。

老张说，我比你更急。现在县革委会里两派打仗，几上几下换了好几拨人啦，没人理我这个案子。

我说，老张，当初我们就说过，让你好好想想，你非得抓人不可。

老张说，说的好听。听你的？我得服从上级，我得按政策办事。

我说，老张，有件事情我想求你，不管符合不符合政策，你都得答应我。

老张说，说吧。

我从兜里把仲银的口琴拿出来，我说，求你把这个交给仲银。仲银平常只有这么一点爱好。

老张无动于衷坚定不移地把手一挥，不行。这不符合政策。

我说，老张，我这辈子也忘不了你。

可是除了忘不了，再没有第二个办法。我只有拿着口琴干干地站在县监狱高高的灰墙外边，然后，我想，要不然就在这儿吹个歌吧，也许仲银能听见。又想了想，就吹《北京有个金太阳》吧，仲银最爱唱。于是，我憋足了力气把《北京有个金太阳》吹得山摇地动慷慨激昂。后来，我问过仲银。我说，仲银，那一次你听见了没有。仲银说，听什么，墙那么高，我什么也没听见。

仲银曾经和我非常认真非常抽象地讨论过时间的问题。仲银说，时间只有在你经历它的时候，它才存在。在经历的前一秒和经历的后一秒，都不存在时间。而且，所有经历过的时间，不管它是一秒、一天、一年，还是一千年，全都是一样长的。仲银说，所以，我在监狱里蹲了八年，两千九百二十天，这和秦始皇公元前二百二十一年统一中国至今的时间一样长。仲银说这些认真抽象的问题，语气平平淡淡的，眼神也平平淡淡。我有些不大习惯仲银这种平淡无奇的样子，就很仔细地看着他。

我说，时间消失了，有些东西也就永远消失了。

仲银淡淡一笑，仲银说，那当然。

仲银这样说的时候，眼睛看着面前的一只茶杯，茶杯里白色的水汽正一缕一缕的婉转着飘起来，又一缕一缕的转瞬消失在冬天的冷气中。仲银说，他在监狱里老做一个梦，总是梦见毛主席和周总理接见自己：毛主席说，你来坐下，你是人民教师，你对人民是有功劳的。周总理就说，仲银同志，主席叫你坐下，你快坐嘛。仲银说，可是自己总是找不着椅子，一找不着，就急，一急，就醒了。

谁也没想到仲银在监狱里一关就是八年。

我从来没有问过仲银这八年他是怎么过来的。仲银自己也从来不提。

如果不是陈三临终前说了实话，仲银可能还要在监狱里继续关下去。陈三临终前让家里人把党支部书记赵万金叫到炕头前。陈三说，万金呀，我有句话不能带进棺材里去。党支部书记说，有啥话你就说吧。陈三说，万金呀，老杨树上的那张黄裱纸，是我贴的。

赵万金就跳起来，陈三爷，监狱里都关了一个啦，你是不想进坟地想进监狱呀。

陈三说，万金，监狱我不怕，坟地我也不怕，我是怕做下亏心事小鬼给我割舌头，拉我下油锅。黄裱纸真的是我贴的。那天早上，我去场院担麦秸，就把纸给贴上啦。

赵万金说，好好的，你为啥要贴它呀。

陈三说，我七岁那年皇上下诏停了科举，老杨树就显过一回灵。那时候，我是看着天下要闹乱子了。你想想，毛主席他要打倒刘主席。这天无二日，朝无二主。连我那马号里一个槽上还拴不住两头驴呢。我是看着要天下大乱了，我实在是害怕，天下一乱，咋种地，咋过日子呀，我就是想求求神灵保佑天下太平。可我没想到仲银他认了案子。原先，我也想认，可看见老张的那枪、那铐子，看见老张的那张黑脸，我就怕了。

赵万金说，陈三爷呀陈三爷，你可真是我的那活爷爷。你这叫干了件啥事情呀。

陈三老泪纵横，陈三说，我活了快八十了，我没做过别的亏心事，我就是对不起人家仲银。那时候你们都说我是疯了，我哪是疯呀，我是难受。

陈三爷说了这些惊天动地的话以后，就心平气和地死了。陈三爷死了以后公社刘主任来找我。刘主任说，县公安局来了通知要放人，你现在是学校负责人，你去把仲银接回来吧。我说，他们到现在也没给仲银定案，也没开公审大会，就这么白白关了八年，算是怎么回事。我不去。

刘主任说，你们这些教书匠，非得枪毙了才算回事？去吧，去吧。你不去仲银还得白白的在那儿关着。

我就去了。

从监狱里出来以后，我带着仲银进了县城的工农饭店，我要了一瓶白酒，要了好几碗的肉菜。端起酒杯来，我说，仲银，陈三爷说那张黄裱纸是他贴的，根本就没有你的事。

仲银伸出筷子来说，咱们先吃饭吧。

吃完饭，我把老张交给我的那张释放证拿出来，我说，仲银，这是老张给的释放证，这上边没写你有罪，也没写你没罪。就写了入狱时间和释放时间。

仲银说，你现在是领导，你拿着吧。陈三爷死了，也不知道我爸我妈还活着么，我现在就想回家看看。

我说，行，你先回家吧，反正这个学期也没有安排你的课，等过了寒假再说吧。

要分手的时候，我忽然想起一件事来，赶紧打开书包拿出仲银的口琴递过去，我说，仲银，你看看，我差点忘了。

仲银接过口琴，仲银说，这么多年不吹，大概都忘了。仲银犹犹豫豫地把口琴放到嘴上，犹犹豫豫地吹了几句，仲银吹的是《北京有个金太阳》。那时候正流行气声唱法，大家唱的都是"妹妹找哥泪长流"，已经没人唱《北京有个金太阳》了。工农饭店里的人，都很惊奇地看着仲银吹口琴，看的仲银很不好意思。仲银放下口琴，仲银说，真的都忘了。那时候，刘平平总说我第一小节从来就没有唱准过，现在更不准了。

我赶紧说，谁说的不准，挺准的，挺好听的。

可仲银还是把口琴收了起来，仲银说，咱们走吧。

我们就走了。仲银回家。我回学校。

后来，仲银又回来当老师。那时候刘平平早就离开村子好几年了，早就回了北京。仲银回来，学校里又成了两个人。有一次，我们带领学生们上山去采树籽，无意中走到陈三爷的坟跟前。我说，仲银，这是陈三爷的坟。仲银看看坟，然后，仲银说，陈三爷为什么非要把那件事情说出来呢。

仲银说这话的时候平平淡淡的。我在后边看着仲银的背影,我发现仲银的头发已经开始灰白了。

没过多久,我也考上了大学。临分手的时候,仲银一直送我走了三十里山路。仲银说,从你们来的第一天,我就知道你们早晚都得走。刘平平还说,世世代代呢。我们才是世世代代。

这么说着,仲银抬起头来,平平淡淡的眼光平平淡淡地打量着苍茫的群山。

我说,仲银,等将来毕业了,我回来看你。

仲银笑笑,仲银说,看也行,不看也行。

走到临时停车点,汽车还没有来,一条灰白色的道路意味深长地在群山之中蜿蜒盘旋而来,又蜿蜒盘旋而去,把思绪和回忆都拉得很长很长。

仲银说,汽车没来。

我说,没来。

仲银说,晚点了。

我说,对,是晚点了。

仲银说,别着急,肯定来。

我盯着公路,我说,不急,不急。

仲银知道我急,仲银就笑了。仲银故意找了个别的话题,仲银说,以前有个想法不敢说,现在可以说说了。毛主席的诗说,"乌蒙磅礴走泥丸",我觉得不确切,既然是磅礴,怎么又成了泥丸了呢。你现在看看咱们眼前的山,像不像泥丸,像吗?要我说,山就是山,山什么也不是。

这时候汽车来了。山里人都是等车等怕了的,全都着着急急的往上挤。好不容易挤上去,车立刻就开了,连和仲银挥挥手的机会都没有。满眼苍莽荒凉的群山，沿着那条蜿蜒盘旋的公路，扑面而来，又匆匆而去。

仲银说得对，那些山根本就不像泥丸。山就是山。

1992 年 12 月 6 日草毕，7 日改定于太原

黑 白

一

白正在家里刷锅，听见黑的脚步声，白就把刷子从水里提起来，然后就看见了黑那张像石头一样灰冷坚硬的脸。白问，你还是没去。黑不说话，闷头坐在炕边点着了一支烟。白说，见见那个招工的人真的就这么难么，你就当是为了小山求一回人。黑说，算了吧，结了婚的人家不要。白说，你不去问，你怎么知道要不要。你就是不想去，对吧，为了小山你也不愿意，对吧。黑忽然非常烦躁地掐灭了烟卷，非常急躁地说，别说了，你脱吧。白的手里还提着锅刷子，刷子上的水珠还在滴滴答答地往下流。白觉得两条腿直发软，白说，现在？黑说，对就现在，你还等什么，我求你了还不行吗。这么催着，黑的身体在发抖。白看看他，白想，他什么时候变成这样了。

中午的太阳把窗纸照得明晃晃的，把白的脸也照得明晃晃的，土窑里难得有这样的光明。白把锅刷放进水里，爬到炕上，把衣服一件一件脱下来，脱得一丝不挂，然后安静得像一片水一样躺下。黑扑到这片水里，搅得昏天黑地。等到所有的力气都用完了，黑就哭起来，哭又不出声，就那样一把一把地把眼泪从脸上抹下来，抹着抹着就颤颤巍巍地吸一口冷气，吸得很深很深。

白还是安静得像一片秋水。白平心静气地说，你哭什么呀，哭也不管用，你别哭了行不行。你是后悔了吧，当初还不如不结婚吧，你要真后悔咱们现在就去办离婚去。也不知道现在再离婚还行不行。咱们要是离了婚，小山跟谁呀，我其实就担心这一件事。总不能让小山一辈子都跟着姥姥呀。其实，我也挺后悔的，咱们要是不结婚就没有小山了，也就没有这么多的事儿。

黑没顾上听，黑只顾自己哭。中午的阳光把窗户照得明晃晃的，明晃晃的土炕上躺着一对赤裸的男女，男的很黑，女的很白。

现在他们一点顾忌也没有了，不对，应当说一点顾忌也用不着了。插队九年，所有的同学全都走了，参军的，去工厂的，当售货员的，上大学的，全走了；满意的，不满意的，每人都赶紧抢了一份工作离开了。当初热热闹闹的三孔土窑，现在只剩下两个人，连老乡们也不大来了。当初两个人为了幽会而逃避开大家热辣辣的眼睛，真是绞尽了脑汁，现在用不着了，现在窑洞里只剩下一个男人，一个女人。一个男人和一个女人现在可以天天在一起，天天做当初最想做的那件事，做这件事的时候可以不分早晚，可以肆无忌惮了。但却做得很灰心，很孤独，也很绝望。做这件事现在成了一种操练，一种对绝望的操练。只是当他们这样操练的时候，男人很冲动，女人很平静。

当初他们恋爱的时候不是这样。那时候，女人很冲动，男人很平静。

当初黑是全国的知青先进典型。黑到全省各地去做巡回报告，黑的事迹和照片被登在《人民日报》上。在这之前，黑是在北京的各个中学里做报告的。黑从一个草绿色的军用书包里,拿出一个闪光的故事来。黑说,那次,他带领着八个同学徒步串联,他们的目的地是延水河边的宝塔山。他们穿过华北大平原,翻越巍巍太行,又翻越莽莽吕梁,然后跨过滔滔黄河。他们的双脚,丈量着祖国的山河,他们的双眼展望着英雄的人民。当朝阳照亮大地,把群山伟岸的身影投向广阔的平原的时候,也把他们的一个理想投放在宏伟广阔的天幕上。在他们痛饮了延河水,仰望了宝塔山,回到北京之后,他们决定一起返回吕梁山的一个小村庄。因为在那,有一个给他们讲过抗日故事的老队长,有一个给他们暖过脚的房东老大娘。黑把那个故事高高地举在头上,黑说,这是一截腿骨,是他在长征路上从万恶的万人坑里特意拿来留做纪念的。黑满脸都是泪水,黑说我们无权忘记,我们应当踏着革命先辈的足迹前进。黑说,我们要把青春献给革命根据地的人民。黑说,我们要在那个小山村里干一辈子革命,要按照毛主席的教导,永远和工农群众相结合。当黑这样讲的时候,白和全校同学眼睁睁地坐在台下仰望着黑,仰望着黑满脸涔涔的泪水,仰望着那个被朝阳照红了的理想。和那个理想相比,白觉出自己的渺小和自卑。散会以后她专门找到黑。她说,我要跟你们一起走。

黑看看她,黑说,不行,你太小。

她说,还小哪,我都十四了。

黑说,我们是去上山下乡,是去干革命,不是去春游。

她就哭了,她觉得特别委屈,她说,我知道不是春游,我知道我配不上你们……

黑又看看她,黑说,你真的下定决心啦?

她点点头,就那样决定了自己的一生。白清楚地记着,那是一个秋高气爽的日子,爽朗的秋阳下,校园里的松树林挺拔而葱茏。四年以后，白长成了一个十八岁的姑娘，十八岁的白做出另一个同样重大的决定时，黑也是这样问她，她也是这样点点头。她觉得校园里的那片秋阳，和窑洞纸窗上的阳光非常相像。只是那时候她没有想到，自己会和黑这样一丝不挂地躺在土炕上，面对着挣扎不出的灰心和绝望。只是她没有想到，所有的理想和豪情这么快就被脱下来扔在一边，就像炕头上那堆肮脏的衣服。白不愿意看那堆衣服，也不愿看这两个曾经被自己打量过无数次的身体，她知道这两个一丝不挂的身体，一个很黑，一个很白，除此而外什么都没有。白就那样平躺在土炕上直盯盯地看着窑顶，白可以感觉到明晃晃的阳光从纸窗上照进来，照在自己稍觉凉意的身体上。

白现在时常想起母亲来。那一天，当自己把要离开北京的决定告诉母亲时，母亲哭了整整一个晚上。母亲只有她这一个女儿。白知道母亲是不会同意的。白就自己悄悄地拿了户口本，到派出所销户口。那个女警察看看户口本，又看看她，女警察说，你才十四呀，可真够积极的，想好了吗？女警察一边说一边翻着户口本。其实不用翻，户口本只有两页。撕下自己的这一页，就只剩下母亲孤零零的一页了。她说，想好了。可不知为什么眼泪却一下子涌了上来。她听见嚓的一声响，她知道自己和母亲十四年的生活就此被撕断了。然后，她把这个只剩下一页的户口本交给母亲。母亲不再说什么。母亲买回一个大木箱，然后，又一样一样的用东西把木箱填满。然后，母亲就趴在这个大木箱上放声大哭，一直哭得街坊四邻都跑到家里来。许多年以后，白都能清清楚楚地听见母亲那一次的号啕大哭。白在一些年里逃避这哭声，又在一些年里追寻这哭声。现在白躺在眼前这片明晃晃的阳光里，脑子里却响着母亲震耳欲聋的号啕声。

白想起来还没有刷完的锅。

白对黑说，别哭了，缸里没水了，你去担点水吧。

于是，两个人默默地穿好衣服。黑熟练地拿起扁担，熟练地挑起水桶，铁钩和提梁磨出些吱吱的尖响。白看着黑的背影，这背影和村里的农民一模一样。白就想不明白，黑怎么会变得和农民一模一样的。白就想不起来，那个从草绿色的军用书包里取出来的故事，是怎么弄丢的。

黑原来是白心里的英雄。

现在让白最难受的不是不能分配工作，不是一辈子都住在一个小村子里，让白最难受的是黑的变化，黑怎么能变得和一个农民一模一样呢。

小山三岁那年他们一起回去过春节，走到院门口，看见一个又白又胖的小男孩，没等他们开口，小男孩掉头就跑，一边跑一边叫，姥姥姥姥，来了两个生人。那时候他们两个苦笑着相互看了一眼，心里一下子明白了自己真的再也不是北京人了。

儿子说，来了两个生人。

二

黑在心里对自己说，反正我从来没有骗过别人，也没有骗过自己，更没有骗过她……最近几年来黑一直在心里对自己说这句话，黑有的时候就想，也许这辈子永远得在心里对自己说这句话了，每当想到这，黑就觉得心里空空荡荡的，就有许多灰心像冷雨一样绵绵不绝地飘下来，黑就常常想，要是有一把伞就好了。

铁钩和提梁磨出来的响声很尖，很细，这响声把迎面而来的阳光磨成一根一根的钢针，很疼，很胀地扎进眼睛里。黑躲开太阳，扭头去看那些无边无际的黄土堆成的沟壑和山梁。漫山遍野的黄色柔和而慈祥，九年来许多人和事都变了，许多情感和思想也都变了，可是只有这漫山遍野的黄色没有变，它还是无边无际漫山遍野，它还是永远的柔和而慈祥。它几乎成了黑的宗教，黑已经在无意中习惯了对它一吐衷肠。它真黄，黄得那么广大，黄得那么深远，黄得那么抽象而又单纯。也许它真是一把大伞。在这永远的黄色和永远的寂静之中，黑常常会听见暴风雨般的掌声向自己袭来，当年自己就是在这些雷鸣电闪般的暴风雨中，扬起了理想的风帆驶向黄土高原的。

　　那次掌声结束以后，白在校园的松树林旁边拦住自己，白在爽朗的秋阳下向自己扬起脸来，白说，我要跟你们一起去。自己刚刚说了不行，白就哭了。她一哭，他就知道她肯定不会是个干部子弟，尤其不会是个军干子弟。黑最讨厌的就是那帮不可一世的干部子弟，尤其讨厌那些穿将校呢的军干子弟。黑的父亲是煤球厂的工人，解放前摇煤球，解放后还是摇煤球。黑从"文化大革命"一开始就存了一个雄心，一定要做一件惊天动地的事情超过任何人。黑从内心深处觉得毛主席的"文化大革命"，是为了自己这样的人而发动的。黑看着那张洒满了阳光和泪水的脸。忽然就觉得这是一张绝对不应当被人欺骗的脸。黑很受感动，黑在一张十四岁的女人的脸上，一寸一分地丈量着自己的理想，黑暗自在心里发誓，此生此世自己绝不会背叛这个理想。

　　黑看着那双十四岁的眼睛，黑说，你真的想好了？

　　白很努力地点点头，白说，真的。

　　那一年黑是二十一岁，他们两个人的岁数加在一起是三十五岁。任何一个三十五岁的男人和女人，都不会在对方的脸上丈量自己的理想。

后来的事实证明黑的判断是正确的,白果然不是干部子弟,白的母亲是一家缝纫社的缝纫女工。自从验证了自己的判断之后,黑就觉得自己的血液和白的血液是从一个血管里涌流出来的。

黑对白说,咱们和他们不一样,他们那些人什么东西都有了,可是还要再把精神优越也抓在手里。咱们什么都没有,只有自己的理想。所以,我最看重这个理想,我也最害怕这个理想被人弄脏了。

白很崇敬地看着黑,白说,我真佩服你,你这人和谁都不一样。

水井很远,在很深很陡的沟底下,往返一次要走六里路。所以,黑有很多时间让自己沉浸在漫山遍野的黄色之中。深陡的沟壁上,有一线窄窄的土路画出许多蛇行的之字,远远看去,担着水桶的黑好像一只觅食的蚂蚁,一点一点地蠕动着,很顽强,也很孤独。

黑沉浸在漫山遍野的黄色之中自己对自己说,反正我没有欺骗别人,我也没有欺骗自己,我更没有欺骗她……黑花了九年时间才弄明白,理想的证明最终是需要观众的,没有任何人观看和参加的理想,是无,是一片永远无法填满的空白。暴风雨般的掌声退去之后,只有自己一个人留在这漫山遍野的黄色之中。白是最后一位观众。可是白躺在那片明晃晃的阳光里,平心静气地说,你后悔了吧。

那双十四岁的眼睛到哪儿去了呢?黑想。然后又想,自己其实只需要这一双眼睛就足够了,只要有这一双眼睛的注视,自己就宁愿把生命和理想一起深深地埋进黄土里。永远和这漫山遍野的黄土结为一体的想法,不可遏制地诱惑着黑。不是后悔,也不是胆怯,白看错了,也想错了。自己只是灰心,只是抑制不住地渴望着把自己和灰心一起埋进黄土里。自己本该天经地义的和那场化为乌有的事业一起结束。

九年里黑拒绝了许多次离开农村的机会,每次拒绝都让他得到一次心灵的净化，他为自己能够坚守誓言而感到心怀坦荡。只是到了后来，这种坦荡忽然落进了一个无底的深渊，深得让人什么也看不见，什么也抓不住。那感觉好像突然一下子弄丢了天上的太阳，焦急、痛苦、追问、搜寻，都不管用，太阳就是没有了，就是弄丢了，四顾茫然，天地难分，没有方向，也没有时间，到处都是一片肮脏的浑浊。

终于，黑担着水桶站在沟底的泉水边上。黑没有忙着把桶放进水里，黑就那样担着水桶定定地站在石台上，定定地看着围在一圈石板里的乌幽幽的泉水。黑越来越觉得这口井像一双眼睛，就像是这片干旱赤裸的高原的眼睛，它静静地躺在这漫山遍野的黄色之中，一眼望穿了千年岁月万里云天，一眼望穿了自己千丝万缕的烦恼和灰心。黑觉得那些乌幽幽的泉水一下子漫过石台，沁凉地流到心里来，然后，又从心里无边无际地蔓延开去，沁凉而又深长地浸透了自己整整三十年的生命。黑索性放下水桶，俯下身子，用双手和膝盖支撑着自己，像一头干渴的耕牛，贪婪地把脸埋进凉森森的泉水里。

他们的第一次约会就是从这眼泉水边开始的。

那是插队的第四年了，那时候分配工作的浪潮已经席卷走了一半的同学。只是因为黑的存在，他们这个知青集体才勉强支撑着。黑去省城参加共青团代表大会，黑当选为团省委的副书记。所有的人都说，这下一步登天，不会回来了。黑记得是一辆月白色的上海牌轿车把自己带进省委大院的。省委被围在一片森严巍峨的古代建筑当中，红墙黄瓦，气宇轩昂。一切都是仿照中南海的样子。一进大门的影壁上，也是五个金光闪闪的大字：为人民服务。秘书带着黑拐了许多弯，然后推开一扇重门，秘书指着红地毯上精美的沙发说，请你等一等。随后，那间安静得有些出奇的会客厅里，就只剩下他一个人。黑一次一次的心跳重重地落在这出奇的安静中，黑很激动，黑也很冷静。黑知道自己正在经历着也许是一生当中最重大的抉择。

黑很激动也很冷静地等着那个抉择朝着自己走过来。

不知什么时候，也不知从哪扇门里突然走出来省委书记，省委书记很和气也很高兴，省委书记叫了自己的名字，热情地握手。省委书记代表省委、省革命委员会说了许多夸奖的话，说了些什么黑全都没记住，只记得自己握住的那只手软绵绵的好像是女人的手。省委书记说，他的家乡就是那个县的，说他也是个放羊娃出身的苦孩子。关于脱胎换骨这句成语，黑就是在那一次真正理解了的。一个北京知青正在坚定不移地变成农民，一个放羊娃已经变成了省委书记，这就叫脱胎换骨。黑看着省委书记和气的脸，黑想，他的儿子或女儿就是我最看不起的人。他的儿子或女儿是绝对不会像我一样，有勇气在农村生活一辈子的。但是他们没有的勇气，我有。黑在华丽的红地毯和精美的沙发上，再一次一寸一分地丈量了自己的理想。黑从自己的理想中站起来对省委书记说，他不准备留在省城当那个团省委副书记，他还是决心留在农村当一辈子农民。他决心用自己的实际行动来真正地实践毛泽东思想。省委书记很激动，省委书记说，像你这样的优秀青年真是太可贵太可贵了。省委书记把他那双软绵绵的像女人一样的手，放在黑粗糙坚硬的理想中激动地摇晃着，黑忽然在一瞬间感到自己像群山一样高大伟岸。

高大伟岸的黑就那样高大伟岸地断然返回了吕梁山。黑的壮举再一次地登在全国各地的报纸上，被人们广为传颂。

白对黑说，你是真的，这一次谁也再不能说你是假的，他们谁也不敢和你比。

然后，白又对黑说，咱们结婚吧，结了婚就是真的是过一辈子了，就用不着任何另外的证明了。

白对黑说这些话的时候,一轮十五的月亮正好映在那一汪乌幽幽的泉水里。圆圆的一池泉水中央,亮着圆圆的一盘月,真像是一双一往情深的眼睛。

黑说,今天的月亮真好啊。

白说,真亮。真好看。

黑说,十五的月亮升上了天空呦……

白说,为什么旁边没有云彩……

黑说,我等待着美丽的姑娘呦,你为什么还不到来呦……

白说,我这不是来了么,我就是怕配不上你……

然后,他们就互相拉起了手。没有接吻,也没有拥抱。他们觉得那样有点小资产阶级情调。

千里皓月。

万里荒原。

千里皓月和万里荒原之中紧紧拉着一双滚烫的手。有一双乌幽幽的眼睛一往情深地看着这双手。

黑说,可你年龄太小。

白说,还小哪,都十八了。早到了法定结婚年龄了。

黑说,这事我还得再想想。

白说,还想什么,你怕结婚太早影响不好?

黑说,不是。真的是你太小了。也许你现在还不知道自己要承担的是什么。

白就哭了。白说,我知道我配不上你,我知道你根本就看不起我……

白把自己的手抽回来去抹那些奔涌的泪水。白真诚而动人的泪水奔涌在千里皓月万里荒原之中。黑忽然就想起来,那个爽朗的秋天,想起来那些爽朗的阳光和葱茏的松林，想起来那张十四岁的女人脸，想起来自己曾经在那张脸上一寸一分地丈量过一个辉煌的理想。那是一张不能欺骗，不能背叛，也不能拒绝的脸。

黑说，你别哭。我跟你说心里话，我真的喜欢你，我这一辈子还没有像喜欢你一样喜欢过谁。

黑拉过那只抹眼泪的手，黑说，你真的想好了吗？

白点点头。白说，除了你，我谁也不嫁。

黑觉得自己的心好像是被什么东西重重地撞了一下。黑猛地伸出另一只手来。黑捧着那只抹眼泪的手猛地贴在自己的脸上。

黑说，咱们全都记住今天晚上，一辈子也别忘，到死也别忘。

白说，怎么可能忘了呢。

然后，白又说，你看，今天的月亮多亮啊。

然后，他们一起昂起脸来。千里皓月万里荒原顿时从眼前飞逝而去，消失在一个不知道多么遥远，也不知道多么神秘的地方。

那一刻，黑和白的心里都只留下一个感觉，他们只觉得天上的月亮和水里的月亮都很亮，亮得就像那一片爽朗悠远的秋阳。

三

刷了锅，洗了碗，又用抹布把石板铺出来的锅台擦干净。然后，白直起腰来，撩起围裙擦干手。端起一个柳条簸箕，在瓦瓮里舀了半碗玉米走到院子里，咕咕地把鸡们召到脚底下，把金黄的玉米一把一把地撒在华丽灿烂的羽毛和抖动着的红冠中间。这一切白早就做得又麻利又老练,做得和村里所有的婆姨们一模一样。撒完玉米,白把簸箕抱在怀里,依着门框慢慢地坐在门槛上,呆呆地看着眼前那些抖动着的华丽和灿烂。

太阳已经落下西山。高远的黄土旱塬上弥漫着深沉辽阔的安详,远山近树,百里荒原全都变得柔和起来,晚归的牛群晃着丁冬的铜铃,晃出许多悠远和迷惘。这幅画白看了九年,看了不知多少遍,渐渐地,白觉得自己迷上了这幅画,迷上了这天地间没有太阳的一刻。白觉得只有太阳走了,自己才能把心悄悄拿出来挂在那些丁冬而去的牛铃上。

白想,也不知道小山这会儿吃完晚饭了没有。

白又想,也不知道小山想我不想我。

然后,白又推翻了这些思绪,小山不会这么早就吃晚饭,小山也不会想我,小山跟着姥姥都快四年了,早就把我忘了,连他妈长什么样他也不知道。他爸爸长什么样就更不知道了。小山长得真好看,真像我。小东西一边跑一边嚷,姥姥姥姥,来了两个生人。谁是生人呀,小兔崽子,我是你妈。

这么想着,白就流下眼泪来。

白就对那些丁冬的牛铃说,我真想他呀,想得我真揪得慌,揪得真疼,真难受呀。

当初,白坐在台下仰望着那个理想,坐在泉水边海誓山盟地献身于那个理想的时候,她没有想到自己会在这个理想里生出一个小山来。

小山就是在这孔土窑里出生的。生小山之前两个人商量了一下,既然所有的社员都在自己家里生孩子,咱们为什么非要去医院呢。黑去县城买回一本《赤脚医生手册》,买了一点纱布和药棉,买了一把剪刀。黑说,有根生,还有张大娘,放心吧。到最后那堆买来的东西几乎全都没有用上。张大娘看见那堆东西就笑了,就说,嘿呀,真是学生，干个啥也得照着书来，生孩子还用着书啊，天底下哪个女人不生孩子呀，连写书的那位先生不也是他妈生的他吗。张大娘又说又笑，张大娘说，哪用着这么多东西呀，有锅开水就行了。人生一辈子就是这么回事，来到世上一锅水，离开世上一碗汤。听说阴曹地府把门的那个老婆婆，姓孟，谁去了都给一碗迷魂汤喝。喝了迷魂汤，你就没有舍不下的事情了。

可白还是有点害怕，白说，我还是害怕，我能把孩子生下来吗？

黑说，别紧张，还有根生呢，根生是赤脚医生，接过好多孩子了。

白说，他是男的，我不想让他给我接生。

黑说，没关系，赤脚医生也是医生，他接过好多孩子了。

黑这么说的时候拉着白的手，拉得很紧很紧，白知道，其实黑也有点怕。其实两个人当初全都没有具体认真地想过，会有一个小山生到他们的理想当中来。

小山是在夜里出生的。根生说，不行，胎儿还没有进入产道，你还得站起来走走。白已经疼得几乎要发疯，白觉得好像是天上的太阳落进脑子里，眼前一片滚烫白炽的亮光。白一遍又一遍地喊，我要死了，我要死了。根生说，不行，你还得站起来走走。白被动而又盲目地在土炕上站起来，白的身上一件衣服也没有，赤裸嚎叫的白在摇动的油灯下像一个披头散发的女妖。忽然，白觉得有许多温热的水，顺着自己的两腿内侧流下来。根生喊，快躺下，用劲，用劲。白一用劲，孩子就生下来了。白觉得孩子简直就是从自己的身体里冲出来的。接着，白就听见孩子嘹亮有力的哭声。白就跟着孩子一起哭起来。

等到一切都弄好了，等到把又白又胖的孩子抱在怀里的时候，天已经亮了。白想起来刚才的事情，想起来根生是个男人，忽然就觉得非常非常的害羞。

黑凑到炕头上，黑说，是男孩，就叫小山吧。

然后，黑忍了一会儿，没有忍住，又说，陈国庆和刘丽萍昨天下午走的，他们说招工的人在县城等着呢，他们不能再耽误时间了，让我替他们跟你道别。

窑洞里一阵深长的沉默。白早就知道这两个同学的决定，早就知道他们在着急地办手续。可等到事情临头的时候，还是觉得怅然若失。

白说，这回再也没有什么集体不集体了，这回真的是只剩下咱们两个人了。

然后，又是一阵更深长的沉默。

黑说，不对，是三个。还有小山呢。

白朝着孩子侧过身子，忍不住流下眼泪来，白说，我真舍不得让孩子也跟着咱们受罪，一个人有几个一辈子呀，不是就有一个吗。

黑没有再说话，闷着头点了一支烟，贪婪地抽起来，那样子像是在吞咽，不像是在吸烟。早晨的阳光依稀地映在纸窗上，窑洞里一片昏暗，一片深长的昏暗中亮着一个火红的烟头，亮着一盏熬了一夜的残灯。

白突然被一阵难熬的疲倦压倒了，白说，我困了想睡觉。说完白就睡着了。白真想就这么永远地睡过去，永远也别醒过来，永远也别再看见这孔窑洞，永远也别再听见队长吆喝上工的粗嗓门，永远也别再看见窑洞外边的那个太阳。那个太阳照得人真累，太累了。

白睡着以后碰见了陈国庆和刘丽萍。陈国庆和刘丽萍是他们这个知青集体里最早谈恋爱的一对。那时候白每次和黑约会总是要躲得远远的，他们之所以看中了水井边上的石台，正是因为它远，正是因为晚上不会有人去担水。可陈国庆和刘丽萍却不害怕，他们俩就那么手拉手地在村子里走来走去。而且，他们俩早就脱离了知青的集体食堂，离开了知青集体的院子，搬到别处去住。好虽好，可他们就是不结婚。他们说，结了婚以后就别想离开农村了。他们一点也不避讳自己想离开农村的愿望。那时候，白还不大懂得男女间的事情。有一次，白去找刘丽萍借剪刀。推开窑洞的门，白满脸通红地捂着眼睛退出来，倒好像赤身露体的不是别人而是自己。白觉得那一刻满天满地都摆满了太阳，烤得人浑身上下的发烫。白正站在那儿难受，刘丽萍心平气和地穿好衣服走出来，心平气和地笑笑，刘丽萍说，你找我有事儿？白说，刘丽萍，既然这样，你们为什么不结婚呀。刘丽萍又笑笑，刘丽萍说，傻子才结婚呢，我可不想在农村呆一辈子，我们可没有什么理想。刘丽萍把理想两个字拉得长长的，长得好像一扇永远也关不上的旧门。刘丽萍依在这扇旧门上，心平气和地一眼看穿了一切。白说，可是你们要是有了孩子怎么办呀。刘丽萍笑着说，你也想学学避孕，那我就教教你。白吓得拔腿就跑，跑了很远，转回头来看见刘丽萍还在看着自己笑。刘丽萍笑得又自信，又冷静，就好像白茫茫的大雪地上摆了一面冰冷明亮的镜子。

　　白没有想到自己现在会碰上陈国庆和刘丽萍。白看见他们走得很急，就赶紧追上去喊，等等我，等等我。陈国庆和刘丽萍就一起转回身来。白说，你们干吗这么急呀。刘丽萍就笑了，刘丽萍说，不急就赶不上了。你有事情就快说吧。白忽然就觉得很不好意思开口，就觉得浑身发烫。刘丽萍转身就走。白就在后面追，一面追一面说，我有件事情想让你们帮忙问问，你们问问那个招工的还有没有名额了。刘丽萍还是不回头，刘丽萍说，你打听这个干什么，你们不是要在农村扎根一辈子吗。白就很着急，就又追着解释，白说，不是为我们问，是为了小山，我想让那个招工的把小山招走。正说着，就到了县委大门口，白突然很胆怯地站住了，眼睁睁地看着陈国庆和刘丽萍走进去没了踪影。白不敢到县委去，白知道县委冯书记认识自己。结婚的时候，冯书记专门坐汽车赶到村里，给主持婚礼。站在大寨田的地头上，念了几段毛主席语录，唱了几首革命歌曲，冯书记就代表县委把挽了大红绸子的一套"毛选"、一把铁锹、一把镢头送过来。冯书记拍拍自己的肩膀，冯书记激动地说，好姑娘，有志气，我代表县委向你们祝贺，祝你们在农村这个广阔天地里永远革命，不断革命，大有作为。自己那一天流了好多激动的眼泪，好多激动的眼泪都在那一天流淌在山高地远的广阔天地里。可是现在怎么能往里走呢，要是碰见了冯书记说什么呢，就说想让小山跟着那个招工的人一块走？白站在县委那个空荡荡的大门口再也不敢往前走一步。白又想，要是碰见冯书记说什么呢，就说想让小山跟着那个招工的人走。可这句话怎么张口呢。白看看那个大门，眼睁睁地找不着陈国庆和刘丽萍了，白急得直想哭。白想，也不知道这扇门里面有没有那个姓孟的老婆婆，要是她给我一碗迷魂汤喝，我就什么也不怕，我就敢进去找那个招工的。正在着急，白忽然看见红光满面的冯书记笑呵呵地朝自己走过来，冯书记手里拿着挽了大红绸子的"毛选"，冯书记说，好啊，你来啦。白吓得转身就跑，一面跑，一面回头看，就觉得红光满面的冯书记好像是落在夏天麦场里的大太阳，又热，又烫，逼得人连气也喘不上来。

　　接着，白就吓醒了。白满头大汗地醒过来，看见小山安安静静地睡着，看见纸窗上亮着一片明晃晃的正午的阳光。黑不在家，鸡们正在院子里咕咕咕地有一声没一声地说话。充满了腌菜味的窑洞里，只有安安静静的小山，只有纸窗上那一片明晃晃的正午的阳光。

　　后来，母亲的信就来了。母亲说，你要是不把小山送回北京来，我就上吊。

四

白觉得自己这一辈子已经永远对不起母亲了，白只有这一个母亲，白不能再让母亲为自己上吊。白给母亲写信说，妈，您千万别着急，等小山一断奶，我就给您把他送回去。

母亲源源不断地把奶粉、白糖、小衣服寄来，还特地用旧衬衣做了几十块尿布。母亲不厌其烦地在信里重复怎么喂奶，怎么喂水，怎么洗澡，怎么换衣服，怎么换尿布。最后，母亲终于来信说，她打算向缝纫社请假，要到村里来接她们母子俩回北京。白心里明白母亲的用意和决心。黑心里也很明白。白赶紧叫黑到县城邮电局拍了一封电报，电报说，切勿来此，三日后返京。

那三天里他们匆匆忙忙地准备行装。匆匆忙忙的三天里，白觉得黑的话越来越少，白觉得黑好像在等着一个机会，好像在反复地下一个决心。终于，临走时的那天晚上黑说话了。

黑说，要不，你一个人带小山回北京吧。

白很奇怪，白说，是呀，是我一个人带小山回呀。咱们不是说好的吗。你不是还要领着青年突击队修胜天渠吗。

黑说，不是。我是说，要不，咱们离婚吧。

白觉得自己好像是突然变成了一根冰柱子，脑子里又冷又硬地转不过弯来。白半天没有说出话来。白思考了一会儿才彻底明白了黑要对自己说什么。

白说，你怎么这么看人呀。

黑说，不是，这和看人没关系。我是不愿意让别人为我一个人的想法受罪。

白说，别人？谁是别人？我是别人？

然后，白又说，我现在都糊涂了，我不知道什么想法对，什么想法不对，我现在就是为了你才留在这儿的，我谁也不为，什么也不为，就为你。你呢，你以为我是为了这三孔土窑好看才留下的？

白这样说话的时候声音很大，很激动，很厉害，很像是在和人吵架。黑呆呆地看着她，黑一声也不吭。突然，黑把胳膊伸出来，黑说，你过来。白走过去。黑说，你把扣子给我解开。白说，你要干吗呀。黑说，什么也不干，我就想吃你一口奶。白就笑了，白说，你疯啦你，这是小山的奶。黑不再说话，黑一头扎进白的怀里。黑满头粗硬的头发像一堆尖细的麦芒，扎得人又酥又痒。白轻轻抱住黑的头，白忽然觉得黑有点像小山，忽然觉得黑不再是原来的黑了。白就想起来许多年前那个上午，黑在那个上午说，我们是去上山下乡，是去干革命，不是去春游。黑在那个上午，把这些话铿锵有力地摆在爽朗的阳光下边。

白就自言自语地说，真的不像是春游，一点也不像。

黑没有听懂白的话，黑早就忘了那些话，黑一动不动地把头扎在一片宽广柔软的胸脯上，黑的眼睛里是漫山遍野无边无际的黄土的颜色。黑一任自己沉浸在这片宽广和柔软之中。

黑说，我真舍不得你。

白说，我也舍不得你。

第二天，黑驾了一辆毛驴车送白和小山去长途汽车站。小毛驴的笼套上扎着一穗红缨子，笼套下边吊着一个铃铛。一家三口人坐在毛驴车上，在漫天的黄土里丁丁零零忽隐忽现地逶迤而去。

白把小山抱在怀里,舒舒服服地靠在一摞棉被上。在那孔终日忙乱的土窑里很少能这么从容这么豁亮地放大眼睛。天,真大,真蓝。地,真大,真黄。孩子的眼睛,真黑,真亮。白被一种莫名的伤感融化着,把自己二十岁的生命挂在那穗摇摇晃晃的红缨子上,深长而又广阔地舒展开来。这二十岁的生命只有三种颜色,一种蓝色,一种黄色,然后,在蓝色和黄色之间点着两只又黑又亮的眼睛。

白对黑说,你唱个歌吧。

黑说,唱什么呀。

白说,就唱你在村里学会的那些小调,叫小山也听听。

黑就笑了,黑说,行。给我儿子唱唱。

黑把马鞭子靠在肩膀上,宽厚结实的脊背在白的眼前晃来晃去的,就把歌晃了出来:

> 樱桃那个好吃树难栽,
> 有了心思,
> 哥哥呀,
> 你慢慢来。
> 烟锅锅点灯半炕炕明,
> 酒盅盅量米,
> 哥哥呀,
> 不嫌你穷……

黑忽然不唱了,忽然说,没有孩子还不觉得,现在才觉得穷,真穷,真有点对不起你和小山。

白打断了黑的话,白说,你别说这些了。我想唱个歌,就唱咱们离开北京的时候唱的那个歌。说完，白就很激动，也很怅惘地唱起一支歌，这支歌当年他们坐在离开北京的火车上，唱了不知多少遍：

> 在这春光明媚的早晨，
> 列车奔向远方，
> 车厢里满载着年轻的朋友们，
> 让我们奔向前程，
> 到远方去，到边疆去，
> 到祖国召唤的地方去，
> 到工厂去，到农庄去，
> 到祖国需要的地方去……

很激动也很怅惘的白忽然停住不唱了，很激动也很怅惘的白忽然说，我怎么现在觉得这些东西全都是假的呀，我怎么觉得现在谁也不需要咱们，咱们什么也没有，什么也不是呀……白看着那个宽厚结实的后背又说，你说说，咱们现在到底算是什么？这样说着，白就哭了。哭得很激动，也很怅惘。

黑没有回过头来，黑宽厚结实的肩膀上摆来荡去地晃着一根肮脏的马鞭子。那根肮脏的鞭子一会儿戳进蓝色，一会儿又插进黄色。

黑也很激动，黑说，反正我从来没骗过别人，也没有骗过自己，更没有骗过你。

白说，你怎么这么看人，我说你骗人，说你骗我了吗？我是想不通咱们到底干了什么，咱们到底算是什么。你说呀你……

在黑和白的激动和怅惘之中一直亮着一双乌黑晶亮的眼睛。小山一直在褪袱中大睁着眼睛，小山还没有见过这么大这么多的蓝，也没有见过这么大这么多的黄,但是,小山一下子就分清了它们,小山觉得蓝色是自己的,黄色也是自己的。受了这蓝和黄的刺激,小山觉得很有必要尝尝它们的味道,小山在襁褓中扭动着身体,那些挣扎不脱的捆绑和限制让小山勃然大怒,于是,一阵嘹亮强烈的声音冲进这广阔无垠的蓝色和黄色当中来,冲进到许多说解不清的激动和怅惘当中来。

远远望去,在漫天漫地的黄土当中丁丁零零地晃着一辆毛驴车,毛驴车拉着一个孩子嘹亮强烈的哭声,拉着一些说不清的激动和怅惘,忽隐忽现逶迤而去。

在长途汽车站,等到把行李和座位都安排好了以后,黑已经忙得满头是汗了。黑撩起衣角抹抹汗,觉得有些话如鲠在喉,他想忍,可是还是没有忍住。

黑说,到了北京,你妈要是实在不愿意你回来,你就别回来了。我就是再舍不得你,我也不愿意看着你难受。

白就哭了。白一边哭一边说,你让我怎么着你才相信我呀,非得让我把心给你挖出来才行。要分手了,你又说这种话,你到底存的什么心啊,你怎么这么看人呀你,你怎么这么狠心呀你……

白哭的声音很大,说的声音也很大。招惹得四周的乘客全都转过头来看。

白突然抱着孩子从座位上站起来,白说,要是这样,那我就不走了。

黑很慌乱也很窘迫地让白和孩子坐下,然后慌慌张张地走下汽车,坐到自己的毛驴车上,狠狠打了一鞭杆,小毛驴就丁丁零零地跑起来。跑出长途汽车站的大门,黑觉得自己的脸上凉冰冰的,伸手一摸,抹下许多泪水来。黑清清楚楚地记着,这是插队六年来第一次流眼泪。

黑还清清楚楚地记着，六年前自己曾经流过许多次眼泪，黑没有想到，那些眼泪和这些眼泪，竟然都是从一双相同的眼睛里流出来的。

黑一边抹干眼泪一边在心里骂自己，你他妈真软弱，真没有点骨头。黑知道自己不能哭，尤其不能在县城哭。黑在这儿是个名人，还是个不脱产的县委委员。一个县委委员在县城大街上流眼泪，影响太不好，太不像话，太丢人。

五

在打好的石眼里一一放了炸药，埋进雷管，用黏土封了口，再把十几个雷管花花绿绿的接线又都仔细地查了一遍，黑叼起胸前的哨子连吹了三个长音，工地上的人群一下子就散开不见了，纷纷躲进各自临时的掩体当中。那面印有"青年突击队"的大红旗，在空无一人的工地上顿时显得孤独而又突兀。黑在这忽然而来的孤独和突兀中静静地坐着，打量着一片狼藉的水渠工地。黑已经是连续第六个冬天参加这样的工程了，修大寨田，修拦水坝，修水库。每一次都是动员大会，誓师大会，然后就是各路人马大会战。高音喇叭里震耳欲聋的口号、歌声、表扬稿，挑战应战的大字报，不断刷新的土石方量数字。然后就是拖着快要累散的身体，带着满是尘土的行李回家。然后，就是再也不会有人问起那些工程。每次带回来的那些奖和大红花，越来越像是一场演出。黑从人们的疲劳和不耐烦的眼神里，看见越来越多的反感。黑也很累，也很疲劳。白走了以后，黑感觉到从未有过的劳累和疲倦。不知怎么，他忽然渴望着停下来，把一切劳动都停下来，把心也最好一动不动地停下来。寒冷的风从黑深长的疲倦中凛冽地刮过，把身边那面红旗刮出些噼噼啪啪的响声。

八月在身子后边的掩体里探出头来催，我说，你还愣着干啥。

黑从深长的疲倦中转回头来，朝八月笑笑，黑说，知道。

然后，黑就把那捆绑在一起的八节电池从帆布包里拿出来。然后，又把那根红绿相间的线攥在手里，分开正极和负极。然后，就下意识地把电线的两极按在电池上。然后就是一声惊天动地的巨响，整个山体都在微微地晃动。然后碎石就像一阵暴雨从天而降。八月就在身后像疯狗一样乱叫起来，八月喊，你疯啦你，你疯啦你，你不要命啦你，你狗日的还不赶紧进来呀你。

黑突然在缤纷的石雨中感到无比的快乐。他眼睁睁地看着落地的石头，在山坡上打出一朵又一朵白烟，看着它们一个个在白烟当中粉身碎骨，四处迸溅。看着它们在荒无一人的山坡上打出一片恐怖的欢歌。黑突然想起台下那汪洋一片的仰望的眼睛，突然想起那些震耳欲聋的暴风雨般的掌声。黑屏住呼吸，清晰无比地感觉到狂乱的心跳和这缤纷的石雨舒畅地叠印在一起。

随后，石雨和烟尘骤然而止，工地上一阵出奇的安静。

黑完好无损地坐在那儿，完好无损地朝八月笑笑。大家一哄而上地围上来七嘴八舌地追问，这是咋啦，这是咋啦，嘿呀，这不是不要命吗。嘿呀，这不是不想活啦。嘿呀，快看看伤着没，快看看吧。

黑完好无损地站起来，完好无损地挥挥手，然后黑又笑笑，黑说，没关系，没伤着，我是一下失了手。大家干活去吧。

等人都走散了，黑很诧异地四下打量，很诧异地自言自语，怎么这么巧呢。

八月站在黑的身后，八月很害怕，也很困惑，八月说，我说，你那一会儿是不是就不想活啦？你要是死了，小山他们娘儿俩可就恓惶下啦。

黑很从容地在干燥的脸上抹了一把，好像是把什么东西从脸上和心里一下子抹掉了，黑说，我这不是好好的，我这不是完好无损吗。

八月说，啥他妈的完好啊，砸你狗日的一石头，就完球蛋啦！

黑还是很从容地笑笑，很从容地打量着又热闹起来的工地。黑忽然觉得自己好像是从另外一个什么地方来的，忽然觉得眼前的一切都有点陌生。

那天下午，黑接到一封北京的来信，白在信上说，我不在你身边，你可千万要注意身体和安全，我真不放心你，我很快就回去。

黑把这封信装进贴身的衣兜里，黑想，今天幸亏这么巧。

晚上正在发愁做什么饭的时候，八月来了。八月说走吧，上我家吃莜麦面。黑就笑了，黑揉着腮帮说，一听就香得流口水。等到了八月家黑才发现不光是莜麦面，还有炒鸡蛋、凉拌山药丝，炕桌上还放着一瓶高粱酒。

黑说，八月，我知道你是为什么叫我来喝酒。其实，我什么事情都没有。

八月就很不好意思地笑了，八月说，你看我这人，连装一回大方也装不像。干脆不装那狗日的了，喝酒吧。

于是，两个人就喝酒。渐渐的，喝得心里和脸上都很热，喝得都很想说些话。

八月说，我就闹不明白，人家都走了，偏你一个人留下图个啥？

黑说，啥也不图，就图个心里干净。

八月说，干净？哪干净？今天要是一块石头砸死你，想不干净也算是全干净了。我就闹不明白，要是个寡妇她不嫁吧，那是她要守着儿呢。你守着不走，图啥呢。

黑说，八月，你还记着我们知青刚来的时候吧，多红火，多热闹，大伙都表决心，都喊口号，都说要扎根一辈子，可现在一眨眼，全走了。我要是也走了，那不是等于大伙都说了一堆瞎话废话，大伙一块儿骗人吗。我不是还是个知青代表吗，只要全中国还有我一个人在农村，知识青年上山下乡这件事情，就还存在，就还有。我什么也不想当，我就是想告诉大家，我没有骗过别人，也没有骗过自己，更没骗过她。八月，你知道我现在最怕什么吗，我最怕连自己到最后也守不住了。我今天真是宁愿有块石头砸到我头上，你不知道我看着那些石头落下来，心里有多高兴……

八月听得眼睛瞪得老大。八月说，我说，咱们别喝了。

黑说，不行，要喝就喝个痛快。

八月想了想又说，到底是你们念书人，连想事情也和人不一样。我们家祖宗八代都是种庄稼的，我他妈从来就没有想让人知道我是个种庄稼的，我连做梦都想着下辈子再别种庄稼了。我就闹不明白，毛主席好好地为啥非要叫你们学生娃们到农村来呀。要是我，我就不来，我他妈留在城里要饭，也不来。祖宗的，凭啥呀？

两个人正说得热闹，窑洞的门突然开了。两个人突然看见白提着手提包站在门口，摇摇晃晃的灯苗在冷风里挣扎着，噗的一下灭了。漆黑一团之中，响起黑激动不已的声音。

黑说，你怎么回来了。

白说，我不放心。发了信第二天，我就去买了火车票往回赶。

等到八月又喊又骂地催着媳妇点着了油灯的时候，白看见黑的脸上满是晶亮的泪水。

白说，咱们回家吧。

八月很憨厚地笑起来，八月说，我俩喝醉了，在这儿胡说八道呢。你可别生气呀。

黑一声不吭地跟在白的身后。回到家，点着灯，白就叫起来，白说，看看，看看，我才两个月不在家，这窑里成了猪圈了。黑还是不吭声，黑觉得自己晕乎乎的，看见什么都是两三个影子，黑想，这是怎么了，大伙怎么又都回来了？这窑里这么多人，呆会儿怎么睡觉啊。白一边收拾打扫着，一边给黑讲回北京的事情。讲小山怎么喜欢北京，怎么喜欢姥姥；讲姥姥怎么喜欢小山，怎么天天搂着小山又哭又笑；讲一家三口怎么逛王府井百货大楼，怎么逛故宫；讲小山怎么一天比一天会说话。讲着讲着，没有人搭腔，白定眼一看，才发现黑已经坐在炕头上靠着墙睡着了。白走上去替黑脱衣服，拉起手来猛然看见黑满手的血泡，不禁泪如雨下。

白说，现在谁还提咱们这些插队的呀，大伙早就忘了知青了，你这么傻干到底为什么呀你。

黑没有任何反应，黑睡得很深很死。深得就像窑洞外面那个没有星星也没有月亮的冬夜。第二天早晨醒来的时候，白发现黑还在死死地睡着，朦胧的晨光朦胧地照出黑粗糙的脸，白觉得黑一下子老了许多。白想，真快，一眨眼都六年了。又想，六年里王府井天天都是那么多人，那么多人走来走去，没有人知道这个窑洞里住着我们俩。白想起来临行前母亲的话，母亲说，谁也别想把小山从我这儿领走，除非等我闭了眼，咽了气。母亲说，你们俩好好想想，你们这么干对得起谁呀。自己耽误不说，还要把亲生儿子也耽误了才算完？想起小山，白就觉得揪心。走的时候，小山哭，自己也哭。不知怎么就觉得好像是永远再也看不见孩子了。最后，自己是跑出院子的。街坊四邻都堵在门口看，自己就那么满脸是泪地从人群里冲出来的。简直就像是逃跑上山的白毛女。

白又看看黑,白想,我现在就想小山,别的,我什么也不想,也实在不想再想了,我一定得和他好好说说小山的事情。我们得和县知青安置办公室说说,转回北京去。实在回不去,最起码也得有个工作,有一份城市户口。

白没有想到,这件事情竟然说了三年也还是说不通。黑说,我不能去,我没脸去张这个嘴。

六

黑还会唱一支小调:

娃娃尿炕搭被子,
壳脑难活拔罐子,
夜里难活想妹子,
心里难活唱曲子。

七

那辆吉普车就那么扎眼地停在学生院里。

老乡们都这么叫那座院子,因为那三孔土窑里原来一直住着北京来的学生们。后来学生们一个一个的又都走了,大家还是叫它学生院。最后学生院里只剩下两个人,一个男的,一个女的。男的叫黑,因为他长得很黑。女的叫白,因为她长得很白。老乡们都这么叫,这么叫省事。

现在学生院里没有人了。今天早晨人们发现这两个人死了。两个人是抱在一起死的,两个人身上都没有穿衣服,黑白相绕,怎么也分不开。队长说,算啦,别分啦,给俩人打一口棺材吧。木匠说,棺材这么大,咋往外抬呀。队长说,把土窑刨了吧。围在院子里的婆姨们就哭起来。后来,那辆吉普车就开来了。队长就把村民们都轰出院子去,队长说,去吧,去吧,公家的人来了,要破案呢,都别碍事。

队长又说,八月你别走,你是头一个发现情况的,你得跟张科长讲讲情况。

八月抹了一把鼻涕,八月说,说啥呀说,我就知道早晚得有这一回。

队长把眼一瞪,骂起来,八月,你狗日的少在这胡说八道。你知道?你知道啥?人命关天,你见着啥说啥,没见着的别瞎猜。

张科长拿着一个小本子走过来,张科长说,姓名。

八月笑笑,八月说,和你一个姓,姓张,这一个村子里的人全都姓张。

张科长说,你是第一个发现情况的,你说说经过吧。

八月说,也没啥经过。就是早起我媳妇打发我过来给这俩人送一碗酸菜,我就过来了。一进门就看见俩人躺在炕上,身上啥也没穿,满地上都是吐出来的东西,我吓得就往外跑,连那碗酸菜也叫我连碗一起给打了,那不,破碗还在窗台上放着。跑出来我就奔了队长家,就这情况。

张科长说，那你刚才说，早晚也得有这一回是怎么回事。

八月说，我胡说呢。

张科长很严肃，张科长说，我可不跟你胡说，你最好还是老老实实地说说。

八月后悔起来，八月说，真的没啥啦。

张科长说，你昨天晚上来过没有。

八月一下子瞪大了眼睛，八月说，张科长，照你这意思，是我害了他们。

张科长说，我没说你害了他们。我问你昨天晚上来过没有。

八月说，来过。

张科长更严肃了，张科长说，好，那你说说昨天晚上的情况。

八月忽然很害怕，八月说，我没啥说的啦，我还得刨山药蛋去呢，我得走啦。

张科长说，你给我老老实实呆着，我不叫你走，你哪儿也不能去。

八月顿时吓得大哭起来，八月的鼻涕眼泪顿时流得满脸都是。八月说，我不说啦，我啥也不说啦。为啥叫我说呀，我又不知道他们咋死的。我就送了碗酸菜，就送出人命来啦？咋啦，你们也不能因为一碗酸菜就把我抓走吧。

队长看见出了难题，赶紧上来帮忙，队长说，八月，你狗日的哭啥呀。不叫你说，你能得不行，该要你说了，你又不说了。人家张科长啥时候说要抓你了，你就再给说说昨天晚上的情况吧。

张科长很严肃地对在场的人说，县委很重视这个案子。赵卫东同志是全国知青的模范，是县委委员。这个案子，无论是他杀还是自杀，都会有很严重的政治影响，县委认为这种严重的政治影响，会严重地影响我们县，甚至我们省的荣誉，我们无法向上级，也无法向全国人民交代。所以，一定要查清，是他杀，自杀，还是误食中毒。我们专案组必须给县委一个最明确，也是最好的交代。

队长立刻明白了张科长的意思，队长踢了八月一脚，听明白了吧，快说说昨天晚上的情况吧，你进了窑都看见啥啦。是不是两人正做饭呢。

八月说，是，是正做饭呢。还要留我吃饭，我没留。

张科长说，那你看见那个瓶子了没有。

队长又踢了八月一脚，八月赶紧说，看见了，看见了，灶台上就是这个瓶子。

张科长一一记录下八月的话，然后，要八月在记录上按手印。

八月很担心很害怕地伸出手来，八月说，按了手印就没我的事情了吧。

张科长说，行啦，你刨山药去吧。

然后张科长又说，等我们把呕吐物拿回去化验了，就有结果了，就知道是不是农药中毒了。

队长说，"1059"太厉害，连牛闻闻都死，别说人了。

张科长说，是呀，咱们县里已经出了好几起这种案子了。全是误食中毒。全都是舍不得扔那个瓶子，留着装油打醋，又没有彻底洗干净。结果就中了毒。

队长说，别的不说，就是这两娃太可怜，北京还有个三四岁的孩子，还有个六十多的老太太，我真发愁咋跟老太太说。张科长，你可千万给咱把这个意见跟县委好好说说。我们这么个小村子可担待不起一个县委委员呀。

张科长说，真是没水平，该县里管的事情用不着你操心。我得快点赶回去向县里汇报。然后，张科长带着人坐着那辆吉普车走了。

眼巴巴地看着吉普车卷着黄烟出了村,队长说,行啦,该干啥的干啥去吧,别都在这儿围着啦。

然后,队长也带着人走了。

冷冷清清的学生院里只留下做棺材的木匠。做棺材的木匠把许多惨白的刨花惊心动魄地推到地下。

队长吩咐留下几个后生,留下一辆驴车,等着棺材做好了就埋人。趁着木匠做棺材的空当,后生们先去挖好了坟坑。等到埋完人,在坟头上培了最后一锹土的时候,太阳已经落山了。后生们用鞋底蹭干净铁锹上的黄土,又坐在坟前抽了一阵闷烟。而后,有人说,咱们回吧。大家就都说,行,回吧。一转眼的工夫,人们就走散在羊肠小路上。

莽莽荒原阒然无声,四下里一片往日的慈祥和柔和。这天地之间没有太阳的一刻,刚好应该是白坐在门槛上想小山的时候。

1993年1月15日于家中,窗外白雪纷纷

原载《上海文学》1993年3期

青石涧

一

他从来也不觉得这地方像一幅画,现在就更不觉得。现在他整个的心思都在想着那座塔标,和塔标底下那个自己用石块垒起来的石堆……可这地方实在太像一幅画了。每天晌午,当他赶着羊群从山上走下来,拐过迎面的那一大扇影壁似的红石崖,他就走到画里来了。在这扇影壁的背后红色突然断了,突然变出一大片干干净净、平平展展的豆绿来。因为常年都被水洗上一夏一秋,豆绿的石板细腻得叫人想起女人的肌肤。一股也是绿色的山水,从上首林木的浓绿中抽出来,带来许多清爽和草叶的清香。听见水声,密集拥挤的羊群中涌起一阵躁动,一眨眼,整团的白色和黑色在青石板上星散开来。性急一点的,索性就把四只蹄子都浸在水里,直到喝饱了,才把头抬起来翘着好看的犄角,一串水滴就会从胡子上哩哩啦啦地溅落到水面上。被挤在外圈的羊羔们在大羊的腿底下钻来钻去,咩咩不止地啼哭着。听见羊羔的哭声,他的心里不禁生出些触动,赶忙心疼地走过去把大羊赶开,为羊羔们腾出地方来。峡谷很窄,那座影壁似的红石崖突兀着,既像是墙,又像是屋顶。夏天这石墙就留下一片阴影,冬天就留下一个阳窝。所以,他每天每天都把羊们赶到这儿来喝水。喝饱了的羊们开始三三两两地离开泉水,眼巴巴地围到他的面前来。胆子大一点的还会跟着头羊拱到腿跟前来,甚至会用嘴去拱那只斜挂在屁股上的书包。他知道它们要什么,可偏偏的就要拿一把,一边用小锹赶着羊们,一面就责骂:

"看看狗日们腌臜么?看看屙下的这一地,把水弄恁脏明儿个还喝么?啊?天天说天天还是这个样,有脸么?"

羊们似乎听懂了,羞愧地从主人身边退下几步。这时候,他才朝泉水走过去,双腿跪在干净的石板上,两手撑地,和羊们的方法一样,把整个身子朝流水探下去,半个脸浸在沁凉的泉水中,一阵彻骨的快意刺激着他,荡涤着周身的疲劳。接着,他闭起眼睛趁着一瞬爽心的黑暗,把那些碧玉似的绿色大口大口地吞进焦渴的肠胃。喝够了,抬起头,下巴上也和羊们一样沥沥拉拉地滴下一串水珠。他举起袖子胡乱抹一把,嘴里品出一点微微的羊膻味儿,身子后边早已又眼巴巴地围上来黑白混杂的一圈。直到这时候,他才慢慢地站起身,打开那只帆布挎包,把用碾子碾细了的盐末一把一把地分撒在石板上。羊们立刻蜂拥着挤成几团,尖细的舌头拼命地朝石板上舔着。撒过一阵,他特意在挎包里留下一点盐,把挤不上去的羊羔们招引在自己身边,然后把挎包抖干净。不知是谁抢得太急,被盐末呛得咳嗽起来,他就又责骂:

"急啥?急啥?过了今天就没有明天啦?赶死呀?"

羊们顾不得理他,一味低着头刷刷地舔成一片,流满唾液的舌头在豆绿色的石板上舔出片片斑痕,直到一粒盐末也找不见了方才停下来，揉动着嘴唇，细心地回味着舌头上的滋味，懒懒散散地在石板上卧下去，恬静、安详，一道横贯其中的翠流，让这一瞬生出无限的灵气来……可是他什么也觉不出来，他只知道这个地方叫做青石涧。眼前这幅司空见惯的情形，他每天都得重复一遍。从十五岁起就天天到这儿来和羊们一块歇晌。娶媳妇的那天叫人替过一天工，后来和媳妇离婚的那天又叫人替过一天工，除去这两天，二十年来他不记得自己重复了多少遍了。他笨拙地走到石崖底下，在那儿有一个用三块石板搭起来的灶，灶边上有一堆自己平日枳攒下的丁柴。他点着火，从干粮袋里取出黄蜡蜡的窝窝在鼻尖上闻闻："家日的，又酸啦！"这么骂着，把窝窝放在火边烧烤。片刻工夫，便有些香味跟着烟们飘散出来。闻到香味，有两只羊羔又围上来，他掰开热气腾腾的窝窝吹上几口气，觉得掰下来的太大了些，又仔细地分了一次才丢到石板上，而后默默地看着羊们和自己一起吃。他喜欢羊们，更心疼这些羊羔，有时候他甚至觉得这些羊羔是他自己和羊们一起生下来的。每年一到产羔的季节，总有许多羊羔是出生在山坡上的。刚生下的羔子浑身精湿，四条小腿软软颤颤地支不住自己，都是他裹在袄里抱回村的。一只一只地看着它们生，又一只一只地看着它们长，他从来没有想过，没有了这群羊日子是个什么样；这就好比他从来也没有想过，没有了眼前的这些山，世界是个什么样。细想起来，他从来也没有像喜欢羊这样的喜欢过那个给他当了媳妇的女人。他只有一次动了心，就是那次按照这里的老规矩，抱着那个死孩子朝山上撂的时候……晃散了的烂布头里突然露出一张粉白的小脸儿，只有拳头大的一张小脸儿，不知怎么了，自己忽然就觉得这张脸上有什么地方特别特别地像媳妇，也特别特别地像一只刚落胎的小羊羔。他的心一下子就软了，眼泪就管不住了。眼泪呼呼地朝上闯，等到清醒过来正好站在那座塔标下边。按规矩，他本该撂下那个死孩子就走，可他却没这么办，他把孩子放在塔标的一根支脚下边，随手垒了几块石头，遮盖住了那个小羊羔一样的身子和那张拳头大的脸……而后就骤然在荒山老岭上痛哭失声地骂起来："日他一万辈儿的祖宗，凭啥就叫老子的媳妇让别人使唤？凭啥就叫老子的媳妇生下这些野种？……"从这以后，他有很长一段时间都没朝那座塔标跟前走过。可是刚才他却是从那儿走下来的。走到塔标跟前的时候，他特地朝西南角的那根柱子看了一眼，忽然发现那个石块垒成的小坟头散了台子，急忙走上前去查看：除了石头和石头上那些绿莹莹的苔藓，别的什么也没有。他又急急地用小锨搅了几下，还是什么也没有。他不知道自己急什么，甚至不知道自己想看见的是什么，可是心却一下子烦乱起来，打着羊群急匆匆地离开塔标，来到这片歇晌的青石板上……碱放少了，粗糙的玉茭面窝窝酸得倒牙。为了压住酸味，他狠狠地咬下一大块咸萝卜，和羊们一样慢慢地品着咸味。坐在这个石崖底下，可以远远地看见那座山头；现在有浓密的林子挡着，什么也看不见了。到了冬天，叶子落光的时候，如果仔细地分辨，就可以在稀疏了的枝条中间看见它的影子：粗粗的十几根圆木搭成的一座木塔，最高处也是最中间的那根木头旗杆似的朝天直直地立着。他记得特别清楚，立这座木塔的那年他刚满十五岁，是从父亲手里接下这群羊的第一年。他还知道，在那根旗杆正对的地面上埋了一个水泥桩子，桩子的顶心上有一块铜，铜上铸着些字。可惜自己不识字，不知都写了些什么。那一年，那些安塔标的人在这个山头上支了个帐篷。他每天都把羊群赶到这儿来看热闹。有一天，那个叫周队长的大个子拿出一个红苹果，又拿出一把雪亮的折刀。刀子围着苹果转，转，转，最后，就转下一整条红艳艳的皮来。周队长把白生生的果子杵过来：

"给。"

那是他平生第一次知道吃果子还有人削皮吃。他没接果子，却把那长虫似的一条皮接过来，嘬面条似的咬在嘴里。周队长笑起来，逗他：

"娶媳妇了没？"

他很认真地回答道："还没娶哩。定下啦。"

轰的一下，周围的人们都笑起来。他不知道人家笑什么，吊着半截苹果皮又证实道：

"咋？就是定下了么！又不骗你。我爸连定礼钱都给了人家，给了二百呢！"

周队长的泪水都笑了出来："知道……知道你不骗我……"

又有人问："媳妇好看吗？"

他笑笑，从嘴上拽下苹果皮来："好看。眼窝大大的。"四周的笑声又把他轰轰地围住了……

可是后来娶的不是这个媳妇。因为交不起彩礼，这个媳妇退了那二百块钱嫁到山下边去了。等到自己终于熬到娶媳妇的那一天，娶回来的媳妇肚子里装着一个别的男人种下的野种……幸亏测量队的人再也不来了。如果来了，自己真是没脸再和人家见面。测量队撤走的那天，他又赶着羊群爬到山头上，有几分惊异，又有几分不舍地看着人们把那些叫不出名的东西打捆好。周队长走到跟前来拍拍他的头，把那把亮闪闪的折刀递过来：

"给你。"

他惊喜若狂地定在那儿半天伸不出手去。队长又递了一下：

"给！等赶明儿娶了媳妇，拿这个给她削果子吃！"

这把刀子他一直当宝贝随身带着。现在也依然挂在腰带上，只是那层亮闪闪的东西全都磨光了，磨出些黄色的铜来。如果周队长再来，肯定认不出这就是当年他送的那件礼物；他也肯定认不出自己这张胡子拉碴的脸；更想不到自己娶了个带野种的媳妇；这个媳妇后来和自己离了婚，又成了别人的媳妇……

二

别人结婚娶的是新媳妇，可他娶来的媳妇是旧的，是被别的男人使唤了不知多少回的。别人结婚都闹房，可他结婚没人敢闹，新媳妇的那个尖溜溜的肚子没人敢碰，唯恐闹出祸事来。其实这个结局是从订婚那一天就猜到了的。订婚那天的烟和酒还是他去大队供销点买回来的。烟是"顺风"牌的，一毛六一盒。酒是散装的薯干酒，一块三一斤。抽了烟，喝了酒，老父亲送亲家走出院子，返回来慢慢腾腾地拾掇桌子。忽然就停下手来："有媳妇总比没媳妇强。"说完了又去拾掇，拾掇一阵又停下来："名声是不好听些，可咱挑拣不起。"他不回话，只顾低头抽闷烟。为了这门亲事，爸把他的棺材都卖了。他比老人更清楚，不是那个大肚子，人家也不会找他。一切都是明明白白的，一切都是无法改变的。自己已经熬到三十岁了，根本用不着别人开导。他知道老父亲其实这是自己说给自己听的，他总是觉得做老人的给儿子说下这么一门亲事，心里咽不下去，老人这么唠叨是给自己解宽心的。他一想起爸爸的那口棺材心里就难受，就觉得对不起老人。没有孝心，有耐心，他就倚在炕沿上一动不动地听，一直等到老人不再说了，他才走到水缸跟前挑起水桶来："爸，我担水去。"老人点点头。走到门口他又说："爸，我愿意。"他什么都想到了，可就是没有想到那个做了他的媳妇的女人，脱光了衣服的时候竟是那么一副样子！他虽然从来也没有见过光身子的女人，可在他的想象中女人绝不该是这种样子。母亲在他三岁时就去世了，自己家的三孔土窑里，只有父亲和自己这么两个干男人。所有关于女人的秘密，他都是从人们挂在嘴上的那些脏话里知道的。透过那些脏话，透过那些突起或绷紧的衣服，他曾在心里给自己勾画出些模模糊糊的样子来，但绝不是他在第一个晚上看到的那副模样，绝不是丑得那么怕人。他对女人的厌恶就是从这第一次接触女人开始的。

拜过天地，吃过席，父亲死活留下来一伙人耍笑，可是他看得出来，大家耍笑起来也都是小小心心的，唯恐哪一句话说漏了嘴。怕父亲不高兴，他就笑，一直把脸笑硬了。等到客人散尽，他才从烟雾腾腾的洞房里钻出来。一盘月亮把院子弄得又冷又白。身上也是又冷又白。他就那么揣着手站在月亮地里，拖着一个斜长的影子。心里就想：这一辈子还没看过个女人的身子哩……然后又想：回去吧，不回去，老人伤心呀……然后又想：今黑夜我得动她，不动她算啥结婚？不管别人弄了她多少回，反正我是头一回……想完了，他就走回洞房。走回去，看见女人已经和衣躺在炕上。他掀开被子，看看女人："脱吧。我等着。"说完就扭转身子坐在炕沿上，听得窸窸窣窣的脱衣声，他心里一阵热血翻涌，又补了一句："都脱。一件也别留。袜子也脱！"背后窸窸窣窣的声音没有了，他觉得自己有些抖，接着，就猛然转过身来……直到现在他也还是说不清转过身来的那一刻是什么感觉，有点像是迎头撞在了一堵冰墙上，又疼又凉。他立时愣住了：这就是女人么？女人就是这么丑，这么怕人么？平躺在炕席上的那赤裸裸的一个白条中间，突兀着一个也是赤条条白森森的肉锅，这口倒扣着的肉锅丑得几乎遮盖了一切，就那么白森森地堵在眼上堵在心上。就在这个又丑又大的肉锅下边扣着一个别的男人的野种，扣着一个自己永远抹不掉的耻辱。一股杀气跟着热血涌上来，他一把甩下自己的裤子，赤条条的女人哭起来："你别动我……你别动能行么？我怕动出事情来……"他撕拽着衣服蹿到炕上："别人能动，我就不能动？你说，男的是谁？"女人呜呜咽咽只管哭。他又叫骂："狗日不说，今黑夜老子整治死你杂种！"女人还是只哭不说。他走上去粗野地踢开女人的腿，可他万万没有想到，新婚第一夜，他这个熬到三十岁的光棍，在最想当男人的时候竟然没有当成。谁也没有阻拦他，赤条条躺在眼前的这个女人也没拦住他，可在最当紧的时候，他却垮下来。那口又丑又大的肉锅像个妖精似的在眼前晃着，晃得他一阵倒肠翻胃的恶心……生平第一次他才知道，当男人不是想当就能当的。他实在咽不下去这样的羞耻，发狂地喘息着朝那口肉锅死命抓下一把。似乎唯有把它撕破了才能证明自己是个男人，才能向那个羞辱了自己的野男人复仇。女人的惨叫声惊动了父亲，隔着堂屋，老人急躁起来："你狗日的不要媳妇啦？看你是想寻死哩吧？"父亲的叫骂提醒了他，他从那口肉锅上滚了下来。忽然就觉得自己浑身上下都被什么东西弄脏了，急忙扯过褥单朝身上死命地擦，直擦得皮肉生疼。然后，才又穿好衣服，背对着媳妇躺下去。从这第一夜一直等到媳妇生下那个野种，他再没去碰她。到后来，每一次做那件事情的时候，浑身上下都有一种抹不掉的肮脏，搅得他作呕。

　　从这第一夜他审过媳妇之后，几乎每夜都要审，都要追问。他一定要问出这个男人来，一定要敲碎了这口砂锅！他已经打定了主意，一旦砸碎了砂锅审出那个男人来，他就要把这个名字张扬出去，自己不能白白地叫他欺负，不能白白地在家里给他养这个野种，得叫那杂种知道便宜不是白捡的！后来，这个几乎把自己逼疯了的目的终于达到了。当他终于审出来那个男人的名字以后,心里的万丈火焰顿时化成了冰。他才知道他无法去报复,他才知道他掉进去的原来是个无底洞……他从来就不相信这个世界上会有敲不开的硬核桃,他一直在等着媳妇把真情吐出来。新婚两个月后,机会终于叫他等来了。那一天的下午,媳妇忽然叫起肚子疼,疼得满炕打滚。他知道,女人是要生了,一直叫他愤愤不平的那个野种就要落地了。就在女人哭喊得要死要活的时候,他生出一个主意来:"你说吧,他是谁?说出来我就给你叫产婆子,说不出来就叫这野种疼死你!说么?!"女人哀哀地求着,哭着,他堵在门上一动不动地等。门被他闩上了,父亲也被他关在屋里,老人急得给他跪下:"她不是你女人么?你不看她肚子里还有一条命哩……"他横下心来,他不动,他说:"那不是我的命,她这么护着那个男人,就不是我的女人!"就在一家人闹得天塌地陷的时候,媳妇终于熬不住了:"我说……我说……是我爸……"他像个爆竹一样爆起来:"你放屁!你胡说!"滚来滚去的女人在嚎哭声里又重复了几遍。父子两个人顿时都凉下心来。这女人说的是真情,她妈死了十几年了,那屋里除了两个闺女再没有别人……他一下子贴着门板滑下去,心里头"嗡"地化做一片空白,所有的仇恨、怒火、女人、孩子,都坠落在这片巨大的空白中,变成一团说不清道不白的肮脏的混沌……产婆子是老父亲去叫来的,可是叫来产婆子也还是不顶用。媳妇就那么哭死哭活地嚎了一整夜。半夜时分他挑起门帘看过一眼,只见那个老太婆扶着光着下身的媳妇,在炕上走来走去地转圈子。披头散发的女人涂了满脸的鼻涕眼泪,嘴唇下边是一片殷红的血,哎哟哎哟地哭喊不止,那个又丑又大的肉锅坠弯了她的腰,压得屁股高高地撅着。炕头的灶火上一锅沸水哗哗啦啦地响着,把水汽蒸腾起来,昏暗飘忽的灯苗把她们和她们的影子弄得阴森森的。他忽然就想起地狱来,小的时候他跟着父亲在柏山庙里看过地狱,那情形和眼前的情形几乎一模一样,只是他分不清楚现在这一切到底该算是第几层……一直熬到黎明时分媳妇才把那个孽种生下来。他血红着两只眼打开屋门的时候,猛然在窗根下边看见一个人。那人披了件皮袄蹲在地下,他认出来这就是那个仇人,也是自己的丈人;屋里那个哭死哭活的女人生下的孩子就是他的种!他没有跨出门槛就又转回身去,等他再走出来的时候,手上端了一瓦盆女人洗下身的血水,恶狠狠照着那蹲在地下的人兜头泼了过去:

"我日死你一万辈儿的祖宗!你个活畜生!"

仇人没敢回头,就那么不声不响地站起来走出院子,哩哩啦啦的血水从他的头上、脸上、衣服上,一股一股地流下来,跟着他洒出一条肮脏的污痕……手里的那个瓦盆又不知怎么就滑脱了,在门前的石板上哗啦一声摔得粉粉碎。

一直到孩子死了的那天,他从来都没有看过他一眼,只是听产婆子说是个小子。小子也罢,女子也罢,反正都一样,都不是自己的。那一天的后半晌,他把羊早早地赶回来拦到圈里。走回家听见媳妇在哭,一问,是孩子死了。女人说娃烧了三天了,说娃是抽风抽死的。他心里落下了一块石头似的一阵松快,转身从躺柜里拿出剩下的半瓶酒来,吩咐女人:"你裹裹!我去后山撂他。"女人就又哭起来,一面哭一面包裹孩子,把一顶花花绿绿的虎头帽子戴在孩子头上。他又呵斥:"他是啥?是你爷爷?是你娘娘?你咋不给他缝套寿衣?给我取过!"看着女人委屈地取下那顶帽子他才走出去,在对屋的碗橱上翻出一碟子咸菜来,就着咸菜,一口一口地痛饮,火辣辣的酒烧得浑身松快。喝完了,把空酒瓶又蹾在躺柜上,从女人怀里扯过孩子,虎彪彪地瞪着她又吼:"再哭!"女人立即禁了哭声。趁着酒劲,趁着满心的轻松，他一股劲爬上了后山。快爬到山顶的时候他低头一看，才忽然发现裹着孩子的那块烂布头散开了。乌黑的烂布头里猛然间闪出一张粉白的小脸儿来，拳头大的脑袋上只有毛茸茸的一撮头发，粉白的脸上像有人用墨线勾画过，两道弯眉，一张小嘴，短短的鼻梁，娇娇嫩嫩的，清清楚楚的，活脱是个面捏的小人儿，这个小人儿总共才活了不到一个月……他的心里轰然晃动起来，鼻子里不知怎么就酸酸的，他咒骂着："狗日的，你喝多啦！"骂完了，忍不住又看了一眼，心里越发晃得猛烈起来，他就又骂："人生人，羊生羊，都是一回事，都是一样样儿的……日他一万辈儿的祖宗，你个龟孙酸死啦！"而后，他就伸出手去替那孩子整理那些烂布，提起布角刚要盖，忽然看见布头下面露出花花绿绿的一角来，这才又发现孩子的心口窝上偷偷放着那顶虎头帽。泪水猛然撞了上来，他又骂："老杂种，活畜生，我日你一万辈儿的祖宗……"他不擦，任泪水跌在那个别人的孩子身上。那一刻，他才刻骨铭心地觉得天底下地上头再没有谁能比自己这样的男人更委屈……他原打算把这死孩子撂在山顶上就走，可看见这顶虎头帽他又改了主意。想了想，朝那座塔标走过去，把孩子放在一根支脚下边，搬来些石头垒起一个严严实实的石墩子。看着石头一点一点地埋住了那些烂布，埋住了那个小小的身子，他就觉得自己心上也有些什么埋进去了，也压在这些冰凉的石头下边。鼓荡着的山风刮出些冰冷的泪水来，他又咒骂着自己倚靠在塔标的柱子上，骤然间，听到扑天的林涛声没顶而过……离开塔标下山的时候他又想起那个测量队的周队长，和那一长条红艳艳的苹果皮来，心里便生出许多说不出的羡慕和许多说不出的神秘。他们竖起这座塔标到底是为了什么，他至今弄不大明白。他只知道自己得了一把亮晶晶的刀子，吃了一条甜甜的苹果皮。他们说的那些话，用的那些东西，他都听不懂也看不懂。那群人真有点像一台戏文,演完了就散场了。也真有点像这天上的白云,飘来了,又飘走了。你猜不透它们是从哪儿来,也猜不透它们到哪儿去……反正他们不会像自己这样一辈子都窝在这些大山里,一辈子都跟着这一群羊,一辈子都是到青石涧来和羊们一块儿歇晌。

三

那时候测量队里还来过一个女人,背着一只帆布包,送来好多报纸和信件,只呆了一天就走了。他现在也还记得这女人穿的是一件红格格衫子,扎在裤腰里,瘦瘦的裤子绷出两瓣鼓鼓的屁股,叫人看见就想伸手摸摸,满脑袋的头发都是卷卷曲曲的,活像绵羊羔子。这女人一上山,那个叫杨技术员的人就不会走路了,老是黏在这女人身边。他看见那女人给杨技术员使个眼色,两人就离开帐篷朝林子里钻。他悄悄跟在背后,看见那两个人躲在一丛子红花条的后头;他又悄悄绕到侧面,等到站稳脚跟抬起头,竟然看见那个姓杨的男人伸着嘴去舔那女人的脸,女人咯咯笑着去挡,杨技术员鼻梁子上的那副白眼镜就被碰落到地上,两个人就抱成一团滚起来。他吓得就跑,一直跑到羊群中间抱着头羊的脖子才稳下神来。第二天,他又赶着羊早早地爬到山顶上。走到近前,正看见周队长蹲在脸盆边上洗漱,一把牙刷子在嘴里来回搅和,搅出满嘴的白沫子。他像看什么戏法儿似的盯着那张满是沫子的嘴,一直盯得周队长停下来:

"你看啥?"

"你天天刷?"

"嗯。"

"为啥?"

"刷了干净。"

他叽叽嘎嘎地笑起来:"净是哄人哩,嘴又不是锅,还用刷子刷哩……"

"你懂啥,这叫讲卫生。"

他又笑:"恁讲卫生咋还用嘴舔人哩……"

队长瞪起眼睛:"你说谁?"

"昨天杨技术员就在那红花条背后舔人家,叫我见啦,连眼镜都叫人家打得栽到地下啦!"

队长哈哈大笑着喊叫起来:"小杨!你给我出来老实交代!"

杨技术员满脸通红地从帐篷里钻出来,鼻梁上的眼镜断了一条腿,用一根皮筋绷在耳朵上,手中捏了一支铅笔,指着他强辩道:

"队长……你不用听这小孩子胡说……"

"不胡说!我见来!你俩还打滚来……"

周队长和别人的笑声把他们淹没了。队长甩着牙刷笑道:

"告诉你,那不叫舔,那叫接吻,叫亲嘴,叫谈恋爱……别急,等赶明儿你那媳妇娶到家里来,你也能亲她!想打滚儿也能打滚儿!"

也许是后来娶回家来的媳妇太不如意了吧,二十年前的那个大眼睛的小姑娘,他竟一直清清楚楚地记着。连他自己也没意识到,现在不如意的媳妇也没有了,他回忆得最多的还是那双大眼睛,他至今都还清清楚楚地记得,他们中间那唯一的一次无意的会面。

那一次,他跟着父亲去县城,路过她家的村子,村口上有一盘水磨。一股水被人从涧河里引出来,憋在一条又深又窄用石板砌成的水渠里。水从高处一个水槽里摔下来,摔在一个大大的木轮上,磨房里的那盘石磨就会昼夜不止地呼噜呼噜转,磨出许多面粉来。那是自己第一回去县城,第一回看见这种新奇的东西。正看得出神,父亲捅捅他:

"你眊。"

他转过头去,看见磨房门口有几个小姑娘扎在一起耍羊拐。其中一个穿着碎花红棉袄的小姑娘背上背着一个男孩儿,正面对着自己。她用一只手扶着孩子,另一只手灵巧地翻舞着。羊拐是染了的,也是鲜红鲜红的,每次扔起来,她那一双大眼睛就滴溜溜地随着那鲜红的一朵抬起来,又闪下去。他立刻领会了父亲的意思,扭回头问道:

"是她?"

"嗯。"

他很快地又把头转回来,正好看见她失了手,一只羊拐从手中远远地飞出去,她的脸上就现出两个好看的酒窝来。正看着,从磨房里走出一个浑身蒙满了面粉的婆婆,冲着那一堆人叫喊:

"四女子!快些吃喝你妈去,该你家的了!"

小姑娘连忙站起来,背着孩子跑远了。个儿太小,孩子太重,压得她像个驼了背的老婆婆,摇摇晃晃的。裤脚下边已经破了,露出一圈棉花来……他恋恋不舍地收回眼睛,跟着父亲又赶路。走了老远老远,他突然问道:

"爸,咱村为啥没有水磨?"

"你憨啦?咱村有这么股水?"

又走了老远,他又冒出一句:

"爸,她眼窝恁大。"

"咱是娶媳妇哩,不是娶眼窝!"

他再没敢回话,一声不吭地跟着父亲一直走到县城。耳朵边上一直都有涧河哗啦啦的水声。他悄悄在心里盘算：等赶明儿娶了她，给她做条新棉裤，也叫她生那么个娃娃背上，也叫她耍羊拐。……那时候他还不知道什么叫认命，不知道自己最后竟是落了一场空……二十年前赶着羊们到青石涧来歇晌，是一群羊，一个人。如今，还是。

　　光棍熬到三十岁，才好不容易用老父亲的棺材换来个大肚子媳妇。和这个媳妇过了不到三年就又离婚了。想想，就像一场梦。只是这场梦闹了那么大的一场风波，一场梦里搭进去一老一少两条人命。梦一完，什么都还是原来的老样子，还是父子俩守着这三间旧窑，窑后边放粮食的囤子背后，又摆上了一口棺材。这口棺材是自己离婚的时候，跟那个老杂种拼死争下来的。离就离，有了这口棺材，老子就啥也没有丢喽！有了这口棺材总算对得起老父亲。棺材抬进家来的那天，老人啥也不说，手扶着棺材只管落泪。抬棺材的人们劝了一阵劝不住，全都走了。老人还是哭。他就走过去，把脊背递给老人："爸，你打吧，打了就能解解气。你不敢哭坏了身子。"老人不动，猛然拧住哭声，土窑里的黑暗被拧得又冷又硬。他们就这么声息全无地憋了不知多久……冷丁，老人打冷战似的叹起长气来："留着棺材做啥用？躺在这棺材里我能闭眼么？咱们家在我手里活成绝户啦……"他闷了半天憋出一句话："爸，闹了这么大一场，你叫我和她咋过哩？"老人摇着头，把满脸的泪水摇乱了："不说啦，不说啦……没了媳妇啥也不说啦。反正我这一辈子是再没钱给你说媳妇啦……"现在一切都过去了，一切都变得不那么让人生气，也不那么让人伤心了，他似乎才在一夜又一夜的黑暗中，体味到了什么叫做没有媳妇的日子，尽管那个娶回来的大肚子媳妇没给过他多少女人的温存。一直到昨天夜里，他都还把一件事瞒着所有的人，也瞒着老父亲。自从新婚第一夜他有了那场经历以后，便再也抹不掉那种肮脏丑恶的感觉。第一年，他还挨过那个女人几次。后来就越来越少,竟至于晚上睡觉也是一条炕上分两头。一直到后来闹出那件丑事,他才猛然醒悟了自己的错误。他才知道是自己给别人留下了空子。女人就是女人,女人得有男人睡她才算是真的当了女人。这正像自己是个男人,可若是光棍一辈子就不是男人。只是有一件事他想不明白:为什么这样的丑事总要闹到自己头上,总要和自己的媳妇纠缠在一起?不是都说老天爷有眼么?他就没看见这个媳妇是用棺材换的么?……这件丑事都怨公社忽然想起来恢复村里的小学校,都怨他们派来的教员也是条光棍。

小学校一九五八年大跃进的时候办过一阵,就在家门旁边的娘娘庙里,他也在这小学里扫过几天盲,后来不跃进了,学校就散了。他一个字也没有记住,就记住老师的外号叫狗头。公社这次又让办学校,据说是因为县里来人检查过,嫌民办教师数目太少。那一天的前晌,他赶着羊出坡经过庙门前,忽听见里面一片呜哩哇啦的读书声,才知道学校又办起来了。从庙门前走了十几次,竟也把学生们的课文留了几句在耳朵里:"……队里买了新机器,哗啦哗啦抽水机,呼隆呼隆打谷机,突突突突拖拉机……"心里就想:行,这老师比狗头强,把娃娃们调教得念书念得挺齐整。有一天,他走进庙里,倚着门框朝里看了一眼。这么一看,却不由得十分扫兴:嘻——,原来是个瘤拐[①]!

从此他再也没有把小学放在心上。他根本就没有想到自己后来竟和这瘤拐闹了那么大的一场风波。一直到他用肩膀撞开那扇门,看见那两个惊恐万状的人时,他才清清楚楚地意识到,这个一向被自己看不起的又矮又小的瘤拐人,其实也是个男人,而且是一个比自己更渴望女人的男人。

[①] 瘤拐即大骨节病,一种地方病,患者骨节肿大,身体矮小畸形。

学校办了没有多长时间，队长来找他，说是学生多老师忙不过来，得找一个人帮他做一顿中午饭，生生火，洗洗菜就行，一天给记三分工。说他家紧挨着学校，想叫他媳妇去，问问行不行。有工分还有啥不行？行。他答应了。过了一阵，媳妇给学校做饭的心劲，比给家里做饭的心劲还大。可他每天在山上放羊，并不知道这点微妙的变化。他是因为一件完全不相干的事情对这位老师生出反感来的。和后来的风波相比较，那件事情实在不算什么，也实在没什么味道，可就是闹起来了，就为了那座用木头搭起来的塔标。他实在是不能容忍有人指天划地地当着自己的面来说这座塔标。

　　那一天，他正在后山上放羊，忽听见嘈嘈杂杂的人声从塔标那边传过来，赶忙走了过去。走过去才看清原来瘸拐老师带了三四个大一些的学生，一伙人叽叽喳喳说笑个不停。看见这伙人他才明白，原来这座塔标除自己而外还有别人知道它。这座神秘的塔标在他心目中占了一个独一无二的地位，他从来都自认为在这一带的大山里，只有自己关心它，只有自己一个人知道它的来龙去脉。看见这么多叽叽喳喳的人，他心里顿时生出许多反感，仿佛被人侵占了什么。他冷着一张脸，从树丛的背后站出来质问：

"你们要干啥？"

　　那伙人先是吓了一跳，待认出是羊倌便又叽叽喳喳地吵成一片。老师摆摆手止住学生们：

"我今天在这儿给这几个人上一课。"

他狐疑着："在这儿上课？"

老师笑笑："这几个娃娃非要问我咱这儿的山到底有多高。"

他轻蔑地问道："几尺？几丈？"

老师又笑笑："看了这个觇标就知道了。"

"觇标？"

"对。这个木架就是觇标的标志。"

他放声大笑起来："你尽是日哄学生哩！啥沾不沾的，这叫塔标，我还不知道这个，我叫了它多少年啦！"

"不对，叫觇标。你看书上是这样说的，还有图哩。"

说着老师又把一本比城砖还厚的大书打开来指着念道：

"觇标，测量标志的一种。用木材、钢材或其他材料制成高几米到几十米的标架，架设在大地控制点上作为被瞄准的目标……"

老师读的这些字他都不认识，但那个图他却看清了，就是和眼前这个自己叫塔标的东西一模一样的。老师又指着标架围着的那个水泥桩子说：

"我刚才看过了，这座山的海拔高度为一千六百四十八米，合四百九十四丈四尺。咱们这座山比吕梁山主峰关帝山低了一千一百八十三米。"

"海拔？……啥海拔？"

"海拔就是指从海面上算起的高度。"

他猛然又大笑起来。刚才这瘤拐炒豆子似的跟他报了那么多的数码码，没有一个是他相信的，现在果然被自己抓住了漏洞：

"你满嘴胡说吧。海？海在哪儿？从海那儿量到咱这儿得使多大的尺子？你识了俩字这是哄谁哩？"

老师有些生气了："测量用仪器，不用尺子！"

"甚仪器？你见来？你知道这木塔是哪年建的么？知道测量队是甚会儿来的么？队长姓啥？技术员姓啥？测量队来那会儿你还不定是在哪儿爬着哩？"

一群学生们猴子兵一样围上来叫喊：

"你胡说！你骂人！"

他不理会学生们，兀自转过身子拨开挡路的树枝，把生气的老师撇在了身后，心里又骂道："甚你也懂，能毬的你还要日了天呢！"木塔在身后高高地立着，威严，神秘。他自己也说不清，他为什么这么看重它，护着它，任何一种明确的解释他都不能容忍，他都觉得那是降低了木塔在他心中的位置。一直到现在，他也还是这样看待那座木塔。尽管现在有林子挡着什么也看不见，可他知道，它在那儿立着呢，山顶上的青草和树们都在它脚下伏着。有时候他甚至觉得测量队的这座木塔就是为自己才立的，为自己这个羊倌才立在山上，才立得这么高的。只有自己才能天天看见它，天天从它身边路过。他时常就会无端地站在这座木塔下边朝上张望：慢慢酸起来的眼睛里，天就显得愈高，愈蓝，就会蓝得和山融成了一片……

他没有想到当天晚上回到家，老父亲突然质问起来：

"你前晌在山上和老师吵架来？"

他没有回父亲的话，却把刀子一样的眼光朝媳妇割过去。女人在灶火前瑟缩着，两只手抓了两根柴片在灶口上不知所措地摇着。他不说话，走上前去只一脚便把媳妇踢倒在炉窝前。父亲在背后吵骂：

"你狗日耍啥威风？是学生娃们告诉我的，你踢她做啥？你是活够啦？活腻啦？你一个字不识有啥本事和人家老师顶嘴哩？"

"嫌我不识字让这骚货找识字的去！告诉你，明天不许你再给那个瘤拐做饭去，不伺候他个龟孙！"

啪的一声，一把笤帚重重地砸在背上。

"我还活着哩！我还没死哩！这个家的事还轮不上你说话哩！给我担水去！"

他气哼哼地立了一阵，只好抓起水担吱扭吱扭走出去，心里头却把那瘤拐千祖宗万祖宗地咒骂着。

现在回想起来，当初那一刻也许不撞开那扇门就好了；不撞开那扇门就什么事情也不会有；不撞开那扇门也许老婆还是老婆，家还是家；不撞开那扇门说不定现在炕头上正趴着一个将来能顶门立户的白胖小子；自己就可以安安稳稳和大家过一样的日子。自己从根儿上起就娶的是个大肚子，娶的是个破鞋，前边的那第一个野男人自己能忍了，能咽下去，为啥后边的这个野男人就忍不下，咽不下呢？也许就因为那瘤拐说了那么一句话，就因为听见那一句话，自己就疯了一般把门撞开了，就拼出一条人命来……他已经记不大清是从谁那儿最先听到一点风声的，也不大清楚那件事情是从什么时候起在村子里吵成风风雨雨的一片的，他只知道自己是最后一个才知道了真相。那一阵，他无意中觉得老婆一向黄蜡蜡死奔奔的脸上，忽然有了些光泽，有了些红红的血色。这血色甚至引得他动了几次心，引得他又弄过她几次。弄过几次之后，他却总是觉得和这女人中间隔了一层什么，总是觉得那光泽那血色都不是因为自己才有的。没有想到后来的事情果然被自己不幸猜中。当他听说了竟是那个又矮又丑的瘤拐的时候，他那男人的羞耻心几乎被毒火烧成灰烬。他甚至连想也没想就制定了自己行动的方案。自从听到风声之后，他便常常把羊们赶到近处的山坡上，然后悄悄潜回村来，避开人们的耳目钻进那个破败的娘娘庙里。两个色胆包天的人果然中了他的算计。那一天，当他又钻到那扇窗子下边的时候，听到了那一男一女的声音。女人说，你别，我怕……

男人说，不怕，有我哩。女人又说，他知道了能打死我……

男人说，和他离婚。他不识字，上了法院我帮你，他赢不了！听到这最后的一句，他只觉得浑身的血一下子全都冲到脑袋里，眼前一片红红的血影子。随手抓起窗根下的一根劈柴，伸手一试，门闩着。

他退了一步，侧过肩膀，死命朝前一撞，哐当一声，几百年的老门被他撞零散了。劲太大，整个的人都狠狠地摔倒在那两扇零散了的门板上。趴在地上，他仰起来的眼睛里看见了那惊恐万状的一对男女。也许他们在那一瞬是真的吓破了胆，两个人像两只木鸡呆呆地惊在桌子边上，竟然还呆呆地搂着……随着一瞬的震惊之后，女人哇一声惨叫夺门跑了出去。他爬起来一巴掌打翻了那个瘤拐，而后举起那根白森森的劈柴来，把刀刃般的木茬正对着一条腿，兜着一股风声打下去。跟着，他听见一声惨叫，和一声骨头断裂的闷响，那瘤拐人当场在眼前昏死过去。他没有再打，走上去把一口满是血污的唾沫朝那张人事不省的脸上喷吐过去：

"老子不识字，也不能白白地叫你欺负！"

那一刻，是他这一辈子最痛快、最高兴、也最辉煌的一刻。多少年来憋在心里的恶气一下子出光了。这一劈柴叫他报复了两个男人，一个女人，甚至叫他报复了所有的人，报复了这所有不可改变的一切。可以言说的、不可以言说的，都随着这一劈柴恶狠狠地打了出去。这一劈柴打断了一条腿，打散了一个学校，也把老婆打回娘家再没返回来。瘤拐老师被公社调走了，公社还罚他赔偿了那条断腿的医疗费。他赔了。可是没过多久，传来消息说那瘤拐就在自己家里上吊死了。他家里没有别人，只有一个老母亲。又没过多久，又传来消息说那个绝了指望的老女人也死了。他没见过这个老女人是什么样，可她的死却叫他不安了很长时间。他就是从听见这个消息以后才开始后悔起来的：真不如不撞开那扇门，真不如不打他那一劈柴，不就是为了一个女人么？不就是为了一只破鞋么？值么？你穿也是穿，他穿也是穿，有什么可以珍贵的？他没有见过那个老母亲，他也想象不出来，一个绝了指望的老女人是什么样子，是多伤心，只是觉得自己很有些对不起她的地方。他想象不出来，如果是自己死了老父亲是个什么模样，老父亲会不会也跟着伤心而死……这一切都是因为那只破鞋，都是因为那个骚情的女人，因为那个卖了老父亲的棺材才换回来的大肚子媳妇……人真是活得什么味道也没有，人真是活得憋屈死啦……他真羡慕那个测量队，羡慕那个天天刷牙的周队长，那个戴眼镜的杨技术员，那个满脑袋卷发鼓着两瓣圆屁股的女人。他羡慕他们的说话，羡慕他们的举动，羡慕他们不用下地种庄稼，羡慕每个月都有人给他们发钱，羡慕他们永远也不会在一个地方憋上几辈子几十辈子。他们就像是什么神仙，就像是天上的云，来了，又走了，只留下这个七八丈高的木塔……那个瘤拐吹乎的什么仪器，他可是真正地见识过一次。有一次，周队长把他引到木塔的顶上，从那个牛皮盒子里掏出一个啥镜来，叫他看过一眼，嗬——真真的，连天边儿上都看得真真的，柏山庙离这儿三十里地呢，可他连庙门前的旗杆都看见了！……他也说不清自己为什么总是忘不了这个测量队。其实，这个测量队除了这座木塔而外什么也没有留下。可二十年来他总是反反复复地回忆起那段短暂的经历。二十年的岁月不但没有磨光它，倒反而把它在心里研磨得越发精致、越发丰富了。

四

打断了瘤拐的腿，他顿时成了村里的英雄，人们众口一词地支持他。有那么一段时间，他走在街巷里，跟他打招呼的人分外地多，也分外地热情。只有老父亲不断地提醒他："你得把她从娘家叫回来。闹得塌下天来咱也是一家人，咱得过日子。"人这东西就是个短见的东西。那时候自己根本顾不上过日子的事，只想着报仇，只想着出气，只想着好不容易在众人面前挣回来的面子再不能丢了。谁也别想拦住自己，不给这破鞋顶那个屎盆子名声，离那狗日的婚！他没想到离婚就离得那么容易。也许是因为自己这件事情闹大了，也许是因为赔钱的事和公社里的人闹下一点别扭，反正他们两人一去就离成了。交了那两张红色的结婚证，换了两张白色的离婚书。攥着那张白纸纸走出公社的大院的时候，他才突然觉得有什么不对头了，他才意识到自己丢的东西真是太多太多了。他冷丁停下来，叫住那个已经不再是媳妇的女人：

"你给我站住！"

女人惴惴地停下来，她以为他是反悔了。在来公社之前女人苦苦地求过他，求他打她，骂她，求他饶了她。她说她实在害怕离婚，她不知道自己顶着这样的名声离了婚以后还能不能再嫁出去。她说这件事情不怨她，那天她一下也没敢动。她也实在不愿意再厮守着那个她得叫爸爸的男人……她转回身来，躲躲闪闪地抬起眼睛。

"你听着，棺材三天以里得叫那老杂种给我送到家来。他到哪儿弄棺材去我不管，反正不能少了我的棺材。他要敢再说没棺材，就给我预备下腿，我就不信他那老腿比瘤拐的腿还硬邦！"

他先是看见有两行白花花的眼泪从女人的脸上流下来，接着，就看见她直戳戳地当面给自己跪在尘埃中：

"求求你啦能行么？咱回去退了这离婚证吧……饶过这一次行么？我往后再不敢啦，再有这种事情你杀你剐都行……其实那天我没动，都是他在那儿撕拽哩……"

院子里，公社的干部们纷纷从办公室里走出来，朝他们打量着。

有人开始围上来,他一甩手,走了。走了老远才回头看了一眼,那女人还是跪在地上,公社的干部们围着她,他听见她的哭声呜呜咽咽地传过来……现在后悔也晚了……当时如果他转回去,当时如果自己不是非要逞着出那一口气,他敢肯定公社的那个会计准会收回这两张白纸,准会再把那两张红的还给他们,办这点事情不用抽支烟的工夫。可他没有回去,就那么硬挺着走了……要知道现在是这个样,自己绝不逞这个英雄。

三天以后,棺材果然抬到家里来了,还是队长带上人去给抬来的。四个小伙子架着两根抬杠,把那白生生的柳木棺材一抬进院里,老父亲就哭起来:"把我放进去吧,睡进去我就省心啦……这还活啥哩?做个绝户还有什么活头……老天爷咋就是这么不知道可怜受苦人呀……"一边哭一边说,把一颗白发苍苍的头在棺材上碰得咚咚响。他在一旁强笑着给人们撒烟,撒着撒着,鼻子一酸也跟着落下泪来。白花花的烟卷从撕破的纸盒里白花花地撒了一地,他又忙着弯下腰去拾,拾起来,挂着满脸的泪,又撒。队长叫喊起来:"嗐呀——,这父子俩是咋啦?老哥,有啥哭头?咱放着这么好的后生还怕再寻不下个媳妇啦?"老父亲又哭:"哎——做梦吧……三十大几的人给人家去当上门女婿怕也是没人要啦……"一伙人都围上来,说些不要紧不算啥的安慰话,做些"车到山前必有路"的预见,然后,放下棺材都走了。他就是从那一刻起才无比清晰地意识到了老父亲是会死的,是会有一天躺在这口棺材里被人们从窑洞里抬出去的,而且这一天怕是不会太远了……他想象不出来没有了父亲,没有了任何一个可以做伴的亲人,往后的日子怎么过法。他忽然就觉得这住了几十年的三孔土窑黑得怕人,也空得怕人,活活就像是三个坟窟窿。这三个黑洞洞的窟窿里不知吞下去多少无法计算的日子。他也是从那一刻起才有些后悔起来的。那一刻,他突然陷入了一阵混乱,他有些弄不清楚了,自己这么活着,自己这么做了,到底是为了珍惜那个女人呢,还是为了珍惜自己?如果是为了自己,莫非就是为了后半辈子一个人孤孤地守着这三个黑窟窿么?那样的日子有什么过头?那和活人进坟有什么两样?那区别无非就是父亲死了得由自己来发丧,自己没有人发丧,自己就好比这土窑洞里的活死人……没有媳妇了,失去女人了,他才忽然觉醒了加倍的渴望:若和那女人生下一男半女就好了,那样也还能给自己留下一个指望……想到指望,他就又想到了那个死了儿子的老母亲,想到了自己白发苍苍的老父亲,心里就像是堵了一块冰凉冰凉的石头。

后来,自己的那个媳妇又嫁出去了,并非像人们念咒盼望的那样善有善报,恶有恶报。这个做了那么多丑事的女人,竟然落了一个那么好的结局。她出嫁的那天招来了满村的羡慕和嫉妒,一个从河南来的"流窜"娶了她。这河南来的"流窜"是个烧砖的窑头儿,烧一窑砖就能赚四五百块钱,一年挣个万儿八千的不算一回事情。这窑头儿四十多岁了才发了财,才想起来栽根立后的事情。他说他不娶黄花闺女,他专要娶一个开过怀的女人。他挑这么一个保证会生养的女人,就是为了让她给自己生个儿子,就是让她给自己传宗接代。娶亲的那天开来一辆拖拉机,村子里的人开天辟地头一回看见这种营生。娃娃们追着拖拉机,狗们也疯了一样追着,一村子的人都炸了窝似的跑出来。只有老父亲窝在窑洞里抽闷烟,只有自己赶着羊们上后山去了。走到半山上,他回过头去又打量了一阵,这才又看见那拖拉机的头上还是披红挂绿的,红楞楞的绸子挽了恁大一朵花。他就在山上骂自己:你狗日咋就这么没出息?人家吃香喝辣是人家,人家发财哪怕发死了呢,碍你什么事情?叫票子多得埋住那龟孙烂女人,臭破鞋!人穷志不穷,你神气谁哩?看那烂女人值得神气么?看那狗日"流窜"有啥神气头？这么骂着，他就又往山上爬，爬了不远，忽然就觉得像被谁抽了筋一样，浑身没有半两力气，只好软塌塌地找块石头坐下来。坐下来就又听见拖拉机突突突突的响声，震得人脑袋一阵阵地发晕，眼睛一阵阵地发黑。那一会儿，羊们走到哪儿去了，羊们吃饱了没有，他都顾不上想。一直等到那台拖拉机拉着那个女人，拉着一车花花绿绿的热闹开出村去在山嘴背后消失了，他才慢慢地缓过一些来。他才知道自己本不是什么英雄好汉，当初本不该去逞那一口气。如果那一天不去撞开那扇门就什么事情也不会有，自己的那个女人你借给她十八个胆子，她也不敢和自己离婚……可是生米做成熟饭了，那两张红纸已经锁在公社会计的那个柜子里了。现在，自己的媳妇已经变成了别人的媳妇。听说结婚证还是在这个公社里领的。若真是这样，那就肯定还是那个会计发给他们的。当初他和媳妇去公社登记结婚也是这么办的手续。他特地买了两盒好烟，半斤糖块装在兜里。一进办公室就赶紧巴巴结结地往外掏，一面掏，一面害怕人家嫌东西不好，看不上。会计抽着烟，含着糖，一面朝那两张红纸上写字，一面吊着嘴角冷笑着打量媳妇的大肚子。那一会儿他真恨不能钻到地缝里去。会计问："你们俩结婚是自愿的吗？""自愿，自愿。""你呢——？"他又说："自愿自愿。""不问你！问你。"媳妇的脸上涨得快要渗出血来，他推推媳妇的胳膊，"自愿……你说呀！"媳妇像蚊子似的哼哼了一声。他攥着那两张红纸跑出来的时候，挂了满额头的冷汗。跑出来了才想起来，匆忙中把两盒好烟都放在会计的桌子上忘拿了，心里不由得好一阵懊悔……这个河南来的"流窜"是窑头儿，人家有的是钱，保险用不着像自己那样只揣着两盒烟。会计给他开那张证明的时候，保险不会吊着嘴角笑话他……这么在山上胡思乱想着，竟不知道羊群早已跑散。忽听见山根底下有人呼叫，他才惊醒过来，才看见有一股羊正疯了似的拥进山下绿油油的麦地里，白珠子似的，在那片绿缎子上滚来滚去……不知怎么，就把眼前滚成模模糊糊的一片。

五

自从离了婚，自从那口棺材抬进家，自从那台拖拉机把自己的媳妇突突突突地拉走了以后，他就常常这样一个人独自蹲在山里自悔自怨。时间越长，他在这悔怨当中陷得越深。他想不出自己可以有什么办法从这悔怨当中挣脱出来。有时候他甚至有些羡慕自己的羊们，它们可比自己自在多了，只要有这些山，只要山上有草，它们就什么也不用愁。现在，吃饱了也喝饱了的羊们舒舒服服地在青石板上睡着。他知道，自己还得再伺候着羊们卧一阵阵，不卧够了，那只头羊就不给你好好地往回走，这都是多少年来自己给它们娇惯下的毛病。可是今天，坐在青石涧的石板上他怎么也拿不出这份耐心来，只觉得腔膛里像是有一锅滚油在熬煎。撂在家里的老父亲已经断断续续地病了一个月了。一开始托人抓来的药他还吃，后来就不吃了，他说他不想糟蹋钱，也不想老活着了。他就求他，求也不行，没办法，他只有眼睁睁地看着老人一天比一天地弱下去。昨天夜里，老父亲突然对他安排起后事来："赶明儿个我死了，有这口棺材就全有了。"他点点头。"埋人的规矩你不懂，就去问三爷。"他点点头。"不用停我，死了就埋。"他点点头。"不用请响器，除了帮忙的，不用再请人们吃席。"他点点头。"白布我都预备下啦，不会缝，找三娘娘，不用再破费多买。"他点点头。"布就放在躺柜里，你拿出来看看。"他掀开盖子伸手去拿，一伸手,只抓住个布头,就那么一把一把地往外拽,一面拽一面就落下泪来。白花花的布就铺了满柜满地……听见他哭,老父亲又说:"哭啥?我还不死哩,是先说给你。"可他忍不住,还哭。"你不用哭我,受苦人不比享福人,死了就不受苦了,不受悃惶,不受熬煎了。受苦人死了是好事情,我就盼着早死哩。"他还哭。"我死了就是放不下你,见了你妈也没个交代,连个媳妇也没给你糊弄住……"他说,爸!……老父亲说,行啦,今黑夜不说啦,明儿个你还得放羊哩。他说,爸,当初我还不如听了你的话哩……老父亲说,晚啦,这阵儿怕是媳妇连娃也给人家养下啦。他说,爸,我还有件事情瞒着你哩……啥事?他说,她是个大肚子,从打头一黑夜我就没有睡成她,我是嫌她恶心哩,嫌她败兴哩。后来,我也没睡过她几回,我真后悔,是我给那瘤拐留下空子啦。要是我多睡她几回,叫她给咱生下一男半女的,往后也就好过了。老父亲说,儿子呀,你可真糊涂呀!你是跟女人过日子哩,又不是跟名声过日子哩,你咋这么想不开呀。女人就是女人,女人都是一回事。男人女人就是身子下边有那么个地方不一样,这都是老天爷安排下,老天爷造好了的。你咋能娶了女人又不睡她,别说她还是个开过怀的呐……嘻嘻,怪我糊涂,我咋就一点也没看出来……晚啦,现在说啥也是晚啦……他说,爸,你放心,我恁大个人啥都会做,你老不用结记我……说到这儿父子俩都不说了,一老一少抱在一处哭起来,两个男人的哭声把三孔土窑洞塞得满满的。哭了一阵,不哭了,老父亲又说,咱睡吧,明儿个你还得放羊哩。吹了灯,两个人脱衣躺下,无边的黑暗石头似的压在身上。他就想,人死了也许就是这个样,就是这么无声无息地躺在黑地里,不吃,不喝,不想,不动,不说,也就不高兴,也就不生气了。赶明儿个老父亲若是真的死了,这盘炕上就只剩下自己一个人了,自己的对面就会留下一个大大的空当。生死相依的父亲若是没有了，他实在想不出在那一大片空当里能填进去点什么……也许是哭累了，老父亲没有像他那样胡思乱想，只躺了片刻工夫，老人就打起呼噜来，这个响响的呼噜声，像是什么魔法似的，立刻叫他心里也安稳下来。又过了一刻，他也打起呼噜来。温暖的土窑里父子两人一高一低地交替着，一个苍老些，一个年轻些……

　　也许是因为现在离开了老父亲，心里格外地生出许多猜测和焦急。他又朝头羊看了看，可头羊还是那么半眯着懒洋洋的眼，舒舒服服地卧在那儿。有两只调皮的羊羔跑上去拱它，它也不动，只是把头稍稍地摆了摆。羊羔们撒着娇，钻在它的身子下边，明知它没有奶，可还是把两颗小脑袋硬朝肚子下边拱。看见这情形，他又想起老父亲来。听老人说自己小的时候也是捣蛋得出奇。有一回不知是发了什么病，非哭着要吃一回奶。父亲没了主意把他捧在胸口上，可那奶头太小他便哭打，父亲只好去求三娘娘，三娘娘笑呵呵地撩起衣襟来。没有想到他叼住三娘娘的奶头子一阵狠吸，最后竟一口咬出血来。三娘娘发一声喊抽出奶头，父亲一巴掌把自己打倒在一堆牛屎上……这件事情他不知听老人讲了多少遍了。每一次父亲讲，他就笑，最后常常是两个人都笑得喘不上气来。只是他自己对这件事情半点的记忆也没有，都是从父亲嘴里一点一点得来的。说得多了，他竟觉得都是真的，都是亲身经历的。他甚至能想出三娘娘背后还有那棵老檀树，老檀树半腰的树洞里还有往外飞的蝙蝠，自己坐了一屁股的牛屎是绿绿的，是三娘娘抱到泉上去给洗了的……别的都无可考证，但是三娘娘院里的那棵老檀树，和那些一到傍晚就飞出来的蝙蝠却是一点也不假。可如今，老父亲竟要先三娘娘而去了，连自己戴的孝衣孝帽他都事先托付给了三娘娘……三娘娘的奶头上如今不知是不是真的留下了自己的牙印……也不知道为什么自己要吃奶，父亲偏偏地就去找了三娘娘……

头羊到底还是被调皮的羊羔们拱了起来,它威严地扫视了一下羊群,又对着小羊羔威严地晃晃两只特高特大的犄角。身上一阵抖索,有些灰尘被它抖索得飘荡起来。他知道,这是它歇足了,现在可以往回返了。于是他把小锨举起来,朝羊们吆喝着:

"起——,起——,回啦,明儿个咱还来哩!"

羊们不大情愿地被赶起来,青石板上又荡起一阵阵的烟尘。有些憋不住的,就兀自屙起来尿起来。他又骂着:

"看看有出息么?就这一阵阵倒憋不住啦?不能等等?前头恁大的沟,恁大的山,不够你们屙你们尿的么?偏偏地就要屙在这儿尿在这儿哩!明儿个不来啦?不卧啦?脏么?有脸么?"

羊们又是羞愧地簇拥着,晃动着,黑白混杂的毛色上是一片优美强劲的犄角,晃着,摇着,闪着,偶尔碰撞在一起,就会碰撞出一阵清脆悦耳的响声来。他收起小锨,从腰后的皮绳上又抽出一支短杆的羊鞭,鞭杆头上扎了一朵鲜亮的红缨子。他把鞭梢优美潇洒地在空中拉出一道弧线,跟着一甩,啪,一声脆响,在青石涧窄窄的峡谷和那一弯翠绿的山水中回荡起来。听到鞭声,羊们加快了匆匆的脚步,峡谷里又是一阵羊蹄踩在青石上的踢踏之声。他站在那儿,像个威严的将军一动不动,注视着自己的羊阵呼隆隆地拥出峡谷,拐过眼前那座影壁似的石崖,一阵驰云似的失去了踪影。

羊群走光了的峡谷里空空荡荡的,蓝天和白云镶在这空荡的上边,平展展的青石板上星散的羊粪蛋,把这眼前的空旷弄得有些迷离起来……他怔怔地打量着这石板,这溪水,这蓝天白云,和这些层峦叠嶂的群山……忽然,眼神在紧贴灶口的石壁上定下来:二十年了,他都没有留意这个地方,没有想到自己每天生火时弄出来的烟,已经把石壁熏黑了那么巨大的一片……这就是二十年么?二十年就是这么大这么黑的一片么？仿佛突然发现了什么似的，他惊讶着，迷惑着，无论如何也猜不透，二十年的光阴就是这样被自己一天一天地涂在了石壁上，真大，也真黑。

他又转过身来朝塔标藏身的山头看了看，不行，林子太密，还是什么也看不见。只有杂沓的羊蹄声隔着那扇巨大的石崖传过来。

1988 年 2 月 21 日
龙年正月初五于家中

二龙戏珠

一

"嘭"的一声,紧绷着的腰带齐崭崭地断了。他像条装实了心的口袋笨重地摔坐到炕头上,眼睛里顿时迸出无数的金星来,鼻腔里一阵呛辣,一股稀溜溜的鼻涕窜到了嘴唇上。断开的腰带像条黑蛇,软软地从大梁上滑下来。跟着,一团陈年的老土蒙头而下,立时分不出了鼻子眼睛……他就这么一动不动地坐了一阵,那因为严重的大骨节病而短得惊人的身子,好像被摔得更短了。猛地,从这个五官不分的灰黑的一团中露出一个窟窿,随着一条血红的舌头的抖动,古怪而苍老的笑声从那窟窿里迸出来!

"日他妈的呢,嘿嘿……不得死……"

刚才,他死过一次。当他把腰带费劲地甩上大梁,费劲地在脖颈上套好,而后,又费劲地蹬翻小板凳的时候,眼前一黑,头里"嗡"地响了一声,他以为那就是死了,那一"黑"一"嗡"便是死的全部,挺简单,也挺痛快。可是,一"黑"一"嗡"之后,自己却又从死里掉了下来，像条滚了坡的老牛，摔得腰腿钻心地疼。

"嘿嘿……日他妈的呢，不得死！"

炕头的灶火上还蒸着窝窝，两屉十六个，正够四个人吃两顿的。此刻，笼圈的边上噗噗地喷着白汽，小米汤的香味儿随着白汽弥漫了屋子。再等一刻，香喷喷黄灿灿的窝窝就蒸熟了，锅底的小米子也就熬开了花——保证不稠也不稀。行了，够个对得起了，临死还给你们做熟了饭。吃饱了我蒸的窝窝，再好好地埋我。狗日的们，农业社现在是散了摊场，要不散，老子不是这个死法儿！……

冷丁，他觉出屋里的气氛有点儿不对头，除了蒸锅那噗噗的响声外，耳朵后边好像还有什么东西在呼哧呼哧地喘着粗气。那灰不溜秋的一团中闪出两个大大的白眼仁，白眼仁朝脖子后头扭过去：

是福儿！

"你狗日的！……"

福儿一脸悔愧地嗫嚅道：

"五保爷……我回来看见你……"

"用你管闲事！谁叫你割断？！"

福儿的眉角、嘴角一起向下耷拉着，几乎要哭：

"五保爷，我……"

"谁叫你割断？你狗日的赔我的裤带！"

福儿的两只手笨拙地倒换着那把刚刚割过腰带的镰刀，腾出一只手来解下自己的裤带。一个不小心，肥大的裤子整个滑了下去，黑黑的肚脐，白白的屁股，和那个小小的男人的器物统统露了出来。他忽然笑起来，朝那器物"噗"地啐了一口，福儿怪叫着蹲下身去，抓起那条割断了的腰带，一边提着裤子跳下炕头跑了出去。

福儿跑出门，他的心提了起来，慌慌地挪下炕，取下头上缩着的毛巾，周身上下拍打个不停。正打着，门外一阵杂沓的跑步声，人未进屋骂声已先冲进来。

"小五保，你狗日的不得活了？要想死爬你妈的桥头上去，回你的狗窝死去！咋，你这一把贱骨头也想贪图这儿的风水？"

一眨眼，三条汉子一只黄狗，已经立在当屋。小五保忙把鼻子眼睛凑到一起，嘻嘻地笑着仰起脸来——这一辈子他只能仰着脸看人，三尺来长的身子顶了张一尺来长的大脸。

"哪能呢？我才不死哩……这二龙戏珠我哪儿配得上，哪儿有这号福气……你们不用听福儿胡说。"

满头癞疤的汉子接着刚才的怒骂，把那条割断的腰带朝下一挺：

"这也是胡说？"

鼻子眼睛挤得更紧了，只是不见有话从那脸上挤出来。

"不行，咱们的合同得重新定！"

"……你们可不能不要我……"

"要你干啥？要你在这果园子里上吊？要你给我闹人命案子？要你给杜振山留把柄？你是看见果园子要亏本儿了吧？走！现在你就给我滚蛋！"

"嗐呀，我不死了，我给你下保证还不行么；亏了本儿我也摊一份儿……"

"嗐呀，我要是再寻死我就是驴日下的……嗐——呀！"

一阵哄堂大笑从癞头和福儿的嘴里爆发出来，癞头把割断的腰带劈面扔到那张仰着的脸上：

"你当你是个什么好营生日下的种？"

蹲在一旁的黄狗撑着两条前腿，露出两排临产前的涨鼓鼓的奶子，慵懒地打量着人们。刚才出事以后，就是它先跑到房子外边把福儿叫回来的。

福儿也跟着癞头笑，记着刚才的教训，一只手紧紧抓着肥大的裤腰，眼角里一滴泪水正在颠出来。看见他笑，那张仰着的脸突然把嘴噘成了鸡屁股，接着"噗"的一声，一股满是烟油臭味儿的唾液朝福儿脸上喷过去：

"你狗日的笑啥？你个地主崽子也配笑我？摘了帽儿就咋了？摘了帽儿的地主也还是地主！不是我给刘坤山放牛的时候了！"

福儿立刻没有了声响，露出满脸的惶恐和胆怯。刘坤山是他的爷爷，没见过面的爷爷，就埋在这块被人叫做"二龙戏珠"的山地里了。他恨这个爷爷。爷爷叫他和他的一家吃了不知多少苦。后来，出了那件事情以后，吃了好多苦的爸爸、妈妈、哥哥、姐姐、妹妹，都死了，也都埋在这儿。离爷爷的坟很近。他不明白，妈为什么非要用那个瓶子装麻油，那是个装"1059"农药的玻璃瓶子。妈叫他拿到泉上去洗洗，他去了，他记得他是洗过。可是后来，他扛着柴从山上回到家里的时候，全家人一下子都死了。爸和哥在炕上小桌的两边，妈和姐在灶台两边，妹妹一个人挣扎到门槛上……一家人都横七竖八地躺下来，满炕满地都是他们吃进去又吐出来的东西……他就是从那时候起糊涂起来的，心里头一下子就糊涂了。反反复复想得最多的事情，就是那天洗瓶子的过程。可越想，就越是搅不清楚……不错，自己在泉上是遇见了红盼儿，红盼儿把他的手攥住按在自己脸上问了一句："热不？"他吓得赶紧抽出手来，头皮一阵发麻，转身就跑，红盼儿在后边咯咯咯地笑。可是那瓶子自己是洗了的，跑的时候，瓶子里的泉水还洒了一裤子……想来想去，这一切都是爷爷的错，他当初就不应该留着这块地。现在，爷爷埋在这儿了，爸爸、妈妈、哥哥、姐姐、妹妹，也埋在这儿了。自己也被杜振山弄到这来伺候这些个果树。他时不时地就有些弄不清楚，到底一家人死了没有。既然死了，为什么又都聚在一块儿？白天晚上都憋在这块山地里？听爸爸说，当年"曹半县"出一斗银洋要买这块地，爷爷不卖。在这条六十里长的山沟里，所有的人都羡慕这块叫做"二龙戏珠"的山地。可是他怕这块地。他怕地里那一片触目惊心的坟。这块地里埋着全家人。他总疑心什么时候会有谁从那厚厚的黄土里冒出来，也许是好好的，跟活人一样；也许，是一副白森森的骨头架子。

癞头蹲了下去，顺手把小五保挂在前襟纽襻儿上的烟袋取下来，慢悠悠地点着，不动声色地又道：

"刘坤山当年也没亏待了你，放一头牛一年也给你一担玉茭。说别的没用。你要真想死，就撂下三百块钱。有这份儿钱，买棺材，埋人都不愁。没钱，就别死。反正我这果园子不'五保'你，农业社的章程我不认，也就是五奎要了你，我就不背你这个活累赘……"

自从进了屋就一直僵在那儿的五奎，猛然惊醒了似的长长叹出一口气来，一边说着，一边就落下泪来：

"七叔，你有什么想不开的非要寻死？当初上果园子来你走不动，是我一步一步背你上山来的。这么说是我害了你……我不求别的，只求你不死，能行么？不怕，我给你养老，我给你送终……"

突然，小五保像个女人一样捏着鼻子哭起来：

"五奎五奎，你说啥话，我不死了，就为你也得活……是我对不起你，是我没良心……杜振山你是他妈啥的主任呀，用着我了就五保，叫我天天早起给你站在桥头上喊工，叫我上批判会给你发言……包产了就不五保了，问我要不要地哩……我敢不要？煤窑能赚钱你就一个人包了，我说去给煤窑上照个门子你都不要我。啥共产党员呀……我看了，啥时候也是一样，都是咱受气哩……你狗日的等着再闹一回土改吧……"

癞头一阵冷笑:

"你这贫下中农可是个尝过荤的高级货。"

五奎哀求道:

"癞头,别说了能行么?不看见差点儿出了人命么?"

越来越深的暮色中,屋子里已经完全昏暗下来,只有灶台上的蒸锅还在噗噗地把浓重的米香味儿喷出来。大黄狗伸个长长的懒腰,把所有的奶子都贴到冷冰冰的地皮上。屋子外面,吕梁山伟岸的身影在山风的呻吟声中黯然沉入渊底。福儿朝门外胆怯地看了看,心想:

"那棵老柳树今黑夜又要说话了……"

二

"小五保,说件杜振山的荤事儿解解闷儿吧!"

癞头捏着一根笤帚苗儿,在黄蜡蜡的牙齿缝儿里有滋有味地搅拌。刚才,几个人就着咸萝卜条装饱了玉茭面窝窝,又痛痛快快地灌下几碗米汤,现在正都舒舒服服地靠在各自的被摞上。似有若无的灯苗在灶台上晃着。窗子外面黑洞洞的世界里,除了山就是天。每天晚饭后到临睡觉前的这段时间,四个男人没有任何事情可做,便常常用这些荤事儿来打发时间。在所有的荤事儿里,被他们说得最多的就是杜振山的荤事儿。看看小五保没有响应,癞头又骂起来:

"咋,你狗日的现在还想当狗腿子?还替他保密?"

小五保这时正蹬着那张下午被他蹬翻过的小板凳,站在木桶边上朝外舀面。木桶是用一截掏空了的老桦树做成的。桶很高,人很短,每舀一次,小五保都得把大半个身子深深地探到桶里去,屁股上两块污黑的烂棉絮就显眼地被举了起来。因为有大骨节病,他一年四季都得捂着这条烂棉裤。听见叫骂,小五保费劲地把身子从桶里拔出来:

"嗜呀,就那几件事儿,说了多少回啦。"

"快些!快些!就说当着你面干旺财媳妇的那一回!"

"嘿嘿……说就说……人家杜主任那一回把旺财媳妇叫到我屋里来,说是谈话哩,谈到半夜我先瞌睡了。一睁眼,人家两人在炕头子上撕搜开了,三把两把脱光啦,上去啦——哈,正干在节骨眼上,我能咋?一不能动,二不能说,装龟孙睡他妈的……那杂种干得比马儿还欢……"

轰轰轰,一阵男人的笑声把黑暗填得满满的。

癞头又追问:"小五保,你光说人家。你呢,你狗日的咋样子?"

"嘿嘿……"

"说!你呢?"

"嘿嘿,咱也是人么。咱身子有毛病,那地方又没毛病……"

"不行!说!"

"狗日的癞头……咱硬了还不是一阵阵哩!嘿嘿……"

一伙男人笑得上气不接下气。癞头嫌不过瘾,又逼着小五保再说。于是一伙人又听了一遍,上气不接下气地再笑一遍。笑够了,癞头馋馋地感慨:

"日他的,一辈子也没开过这种眼,你个龟孙好眼福!"

"啥眼福?还不胜不看,看了,自家的光棍更难熬!"

一伙男人又笑成一团。

福儿没笑。他知道,癞头收拾了小五保就该轮着自己了。他还知道癞头要问他什么，每次问起来他都吓得六神无主。可越是害怕，癞头就越是要问，他对福儿家里的事情永远都那么有兴致，一种咄咄逼人的兴致。果然，癞头龇着黄蜡蜡的板牙朝他转过脸来：

"福儿，你见过这种事儿没有？"

福儿摇摇头。

"一回也没见过？"

福儿再摇摇头。

"嗨——不用装了吧！你们家满共就那一孔窑，一盘炕，一盘炕上睡龟孙男男女女六口子！"

福儿求救似的转向五奎。五奎抬起手来："癞头，你不用作孽，捉唬娃娃家不是本事！"

癞头揶揄道："五奎，你是大善人，老的小的都等着你行善哩，天底下人多啦，你咋不去庙里当和尚？你承包果园子不还是跟我一样，为赚钱？为自己？可我告你，想赚钱就别想行善，就得照着杜振山那么干！"

屋里的气氛一下被拉得紧绷绷的。五奎的脸憋得通红，半天也没能憋出一句对答的话来。灯没灭，但不知为什么屋里忽然暗了许多。只有小五保和面的盆子和石案碰出些咕咚咕咚的响声，空洞得有些古怪。逼在脸前的黑暗沉得压人。

突然，福儿凄厉地尖叫起来：

"说话啦——！那棵老柳树又叫我啦……"

四个人的头发顿时奓起来，全都僵住身子，屏住了气。慌张中小五保失手碰翻了油灯，那点儿勉强挣扎着的亮光顿时落入黑暗的巨口之中。果然，他们都真真切切地听见一个极其低沉的声音，而且真真切切是从老柳树那儿发出来的。一长一短，接着，又是一长一短：

"福——儿，福——儿，福——儿……"

紧跟着，黄狗尖厉的狂叫在黑暗中爆发出来。也许这狗叫声给了人们一点支撑，五奎攥着两把冷汗问道："七叔，老柳树那儿的牌位你供了么？"

"供了，供了！香也烧了！"

"快点灯！"

小五保慌乱中摸不到火柴，骂着壮胆："都说这块地方紧呢，狗日的就是紧，树也会说话……"

癞头冷笑道："福儿，准保是你爷爷叫你哩！"

黑暗中福儿一阵哆嗦——这癞疤头什么都知道，连自己心里刚刚闪过的念头他都能说准。这么想着，福儿觉得分明在黑暗中看见一双贼亮贼亮的眼睛，一直看穿到心底里来。他下意识地扭了一下头，想躲过这双眼睛，骤然中却又在半掩的门缝里真的看见两只眼睛，绿莹莹、暗幽幽地像两盏鬼灯，嗓子顿时像被什么东西死死地顶住。他刚要叫喊，忽又想起来这是卧在门边的黄狗的眼睛。这一紧一松，弄得浑身的汗毛孔一阵刺痒。这一夜，福儿没有睡好，他一直担心老柳树再叫他。而且还有一个更可怕的念头在一直折磨他，他觉得自己窝在心里的几件事情，早晚有一天会被癞头全挤出来；他越来越强烈地直觉到自己终归是抵抗不过的，终归是什么都会说出来的。癞头刚才问的这种事情他见过。听了小五保这么多次详细的描述，听了男人们这么多次放肆的狂笑之后，他更确信无疑自己看见的就是这种事情。可越是确认了那件事情，他就越不能相信，越害怕，也越糊涂……那年的夏天，如果他不跟着哥哥姐姐一起去掰木耳；去了，如果不拨开那一丛樱桃枝，就什么事情也不会有。可他去了，也拨了，于是就看见了那件事情，看见了哥哥那么结实的屁股，那么粗壮的腿，看见了压在下边的姐姐的又瘦又白的身子。他吓得转身就跑,他觉得豹子吃人也比不过眼前的场面可怕。出了那件事以后,家里就永远笼罩了一团阴惨惨的愁云。母亲动不动就会无端地哭起来,说这一家人老的小的都是畜生,早晚有一天要得到报应。遇到这种时候,父亲不会说一个字,只是抱着胸口缩成一团,干枯得像一截老树根。后来,从母亲断断续续的哭诉中,他好像又听出了一点儿什么,好像三十多岁还娶不上媳妇的哥哥,还有点儿什么见不得人的事情……若不是那只装"1059"的农药瓶了,家里的这一切真不知要闹到什么时候,闹到什么程度。可是,当身边的一切突然一下都消失了的时候,福儿才觉出一种更加刻骨铭心的恐怖和孤独。原来在眼前活动着的人和事,现在整日整夜噩梦似的在心里翻腾。福儿实在有些受不了了,自己的心太小太窄,几乎要被这些死了的人也死了的事憋炸了。他不明白为什么全家人都遭了母亲咒来的报应,却独独留下自己。与其这样,真还不如也和大家一样都躺在那片坟地里,就什么事情都没有了……半睡半醒中福儿似乎又听见老柳树的声音,不由得"哎哟——"一声呻吟起来。睡在身边的五奎伸手拍拍他的肩头:

"福儿,福儿!"

这一拍,他清醒了,可也把满心的孤独、委屈和恐惧从眼睛里拍了出来,凉冰冰地涂到枕头上。福儿不由哭出声来:

"五奎叔……"

"不怕,不怕,福儿又做噩梦了。"

福儿把脸朝五奎转过来,窗户的麻纸上已经有了朦胧的白色。福儿想不透:这么大的山,这么大的天,怎么就容不下自己心里的这些事情?怎么就让果园子里这几个人挤得这么满?

三

踏着严霜,一伙人拿着镰刀来到坟前的谷子地。天还没有亮。暗青色的天幕上不见一丝浮云,东边的山凹上,启明星像一滴晶莹的冷泪,孤独、遥远地垂落下来。受了它的打动,整个吕梁山屏住气息,阒然无声。幽暗的天光中,三个持镰刀的农人,像三个轮廓模糊的剪影,懵懵懂懂的,有些声音从他们中间传过来。接着,便有一堆篝火劈劈剥剥燃起来。在明灭的摇曳中,被火光映红的脸抹去了原来的憔悴,仿佛戴了面具。火舌举着烟柱笔直地停在半空,俨然一个翻动着的图腾。谁也猜不透,这仪式到底有多么久远了。

烤过一阵火,五奎把镰刀操起来:"割吧?"

癞头不动:"慌啥?等日头出来晒晒吧,看这霜!"

"你们再烤烤,我先给咱动弹。"

福儿夹着镰刀也要走,被癞头喝住:"福儿!别去!给你爷爷扛活的时候,也没催得这么紧过。你五奎叔是善人,叫善人多干些。"

福儿进退两难地站在谷子地和火堆之间。很快,脚下的白霜里印出两个犹豫的脚印来。癞头朝福儿招招手,而后,指着那一片坟头诡秘地笑笑。

"福儿,知道么,你哥虽说是你哥,可也是你爸的弟。你知道因为啥么?"

刷的一下,福儿觉得地下的寒气从脚心里一直蹿到头顶,浑身参出一层鸡皮疙瘩来。这个癞头什么都知道,什么都知道。福儿从母亲那些没完没了的哭骂中，常常听见母亲把哥哥和爷爷连在一起。而且在他印象里，哥哥似乎从小就对父母有种天生的反叛，在他阴冷的目光后边，总有他自己毫不动摇的算计。母亲的眼泪父亲的哀叹都改变不了他的打算。自从出了那件事以后，福儿心里一直存了一个念头，他总想知道个究竟。可他又知道，这是一个永辈子不能开口去问的疑问。他甚至在暗地里跟踪过哥哥，哥哥用棍子把他狠狠揍了一顿之后，他不敢了，只好把一切都闷在心里。他觉得全家人都像自己一样在心里死死地闷着些什么。现在，癞头却是这么毫不在乎地就把事情捅破了。福儿从那两个犹豫的脚印里迟疑着挪出来，朝癞头紧张地看着：

"……我不知道……"

癞头一阵大笑，慷慨地把头一摆："我告给你！你哥哥是你爷爷种下的种儿！"

"癞头！"

随着一声断喝，五奎愤怒地从谷穗上直起腰来。

癞头不以为然地回敬着："算？了吧，五奎。人死如灯灭，死人的事说说怕啥？老辈人做下的事，瞒着小辈儿就算是积德？那老东西活着的时候什么事情做不出？享福都是变着花样享。狗日的一晚上在炕头子上并排摆三个光屁股女人！那一年我才十二，欺负我小哩。清早叫我给他们端尿盔子，祖宗的，四个东西一晚上尿了够一担！"

一面说着又是一阵呵呵大笑，平日总带了三分狠气的脸，竟也是一派灿烂。

五奎质问道："你成天介把这些事情挂在嘴头上是想咋？也想当一回财主？"

癞头窄窄的眼缝里放出些寒光来："别人能当，我凭什么就不能当？祖宗的，当不上也不怕。当不上就等着第二回土改！到时候分狗日们的浮财，把狗日们享过的福都享喽，把狗日们睡过的女人都睡喽！"

五奎嘲笑道："老鬼，等着吧。等着天上给你掉馅饼。"

"总没白等。这一辈子总是原先掉过一回啦！土改过一回啦！"

像是为了解气，也像是为了证实自己的话，癞头又朝福儿笑起来。

"福儿，再问你个事儿，你总吃过你妈的奶吧？你妈左边的那个奶头上有颗黑痦子，是么？"

又叫他说对了！

福儿只觉得像是被人迎面劈了一掌，脚下一滑，歪身朝地下的白霜摔过去。下意识中伸出手去支，不知怎么恰恰按到锋利的镰刀上，随着一瞬尖利的疼痛，一阵彻骨的霜寒无比清晰地切进到肉体中来。在这尖利、清晰的寒痛中，他猛然觉到了一种被释放的快感。跟着，温热的血鲜花般地印染在白霜上。

看见出了事，分站在两边的男人同时跑过来。癞头把还有些烫手的草木灰朝伤口狠狠按住。福儿"啊"地叫出声来。看看血止住了，五奎心痛地把福儿的伤手捧在怀里。

"这娃，这娃，真是恓惶死啦……癞头，你能积积阴德么？人心不是肉长的？他一个没爹没妈的娃娃家，孤孤的一个半大子人，能受住你那些话？福儿，你不用听他胡吣。"

"癞头，你有啥事冲我说吧。包果园子要赔钱不是现在跟你说的，树都老了，办法也使了，还是结不下果子，也是由天不由人的事情。我伺候这些树们半辈子，我舍不得叫别人委屈它们。明说吧，你打的那个伐树卖木材的主意我不同意！要伐树，你就先伐了我！要赚钱你上别处赚去！当初和你说的也是能不能赚上是没准的事情！"

"五奎，咱们都是五十多的人啦，不是耍小孩子脾气的时候。这果园子有你一半的股钱，也有我一半的股钱，一根绳上的两蚂蚱，你能分清哪是你的？哪是我的？别提还有人家福儿和小五保两人的地也占着股呢。要是像当年给福儿他爷爷扛活的时候倒好办啦，愿意在一起干就干，不愿意，分手两清。现在，总不能你甘心赔钱，也拉上我跟你一块赔吧？既是我出了本钱，我承包，我就得管。在我手里不赔本儿就行，往后的事儿我管不着。再说，按合同咱们今年交不出钱来，这果园子人家就收回另包。到时候，你不砍，也总有人来砍，你逃不出杜振山的手心去！让他砍，还不如自己砍。狗日的，天底下的好处不能叫他一个人都占了！"

一直闷在心里的话猛地捅破了，反倒轻松了许多，谁也不再说话。癞头索性蹲在地上点着一支烟抽起来。抽一阵，又嘿嘿地冷笑一阵，忽然提起几十年前的老话题来。

"五奎，还记着么？"

"记啥？"

"那年咱俩也是在这块地里吵过一架。"

"哪年？"

"咱俩给福儿他爷爷包种下这块地里的谷子，结果全叫冰凌子给砸了。忘了？"

"淡话。能忘？"

"福儿，你爷爷那回也是跟我们订了合同，十成收成里抽三成算工钱。全都砸了还算个屁！我拉上你五奎叔散伙不干了，赶紧再换个主家还能再挣几个。这狗日的怪牛不走，非他娘耕了谷苗改种糜子。可到秋后，你爷爷拿来合同非要按谷子的收成收他的租子。糜子的产量哪能和谷子比？两下一算，一斤没得还倒欠了你爷爷的！五奎，那一回你狗日的说啥来？你没气得嗷嗷哭了一场？你是狗改不了吃屎，几十年也改不了！"

五奎捏着眉头不回话。癞头又狠狠地接上："记着那年秋里刘坤山场院里那一场火吧？对了，就是老子放的！我不能白白叫他坑！"

五奎回敬道："你胆大咋你跑出去二三年，等到土改才回来？"

"不跑咋？坐在家里款款等着他狗日的来抓我？"

"你也是狗改不了吃屎！你也是几十年也改不了！一件积德事不干。"

骂到痛处，一对老伙计放怀笑起来。东山尖上透过来的灿烂霞光，把两张饱经风霜的脸涂抹得像两个好听的故事。

一时被忘在一边的福儿，呆呆地一动不动。可是，心里却觉得自己是又长大了一点儿。每当心里的疑问被癞头点破，每当又知道一点儿这块土地和家族之间的掌故，他就会有这样一种自我暗示。就仿佛一只原本空空如也的袋子，被过去的故事一点一点地装得沉甸甸的，也一点一点地装得老成起来。看着笑容从身边两个人的脸上退下去，福儿心里又升起个新的疑问：癞头怎么会知道奶头上的那颗黑痦子呢？福儿无论如何也想不出，眼前这个满头癞疤又丑又狠的脑袋和母亲的奶子有什么联系？这又是一个永远不能向别人询问的疑难，如果不是因为曾经看过母亲给妹妹喂奶，连福儿自己恐怕也早忘了母亲那两只像袜子一样，吊在胸上的奶子了。在福儿的印象中，从来都是母亲那张被苦水熬得青黄而又憔悴的脸。现在，似乎是因为癞头这么言之凿凿地讲了出来，福儿才分外真切地记起那只有痦子的奶来。忽然就生出了许多空空荡荡的失落，生出许多愧疚来……凭他的想象，实在猜不透自己的家族和全村的乡亲们，和这块山地，到底有多少永世难解的恩怨。也许自己是注定了要落在这些疑云和恩怨之中，永远不可脱身了。突然间，福儿为母亲难过起来，为原本以为是只属于自己的那只奶头和奶头上的黑痦子难过起来……

五奎朝他转过身子:"福儿,不用哭。咋啦,疼得厉害?"

"不疼……五奎叔。"

癞头不耐烦地挥挥手:"割吧,割吧!干开活就忘了疼啦!"

五奎叹口气:"算了福儿,你今早晌歇歇,回去看看咱的人,不敢再叫他寻死上吊的,我真是不放心。"

癞头的眉毛又立了起来:"咋?他是金枝?是玉叶儿?他死那是他愿意!天底下地上头哪天不死人?你都派人看去?你当菩萨谁给开工钱?割!福儿,哪儿也不许去!"

福儿顺从地走进谷子地里割起来。刚才的浓霜被太阳晒化了,低垂的谷穗像是刚刚大哭过一场,遍地是湿漉漉沉甸甸的泪迹。

五奎无可奈何地摇摇头:"我出工钱,扣我一晌工行了吧?"看看福儿不动,五奎只好又长叹一声,径自从谷地里退出来,"你们不去,我去,我去……"

顺着山坡,五奎歪歪斜斜拐了一个弯,来到几株老苹果树的跟前,他顺手揽过一根树枝来,又感叹:"你们看看,看看人心短么?丑么?亏着你们都不是人,亏着你们都是树……"

树们静默着。握在手里的树枝凉冰冰的,也裹满了露水。五奎松开手,便有些泪水从树枝间会意似的洒了下来。

五奎一走,谷地里便只剩下沙沙的收割声。伸出去的左手每一次都准确地抓住穗子下柔韧的穗茎,右手的镰刀便紧擦地皮爽利地把谷子斩断开来。不一刻,手中便有一把肥硕的穗子摇摆起来。趁着露水的潮湿,谷粒才不至于被抖落。慢慢的,收割者的身后,一捆一捆地倒下些参差的谷捆。有经验的好手们,只要掂掂一捆的分量,就能大致说出一亩地的收成来。

谷穗上的露水透过肮脏的布条渗到伤口中来,火辣辣的。很快,灰黑的布条上又染上些暗红和草灰的颜色。福儿不顾一切地奋力朝前赶,癞头已经把他远远甩到了后边。福儿总是害怕不知什么时候,前边的那个人会雷鸣电闪地骂起来。也许是被手心里那火辣辣的疼痛鼓起了一点儿莫名的勇气,福儿在担心挨骂的同时,却又觉得眼前是一个难得的好机会。现在,一望几十里的荒山野地里,只有他们两个人,现在无论说什么话也只有这两个人自己才会知道。福儿禁不住想把心里的疑问提出来,可又有点儿拿不准到底该问不该问,更拿不准问了以后人家不说又怎么办。就在眼前几丈远的地方,癞头正稳稳地叉开八字脚,随着两手的动作,结实的身子上上下下地起伏着。因为出了汗,原本在头上兜着的毛巾被解下来搭在脖子上。如果你定睛细看,就会发现一缕缕微微的热气,正从他那个癞疤遍布的头顶升到清冷的晨空中来。福儿忍了忍把涌到嘴边的话又随着一口唾沫用力咽了下去。谷地中仍是一派沉闷而单调的斫杀之声。

终于,癞头直起身来,把手中的镰刀麻利地一甩,那镰刀飞镖似的斜斜地刺进土里,牢牢地站住。癞头又扯下毛巾朝脸上抹了一把。

"喘口气儿吧!"

福儿把僵直的身子停下来。

癞头又朝他招呼:"来!也跟我抽一袋!"

两个人各自选了一捆结实的谷捆坐下,癞头取出两支烟塞给福儿一支,一面又点了火催促:"快些,不抽烟还能算男人?抽!"

福儿怯生生地对着火吸了一口,立刻红头涨脸地咳成一团,癞头开心地笑起来:"学学就会啦。"看见福儿还有些胆怯,他又鼓动,"不怕,五奎不在。这阵儿咱俩就是做下日了天的坏事,也没人在耳朵边上数叨!抽吧!给你爷爷扛活那会儿,我们一伙子连白面儿也抽过几回哩！"

福儿鼓起勇气连抽几口，头脑里竟有点儿晕乎乎的，再看癞头时，便从那又丑又狠的脸上看出一点儿随和来。一支烟抽罢，两个男人果真像是近乎了许多。癞头忽然来了兴头：

"福儿，你说我和五奎两人谁好？"

"你好。"

"哈哈，福儿也学会耍奸滑啦！"一边笑着，癞头粗大的手掌重重地拍到福儿的肩头上，"不行，你狗口的不是实话！"

福儿愧疚地低下眼睛："五奎叔更好些……"

"他好？他好啥？他狗日的那善心再多有啥用场？咱受苦人顾住命传了种就不容易，饿上肚子戴朵花给谁看？又不是唱戏。要说摆设，像你爷爷那样的，像杜振山这样的倒兴许用得着。可惜，人一有财有势，良心就屙到茅厕里了。善心这东西，也不知道是哪个龟孙子想出来日哄老百姓的！行啦，不扯这些没味儿的淡话！"

福儿呆愣愣地听着癞头这一番宏论，不知不觉中，心里那些疑问忽然就从嘴边滑了出来："我爷爷是个啥样儿？"

"你爷？没听你爸说过？大身坯，高个头，长脸，一副福相。哈，人们都还说他那家具大。土改斗争他那会儿，我还硬叫他褪下裤子来，看了一回，狗日的就是大，难怪一黑夜能收拾三个婆姨！"

说到畅快处，癞头禁不住又哈哈大笑起来。福儿被这笑声逼得满脸通红地缩成一团。看他这样，癞头笑得更响了。

"福儿，你能比上你爷爷么？"

福儿缩得更紧了，癞头又朝他背上重重拍了一掌：

"行啦，不要笑啦，割！"

福儿得救似的跑开了。割了几镰忽又停住，扭头朝那片坟地投过迷惘的张望。

凄凉的坟冢上瑟缩着些枯草，如今只有它们才和那些黄土下的亲人挨得最亲近了。所有的坟包中，爷爷的那一座最老、最小，也最凄凉，孤单单的，和父亲母亲他们隔了一片空地。这空地也被草占满了，只有刮风的时候，爷爷才会从那些枯草背后时隐时现地露出来……猛地，福儿又想起那只"1059"瓶子来。他在心里对那些坟，和坟上那些骤然间晃动起来的草们争辩着：

"那瓶子我真的是洗了……我往回跑的时候裤子还弄湿了……自从那回爸打了我，我就再没跟红盼儿说过话，是她老寻我说的，在泉上也是她先动手攥住我的……我知道你们都怕红盼儿她爸爸，我更怕。有一回他拿着剃头刀子跟我说，要是再敢和他家红盼儿搭话，就骟了我的蛋……"

"福儿！这地方又没大姑娘，你狗日的不会挪步啦？"

远远的癞头朝回骂起来。福儿慌不迭地伏下身，一个不小心，粗拉拉的谷叶划进眼睛里，顿时弄出许多麻辣辣的泪水来。

四

还是那只小板凳，还是那个短得惊人的身子，灶台上烧着的也还是整年不变的窝窝米汤。有人说话，说得很认真，很动情，是和狗说话。

"你说说你非要把我救下来可为的啥？为叫我再多遭几年罪？"

黄狗在脚下一动不动地卧着，目不转睛地盯着主人手里的活计。

小五保几近残废的短指间捏着麻缕和纺锤，绿豆粗细的麻绳正从手指里笨拙地捻出来。很多年以来，小五保的零用钱就是从这种只有女人们才干的活计当中，一寸一寸地捻出来的。

"我跟你能一样？你没见我一天比一天不能动弹？你当我搭上那腰带是容易的，福儿那小龟孙能救了人？吊不死的也叫他摔死了！你是舍不得我？你知道是我喂了你五六年？……"

一股老泪又顿然充满了眼眶，黄狗还是那么懒洋洋地卧着。这条狗是他喂养的，带上山来，就成了大家的。大家嫌"黄狗"叫着没味儿，不知从什么时候起都嘻嘻哈哈地叫它"老婆"。"老婆"自从怀上了娃娃，终日就是这么懒懒的，一副少言寡语的神态，对谁也是爱理不理的，分明像是有些看不起这四个破衣烂衫的农汉，只对小五保还念着三分旧情。昨天上吊之前，小五保还专门拿出一个整整的窝窝，在它嘴前细细地掰碎了，它的舌头还软软地舔在手心上。若是昨天真的死了，哪儿还有这么多的衷肠可诉？一瞬间，一股难言的眷恋把小五保的心肝五脏缠了起来：

"我要真有你这么个老婆，来生变牛做马都甘心……"

一语未了，夹在两腿间的麻绳团骨碌碌地滚到远处。黄狗看了看，站起身走过去，把绳团叼回到主人身边。这个以前不知重复过多少次的举动，现在却分外有力地打动了主人。杵击洪钟般的，这残疾人的心里轰然间摇撼不止，伸出去替黄狗捋毛的手背上有大滴的泪珠砸下来。他只好停下活计，呻吟似的长长呼出一口气。黄狗无动于衷地又退回原处，懒洋洋地卧下去，连眼睛也懒得再睁开。屋里屋外都是吕梁山沉甸甸的寂静。只有锅里的水汽艰难地挤到寂静中来。渐渐地小五保兀自平息下来：

"咱俩还是没缘分，有缘分，我就变个狗，带上你离开这儿跑他娘远远的，到一个永辈子也不用种地受苦的地方，天天不干活，天天吃香的喝辣的……嘿嘿。"

说话的人被自己的谎言感染了，竟不禁笑出声来，笑过了，又骂："你狗日的真是做梦娶媳妇哩，娶不上人媳妇，娶狗媳妇。"一面笑骂，又指着问道："你说，你到底是谁老婆？"

受了声音的刺激，黄狗把朝着主人这面的一只眼睁开来看了看，随即又懒懒地眯住。猛然，门外有人声传进来。

"七叔，和谁耍笑哩，这热闹？"

小五保赶忙抹抹眼睛，掩饰道：

"五奎，咋又回来了？"

"镰不快了，回来磨磨。"

一边说着五奎也掩饰地从石案下边拽出磨刀石，胡乱磨起来。因为两人一时都不愿说出各自的真情，屋子里便只剩下刷刷的磨刀声。磨了一阵，终于把僵局磨破了，小五保长叹道：

"哎——五奎，你白费心思，留下我这么个废人图啥呢？"

"七叔，好人废人不都是人么？"

"你们不用再费工夫看着我，成啥啦？还嫌不累赘？"

"谁也不是神仙，谁也得老。"

"你快回去割吧，我不死，我不死。再说还有它呢！它就把我看得紧紧的。"

"这狗真是个有仁有义的，昨天多亏它叫得早！"

两人转向黄狗，又把狗抚摸了一番，赞叹了一番。黄狗兀自躺着，一动不动。抚摸一番，赞叹一番，屋子里又沉寂下来。两人心中各自的慨叹似乎也沉寂了许多。小五保又催道："你快走吧，快些。我不死，真不死了。"

五奎放心地拿起镰刀走了，刚走到门口，小五保忽又叫住："五奎，我和你说个事情。"

"啥事情？"

"这个果园子杜振山真的是想占了呢。叫我上山的时候，他和我商议过，说按现在合同上定的价钱，你俩肯定交不起。交不起队里就能收回另包。他不愿出头，说是想叫我先上山来占住地，到时候叫我出头承包，他替我出本钱。他把福儿的地也弄到这儿来，也是为了累赘你，往后他占了园子也好指使福儿。五奎，我不能昧良心……五奎，我实在是病得老得难受哩，不想活啦，也不想给他当枪使！他还说等再包了园子，就把这一茬茬老苹果树都砍了卖木料，用卖木料的钱买树籽，全改种红果树苗，卖树苗价钱大得多……"

屋里又是一阵难熬的沉寂。说话的人，听话的人，都被这段话震动了。小五保原来并没打算都说出来，五奎做梦也想不到自己原来钻进一个早就编好的圈套。干净透亮的晨光从敞着的门里斜斜地照进来，把五奎的身影拉得很长很长，似乎把五奎的心事也拉得长长的。以这老实憨厚的庄稼汉的心不但琢磨不透，也几乎承受不住这样的事变。种庄稼不是唱三国，用不着计谋谎诈。整辈子在土地里使力气，心也变得像土地一样死板厚实。他扶着门框转回身来：

"要早知道是这，我就不争了，还不如就让人家包，就让人家赚呢。我是心疼我的树哩。我伺候它们二十多年，反正我不能砍它们……"

"五奎，我对不起你……我就不是人……我还是死了的干净。"说着，小五保又哭了起来。

"七叔，你说啥话？这哪能怪你……全怪我没本事，赚不下钱，救不了它们。"

两个人都不再说什么。该说的，似乎也都说尽了。无声无息中明媚的阳光温暖地抚摸进来，变魔术似的把屋里幽暗的空间分割开来。老桦树做的木桶，用木棍支撑着的冰凉的石案，和石案上尘封的灯台、荆篮、盐罐、脏兮兮的粗瓷碗，忽然都生出些晶莹，温暖着，明媚着，把屋里的沉寂装饰得五彩缤纷。

五奎猛然想起另外的事情来："七叔，昨天老柳树说话了。你今天上供了么？"

"还没顾上哩。"

"走吧，咱俩把这事做了。"

一人拿香，一人端米，两个庄稼人缓缓走了出来。老柳树不远，就在紧挨房子西山墙的土坎上，驼着背，在主干的半腰里深深地打了一个弯儿。树老了，枝叶已显得十分萧条，树干中间有一个被树皮遮盖的大大的空洞。嶙峋的老皮干裂着，不知把多少岁月囚禁在那些触目惊心的裂缝中。谁也说不清它的年龄，谁也说不出它的来龙去脉。远远近近的山峰都匍匐在它的脚下，默默地供奉着久远的肃穆。

两个农民爬上土坎，来到老树近前，摆米，焚香，又笨拙地跪下来。树干上钉了一块尺把长的无字红布条，是牌位。没有什么祷辞，只把头对着牌位，在树前的黄土上默默地碰过三次。碰完了，又呆呆地看一阵树，叹一两口气，仿佛是至深至交的知己，有话自是不必去说的。

吕梁山深沉的喘息把远处的空旷和寂寥送过来，掀动了枝头上稀疏的窄叶，而后，又把它们再送到更远的远处去。

五奎若有所思地看看飒飒作响的叶子：

"七叔，二龙戏珠的风水都在这棵树上。"

"是哩。"

"你说它为啥老是叫福儿的名字?"

"摸不透。"

"这棵树正经是神树。"

"是神树。"

"托它的福要能保住园子里的果树就好了。你说能保住么?"

小五保没有接话,沉思了片刻,反问道:"五奎,咱今年肯定得赔钱么?"

"得赔。我估过了,结的那点儿果子摘下来,再加上粮食折成价,还是不够合同上定的那个数。"

"赔了钱,你咋办?"

五奎痛心地摇摇头:"没办法。要是赔了就得把园子退给队里。"

"不能不退?"

"不能。合同上签了字,按了手印。再说还有老婆孩子,还有别的地,为这事扯了脸,以后就不活啦?就不在咱村住啦?"

"狗日的杜振山,啥便宜也得叫他占喽!"

"嗐,也怪我心太盛。树老了这我还能不知道?我总想使个法子,再好好养养它们,总能再挂些个果。不行啦。前些年果园归队里,人们就知道一筐一筐摘果子,不上粪,不浇水,和人一样,伤了元气了。嗐,怪我,全是怪我。"

五奎痛心疾首地说着,又痛心疾首地打量着四周的果树。目光所到之处,无不是他熟悉之极的,无不是他千遍万遍地走过,看过,操劳过的,一草一木都跟他牵肠挂肚,都和他情丝如缕。他忽然觉得地里的果树都在眼巴巴地朝自己张望,直望得他寸断肝肠:

"恓惶啦,真是恓惶死啦!你们要是活物,我就都带上你们下山,带上你们走……"

又有山风刮过来,老柳树上有些零星的枯叶飘落到黄土地上。

"咱走吧,五奎。"

"走——"

叹气似的,五奎长长地吐出这一个字来。

五

尽管十分的害怕,十分的不情愿,可福儿还是跟着癞头又来到了坟前的谷子地里。剩下的这点儿谷子不够三个人再干一晌的了。五奎留在家里拾掇场院,福儿没有去处只好来。昨天晚上吃了饭,五奎把小五保交给他的底对他们又重复了一遍。癞头顿时暴跳如雷地抓起斧子来,一面操着祖宗,一面就要去把苹果树立时都砍了。五奎死拉住不放。他又对着小五保和福儿挥起斧子来,要他们当下就滚下山去。他说他不认这个合同,不当这个冤大头,也没有这份儿善心。他后悔当初听了五奎的话,他要跟杜振山拼了。五奎拉不下劝不下,就那么当屋里给癞头下了跪,说是求他看在几十年老交情的面子上万不可闯下祸事来,说再让他最后试一回,去找找杜振山看合同能不能改一改。这一晚一伙人直闹到大半夜才睡下。这一晚再没有人讲那些荤事儿,连黄狗也是悄声悄息的。

顺着垄头走到昨天干活的地方时,癞头忽然又来了火气,发疯一般把镰刀挥起来,朝着谷穗横劈竖砍,一边砍一边祖宗奶奶地乱骂:

"日他的祖宗!这都是给哪个龟孙子干呢?这都是给哪个王八蛋割呢?日他奶奶白扔这一年的血汗!老子吃不上,谁也别想吃,老子赚不上，谁也别想赚！"

随着那把凶狠的镰刀，谷穗谷秆七零八落四下横飞。福儿呆呆地看着不去拦，也不敢劝。他不知道那把镰刀会不会转过来劈在自己的身上。突然，癞头血红着两只眼对福儿狂喊：

"你个龟孙看啥哩？过来，把谷穗都给我拾起来！"

福儿慌忙走上去，他又挥起镰刀用镰把子照着福儿的屁股狠狠给了一下，福儿"哇"地怪叫一声。

"你狗日还是挨得轻！土改那会儿，你爷爷连红火箸也挨过。快拾掇！"

福儿哭起来，一面落泪，一面又把落上泪的谷穗一个个拾到怀里。

癞头又骂："你有啥哭头？你一不赔本儿二不赔钱，你也是杜振山弄上来的累赘。五奎真他妈瞎了眼，这一辈子跟上他不知倒多少运！"

福儿想忍住泪，可怎么也忍不住。全家人都在背后看着呢，全都是眼睁睁的，却没一个人能帮助他。在这些眼睁睁的眼睛里，福儿分明认出了母亲的眼睛。妈的脸上正有一行眼泪在流下来。母亲害过一次眼病，病得很厉害，病好以后就只剩下这一只眼睛会流泪了。这只会流泪的眼睛和她那个带瘩子的奶子都是在左手边的。那一次，福儿因为接到一封红盼儿写给他的信，父亲便从学校里把他抓回来痛打了一顿。父亲打，福儿叫，母亲就是这样站在背后落泪，就是这样一行眼泪不断线地挂在左边的脸上。爸打完了，妈就把自己搂在怀里，搂在怀里又拧自己的脸，一边拧，一边骂："小祖宗，小祖宗，红盼儿她爸是主任，你不想活啦，你不想叫家里人过啦？"拧着拧着忽然就推开福儿，一个人坐在地上号啕起来。福儿一辈子也不会忘记那张披头散发，只挂着一行泪水的脸有多么绝望。福儿扑上去给妈跪在地下，说他这一辈子再也不回学校去了，他再也不想上学了；说他现在恨死红盼儿了;说他对不起爸妈,对不起哥姐,也对不起为了自己提前退学的妹妹……妈又把他搂住哭,哭得天昏地暗……

猛地,屁股上又是重重的一镰把,耳朵边上又是恶狠狠的斥骂:"不许哭!"

忽然间,福儿两眼发直兀自喊了起来:

"别打了,我不敢了,再不敢和红盼儿说话啦……是她先找的我……我不上学了,不去学校啦……"

癞头先是一怔,接着就被福儿直愣愣的眼神震住了。一时间弄不清是自己出了错,还是福儿出了什么错。直到福儿又把那些话直愣愣地说了几遍,癞头才猛然省悟过来福儿这是犯病了。福儿家里出事的时候,他就犯过一次疯病。癞头只是影影绰绰地知道一点儿,杜振山的闺女和福儿在学校里有过些什么瓜葛。可他弄不明白,这些事和眼前的谷子有什么关系。他慌慌地看着福儿,忽然心生一计,叉着腰假扮道:

"福儿,爸知道你不敢了,改了就好。改了我就不打你了。不许再说啦!"

果然,福儿乖乖地止住了。

癞头又吩咐:

"去吧,到地头上歇歇!"

看着福儿乖乖地坐到地头上,癞头松下心来,捏着镰把的手心里满是冰凉的冷汗。不由兀自苦笑道:"这下可闹好啦,请来个活神神,好好伺候吧,伺候了爷爷,伺候孙子。祖宗的,你就是永辈子伺候人的命!"

癞头把身子扑在谷子里,一气割下去,一直到把剩下的谷子都割完了才展起腰。缓步走到福儿跟前,先打量一下福儿的眼神,放下心来。而后，点了一支烟递过去，悦声道：

"福儿，来，跟叔抽一口。"

福儿笑笑，笑容里又露出平常的胆怯来：

"我不会……"

"学么，学学就会了。"

福儿接过来，抽了一口，又和上次一模一样红头涨脸地咳成一团。癞头放下心，呵呵笑起来：

"福儿，抽吧。人生在世能有几年？都照着你爷爷那个活法才算是活够本儿了！你没听'男人不喝酒，白来世上走'，烟酒不分家，一码事儿。抽吧——'抽根烟解心宽'，把烟抽足了，心里头比场院还豁亮！"

福儿似懂非懂地把这些话和苦辣的烟一齐装到肚子里去。也许是受了烟的刺激，他省悟道：

"今早晌我没干活，我是犯病了吧？"

癞头彻底把心放展了：

"犯病？你现在知道犯病了？没啥，就那么一下下倒过去啦！"

为了稳住福儿，他又响响地笑了几声，而后挥挥手：

"走，收工。"

福儿惶恐地站起来，惭愧地看着那一片摆好的谷捆，低头跟在癞头后面。路过坟地跟前的时候，福儿突然问道：

"你咋知道那个痦子？"

"啥痦子？"

"我妈奶子上的那个痦子。"

癞头骤然转回脸来扫了一眼，又看见了福儿满是惶恐的眼睛，他料定这孩子现在是清醒的。他怎么会不知道那颗痦子？那一回，杜振山领着他们一伙民兵在庙里看守"果实",满院子都是从刘坤山家里抄出来的东西:衣服、被子、掸瓶、镜子、太师椅……什么都抄得干干净净的,还又用红火箸从刘坤山的嘴里烙出来砌在影壁里的一千块银洋。人们都乐得要发疯!拷问得乏了,有人出主意:"问问老狗日的是咋睡儿媳妇的!"他们把所有的细节都问遍了,问得人人心里痒得熬不住。就在这天晚上,一伙人把那女人拉进庙里来——东西能分,人也能分!当衣服撕拽下来的时候,人人都看见了那颗又黑又大的痦子。那女人一开始还哭,后来就不出声了,一丝不挂的雪白的身子上,眼珠子似的大睁着的那颗黑痦子……这些过去的事情,现在早就和那颗黑痦子一块埋在那片坟地里,变成土,变成灰了。可现在,癞头却从福儿惶恐、固执的眼睛里,看出一丝刨根问底的仇恨来。他下定了决心,绝不再向这孩子吐出半句口风。于是佯笑道:

"狗日的福儿又说傻话,你妈的奶子只有你知道,我又没吃过她的奶水。"

福儿失望地停下片刻,而后又紧追几步:

"叔,我爷爷到底是啥样?"

"嗐,不是说啦,高个,大身坯,长脸,一脸的福相。反正不像你爸爸,也不像你。"

"我昨黑夜梦着他了。"

"又是傻话。梦——着!咋?没跟他说说话,没告给他你也在二龙戏珠种地呢?没跟他比比家具,他大还是你大?"

癞头又是一阵呵呵大笑,福儿又被这笑声逼成通红的一团。笑完了,癞头又感慨:

"福儿,说实话,咱们这一伙子捆起来也顶不住你爷爷一个人的本事。人家把二龙戏珠给了咱们,咱也守不住,到头来还是别人的。

要是你爷爷活着，有十个杜振山也是白搭。那一回，曹半县抬来一斗银洋要买这块地，狗日的，白得晃眼哩，你爷爷连眼皮子也不眨！祖宗的，一斗！"

"你见了？"

"咋没见？那天银子抬来我正在院里。你爷爷坐在堂屋的太师椅上，叫我把他那杆'汉阳造'给他扛过去。一边擦枪，一边搭话，一把黄铜枪子儿明晃晃的，他抓在手里当牌耍，嘿——神气！"

"那你们用火箸烧他做啥？"

癞头又认真地看了看福儿的眼睛，断然道：

"那是他坑的人太多，那是他的气数尽了！皇帝坐江山还有个改朝换代呢，他留下二龙戏珠也是白搭。好事情也不能叫你们刘家永辈子占喽！"说到这儿癞头回头朝那片坟看了一眼，"人一死，全都是白搭！狗屁也占不上！"

福儿还想问，却被癞头断然挥手挡住：

"算啦，不说了！"

癞头有些担心，他拿不准这么说下去，刘坤山的这个孙子会不会再犯病。冷丁，他想起半夜里的那棵老柳树来，不由在心里将信将疑地嘀咕：

"祖宗的，有人上吊，有人犯疯，有树说话，这二龙戏珠成了鬼场子啦！"

而后，又疑疑惑惑地朝那一片坟回头打量，"一下子就是五口人，这一家子死得太恶煞！"

"叔，你说啥？"

"啥也没说。"

"那个瓶子我洗了，洗得干干净净的！"

"啥瓶子？"

"就是那个装麻油的'1059'瓶子！"

骤然间，癞头惊出一身的冷汗来。他不知道这个孩子怎么就一眼猜透了自己的心思。福儿又兀自说下去，急冲冲地像是在和谁争辩，又像是唯恐谁不相信似的：

"我洗了，真洗了。我朝回跑的时候，瓶子里的水还洒了我一裤子……在泉上是红盼儿先攥住我手的，我没和她说话，我抽出手就跑了……"

癞头赶忙站住，转回身把福儿的手攥在自己的掌心里，一阵阴森森的冰凉逼得他禁不住打了一个寒战。这股阴森森的寒气，把他心里好不容易才聚起来的那点儿耐心搅得七零八落。他强忍住火气阻止道：

"福儿，不许再说啦！知道了，那瓶子你洗得净净的，不是你的错儿。不许说啦！"

福儿梦醒了似的顿住，不敢再说下去。可那被强吞下去的东西，却又从眼睛里热辣辣地滚了下来……

不远处，刘家坟地里的枯草被风摇出一片急躁的晃动……晃得癞头心里一阵起火，脱口骂了起来：

"咋？晃的要咋？狗日们的有本事都出来！自己的儿自己养，自家的地自家种。我告给你们，我不是五奎，我没那些闲工夫操善心？老子不怕下油锅，你们那龟孙地场有十九层么？有十九层我去！"一面又转回来对福儿喝问道：

"福儿你是站在这儿哭，还是跟我走？"

福儿吓得禁住哭泣：

"跟你走……"

癞头怒气冲冲地车身而去，满头的癞疤被怒火烧得又红又亮，活像是个顶了满脑袋太阳的怒目金刚。

凶神恶煞的金刚背后，一步三泣，冤魂似的跟着福儿。

六

一连说了七八回，五奎还是愁眉不展地糨在门槛上挪不动身子。小五保一面拧着麻绳还在劝：

"五奎，去吧。"

"嘻——"

"嘻啥？你不见杜振山，不去求人家，那合同怎么办？要我说砍树都是小事，真赔了钱你咋办？癞头能应你？我和福儿倒好办，就是那十来八亩地，他要收回去正好，有人养活咱了。"

"七叔，我知道。不是说啦，一见杜主任，人家一问，这事你咋知道的？我说啥？那不是明明把你往外卖嘛，不是活坑人哩？赔就赔吧，这一辈子哪天不欠债来？我是愁癞头那龟孙哩，弄不好，真不准闹下啥祸事。"

"五奎，你还是去跟他们评评理去，不用担心我，我啥也不怕。我想透了，啥叫害怕？你总留着条后路你就怕。怕来怕去都是为后边的活路担心哩。细想想，后头有啥？啥也没有！最后头就是死呗。活一辈子就活了一口窝窝米汤，再活十年八年也还是窝窝米汤。没意思。说句话不怕你寒碜，连我这男人都是白当的，白长了个男人的家具，一辈子也没使唤过一回。嘿嘿，除了自己待见它，没人待见。跟我一样，是个累赘。"

五奎苦笑起来：

"七叔，啥时候啦，你还要笑？"

小五保不辩解，按照自己的思路又说道：

"五奎，我早想好了，等啥会儿我死了，你们不用破费，我也把你们累赘得够够的了，瞧见这个木桶了没？等我一死，把里头剩下的玉茭面朝外一倒，装我正合适。桦木在咱这儿也算是好木头了。"

"七叔！"

"咋？嫌我说得难听？"

"你又说死！"

"不死咋？又不是老柳树，等着成精哩？"

话不投机，两人不说了。一个还是糗在门槛上不走，一个还是坐在板凳上拧麻绳。两个笨嘴笨舌的男人又陷进木讷的僵持当中。

也许是受了刚才对话的刺激和提醒，小五保把眼睛从麻缕上挪开，朝着那个老桦树做成的木桶细细地打量起来：使的年头多了些，剥去树皮的木头上原来的那一层好看的锈红色，被日子染上许多沉重的污垢，和自己一样显得又老又丑。这个木桶是小五保带上山来的，还是当年土改时分的"果实"，是从刘坤山家里抄来分给他的。这只木桶是装面用的，不知装了多少玉茭面。一辈子没完没了的玉茭面，都是从这只木桶里掏出来的。一年又一年地把希望装进去，又一口又一口地把希望吃光。以前，他似乎是一点儿也没感觉到重复，感觉到疲劳。每年新打下来的玉茭面都是那么香喷喷的，不用在锅里蒸，只要把身子探进木桶里，那股诱人的幽香就会漫到心里来。吃下去的玉茭面，总是一次又一次地鼓起许许多多的欲望，虽然常常是落空的欲望。可只要桶里有玉茭面，那些所有的欲望就是实实在在的；不管落空过多少次，也还是会从装满了玉茭面的肚子里再生发出来。也许是落空的次数太多了，也许是衰老的肚子再也磨不动这么好的玉茭面了，他现在怎么也摆脱不了这种难耐的重复，和被这重复磨出来的极度的疲劳。自从那天上吊而又没有死成之后，这种浑身上下每一个汗毛孔里都渗出来的疲劳，几乎压垮了他残疾了的身子。一息尚存的生命，像一座大山似的压迫着躯体，压着这个吃过许多玉茭面，这个曾经负载了它几十年的越来越失灵的身子。他实在是累了，实在是想停下来歇一歇。如果有可能，他实在是想找一个人来替换一下自己。现在，这个苍老的木桶安安静静地放在灶台旁边，就仿佛一个暗红色的诱惑；躺在里面了此一生的想法，简直就是一个十全十美的结局。现成现用的棺材，连漆都不用漆，他实在想不出能比这更好的结局了。这个暗中打定的主意，像手中的纺锤一样在心里飞快地旋转着，可他那张专注的脸上却看不出半点儿的异样。他把嘴角里叼着的麻缕一点儿一点儿加进去，有些极细碎的微末从麻缕上甩脱下来，落在清澈的阳光中升沉往复。由于有屋中暗影的衬托，它们这种隐现相继的漂浮就显出一种难以捉摸的诡秘。在这诡秘的上面，是小五保那张苍老而又略显浮肿的青黄的大脸。这张脸上，只有微微扇动着的鼻翼透露了一点儿心底的秘密。慢慢地，小五保终于把那些旋转着的激动都死死地拧到麻绳里去了。这场终于平服了的激动让他松下一口气来。随着一个深深的叹息，他本来就不那么灵便的身子，更委顿地放松在嘎嘎作响的板凳上。平息了一阵之后，他忽又振作起来给五奎打气：

"五奎，你要实在一个人不愿去，我也去。你背上我，咱给他来个当堂对证，就不信能把黑的说成白的。"看看五奎不动，他又激道，"你真是窝囊死了。再说这果园子里又不光只有你一个人的利，四个人呢。你都能替喽？你总不能拉上别人都跟你一个人赔钱吧？他杜振山是长角了，还是长鳞了，你怎怕他？他不吃人饭？就没比他大的官啦!不行咱就上县上省!秦香莲一个女人家还敢上公堂哩。就不信天底下都是秦桧,就不信碰不上个黑老包!"

这一段慷慨激昂的话,果然有了反应,五奎把腿一拍:"扯了龙袍也是死,走——!我给咱试试去,他总不能不讲理吧?他活,也总得叫别人活吧?他想赚叫他赚去,咱不和他争了还不行么?"

说了这一通,他又有些为难地问:"七叔,你不怕?"

"不怕。"

"真不怕?"

"真不怕!嘿呀五奎,你真比个老婆家还麻烦哩!走走,背上我,上刀山,下油锅,我顶着!"

五奎不再说什么调头便走。憨实的背影一步一步在下坡的路上降下去,把上午的太阳和小五保高高地留在了台地上。

看见五奎走远了,小五保如释重负地长长吐出一口气,一面放下了手里的麻绳,搭锅,生火,舀米,而后盖好蒸笼,又细细切了半碗咸菜,打量了一番灶台,拿来一块肮脏的抹布,蘸着些洗菜的剩水,把锅台、笼盖擦抹得生出些光亮来。而后,又用糜子苗扎的笤帚把屋里细细扫过一遍,把擦后留下的脏水匀匀地撩在地上。经过这一番拾掇,屋子里竟也生出几分清爽来。小五保满意地笑笑,笑罢,又坐在小板凳上,熟练地把麻绳一股股地合拧起来。很快,一根四五尺长、小拇指粗的麻绳青蛇似地盘曲在身子下边。微微泛着暗绿色的麻绳上,麻缕的香味和沤麻时留下的腐味混在一起,隐隐地渗散开来。小五保拿起新绳用满是茧子的手狠狠捋过一遍,这下绳子变得滑软了些。小五保又满意地笑。全村人都知道小五保合的麻绳匀溜、结实、耐用。村里的婆姨们纳鞋底的麻绳都是到他手里来讨,也只有在这个时候,他才能在近处闻到女人的气息。为了这个目的,他的屋里永远都有一两把拧好的细麻绳在等着女人们,就像是诱人上钩的鱼饵。背地里小五保为自己的狡猾,也为女人们的贪心不知偷笑了多少回。可现在,他用不着再等谁,也用不着因为偶尔碰上沁凉尖细的指头而脸热心跳了。他只感觉到一种刻骨的疲劳,一种叫人灭绝了所有欲望的疲劳。他迟缓地抬起短短的手臂,周身上下拍打了一遭,拍打出许多尘土和许多刺鼻的汗腥气来。腿上的这条棉裤,他已经记不清有多少年没有拆洗了。现在他才认真地意识到了自己的粗心。他本来是可以用那么多白白送人的麻绳"钓"来一个婆姨,替自己拆洗拆洗的,不知怎么,竟没有想到。棉裤上那些油渍汗迹,和一圈一圈洇出来的白花花的尿碱,忽然给了他一点儿说不清的遗憾。他伸出手去,徒然地用污黑的指甲刮了一阵,只好又放弃了这种努力。然后,他想起狗来。像上次一样,他又从瓦盔里取出一个完整的窝窝,又一块一块地细细地掰碎在狗面前,拍拍手,把黏在手上的碎末弄干净。然后,稳稳地走出门来。门外,高远的晴空,浩荡的山风,逼得他把本来就小的眼睛眯成两条窄窄的缝。他停下来,仰起那两条窄缝。这张永远得仰着说话的脸,不知曾经接受了多少男人女人大人小孩的鄙夷,可现在,它却被阳光印满了温暖。他觉得外边的这个世界似乎是知道他要去做什么,似乎是在期待自己把上一次没做完的事情做到底。他深深地放开胸脯,把风吸进到肺里来,从里到外,无不感到一阵快慰的抚摸。他没有再迟疑,仿佛是去做一件很普通的事情,仿佛是风风雨雨几十年里,无数次的劳作中的又一次劳作。他转向屋子西边的土坎,很吃力地爬上去。昨天,他和五奎一起来烧香跪拜的时候,在老柳树弯腰的地方看中了一根新长出来的树杈。新杈有胳膊粗细了,皮上的绿色还没有褪下去,就那样从老柳树灰白龟裂的身上像一个奇迹似的突兀着。他把绳子举在眼前看了看,那股熟悉的麻香和腐味又亲切地扑到鼻孔里来。

他有几分自豪地料定：村里的婆姨们从此再也别想用上这么好的麻绳了。然后，把青蛇似的绳子甩上去，挽好。然后，用力试了试，很牢靠，这一次保险不会出岔了，这个地方选得比上一次好多了。狗正在屋里吃窝窝，癞头和福儿干活还没回来，五奎被自己激回村去了。剩下的就是这永辈子也不变样的天和地了，就是这些永辈子都一模一样的山和镶在山坡上的地了。一切都是烂熟的，就像一篇没有悬念的平淡的故事，一眼便看穿了。他努力踮起脚尖，轻轻闭住眼睛，把滑软坚韧的麻绳在脖子上套好。然后，轻轻收起脚来，脑子里又是那熟悉的一"黑"、一"嗡"。接着，苍老的生命便从他余温尚存的躯体中惭愧地退了出来……不知怎么搞的，原来绾着的腰带突然松开了，肥大松垮的棉裤从腰上软软地脱落到膝间，一堆破布似的堆在一处。污垢遍布的赤裸的身子顿时暴露在光天化日之下，污黑的一团当中，萎缩着他那个一辈子也没有使唤过一回的男人的器物。也许是受了冷风的袭击，挂在树杈上的身体猛然一阵骇人的悸动。随着这阵悸动，一股焦黄的水从那个男人的器物中喷射而出，在蓝天白云之下划出一道潇洒的弧线。接着，这道彩色的弧线，又在自由的下落中散射开来，灿烂的阳光把它们幻化成一片美丽的光斑，朝着土坎下边干燥焦渴的土地投落下去……

七

当面如土色的福儿浑身乱抖着把癞头和黄狗带到西山墙边的时候，癞头顿时跳着脚骂了起来：

"小五保，你狗日的说话不算话！你不是不死么？你个驴日的倒图了个方便便宜，你有钱么？叫谁埋你？死了还要坑别人么？咋你不早死？咋你不死到杜振山家院里？我日你一万辈儿的祖宗！"

福儿哭道："叔，别骂啦，别骂啦，快救救他吧……"

"老婆"箭一般地蹿上土坎，围着小五保赤裸的尸体疯狂凄厉地叫成一团。它似乎是意识到了自己的失职，似乎是回忆起了两天前那个似曾相识的场面。那一次，主人也曾给自己掰碎过一个整整的窝窝在面前。它的尾巴抖着，晃着，焦急地拂在主人身上。可它不知道，这一次和上一次完全不一样了，小五保赤裸的身子在凉风里早已变得木头般地僵硬。瓦蓝瓦蓝的晴空里，梦似的飘着几朵白云，山野间一派秋天恬静温柔的成熟，一行雁阵排着一字，从这成熟中高远、单调地划过。在阵阵山风的鼓荡下，僵直的尸体微微地晃动起来。突然间，那个苍老、低沉的声音又阴森森地从土坎上传下来，一长一短，接着又是一长一短：

"福——儿，福——儿。"

福儿的眼珠猛然不转了，他分不清这声音是老柳树发出来的，还是光着下身的那个吊死鬼发出来的。他觉得像是有什么东西被从骨髓里抽了出去，两腿一阵瘫软，接着，便有一股温热的水顺着两条大腿的内侧烫人地漫延了下来，鞋底和裤管下的黄土被打得一片精湿，直到这时，他才死而复醒似的喊了一声：

"它又叫我啦！……"

癞头也分明听见了那个声音，满腔怒火陡然万丈，退回几步从墙根下抄起劈柴的利斧，忽剌剌地朝土坎冲上去，转眼间来到近前，雪亮的斧刃在半空里划出一个凶狠的半圆，喀嚓一声，那枝老树干上突兀着的绿臂被齐崭崭地贴根砍断了。这断了的肢体带着零乱的绿色，带着小五保僵冷的尸体訇然坠地,在土坎的边沿上荡起一阵烟尘,随即又从陡直的土壁上重重地摔了下来。

"五保爷——!"

福儿惨叫一声,捂住了眼睛。

土坎上疯转着的"老婆"冲到土壁的边上朝下狂吠一声,一扫往日的慵懒,认定是这个拿了斧子满头癞疤的恶汉伤害了自己的主人。随着嗓子里一声凶残的低吼,它箭一般地扑向癞头,尖利的犬牙眨眼咬进癞头的小腿。癞头一声痛喊,把另一条腿死命朝"老婆"的肚子踢过去。这一脚踢得太狠,踢着了"老婆"肚子里还没长成的娃娃们。随着肉体碰撞肉体的闷响,"老婆"尖叫着滚了一个滚。疯狂的癞头趁势又杀气腾腾地把斧子猛劈下去,"老婆"勉强闪过,跟着一阵尖利哀绝的呜咽,半条黄灿灿的尾巴惊心动魄地抽动着滚落在老柳树的脚下……

癞头指着逃远的黄狗又骂:"你狗日也是白吃饭的累赘,我今日非宰了你!"

骂完了狗又朝下凶神恶煞地喝道,"福儿,你还愣着干啥?去把小五保的铺盖拿来,收尸!这地方成了鬼场子啦!"

听到呵斥,魂飞魄散的福儿慌忙就跑,可脚下刚刚打湿的黄泥却把他狠狠地摔倒了。等到慌慌张张再站起来时,两行殷红的血从鼻孔里淌了出来,他顾不得去堵,随手胡乱抹了一把,面如土色的脸立时变得血淋淋的如小鬼一般可怖。

抱来被子,又拿来镰刀,当癞头把割断的绳子取下来的时候,在小五保的颈项上看见一道紫黑的印子凹陷在肉里。他对福儿挥挥手:"抬。"

福儿手足无措地不敢上前来。癞头又催促:"怕啥?抬。抬脚!你打算留他在院里跟咱睡呀？"

福儿硬着头皮走上来，尽量不去看脸，不去看那道紫黑的勒印。等到把小五保安置在平铺的被子上后，他问道："咱把五保爷抬到哪儿去？"

"抬到炕头上，挨你睡！"癞头一面烦躁地应着又四下打量，朝着房脊背后露出来的土崖仰起下巴："走，去那两孔烂土窑。"又拿过镰刀，"我去割条路。"

不一时，屋子背后一人多高的蒿草晃动起来。等到他们在废窑阴湿的土地上把小五保放下，又顺着那条镰刀开出来的小路，从逼人的蒿林里走出来的时候，福儿突然在土崖顶上看见了"老婆"哀怨而又仇恨的眼睛，他赶忙拽拽癞头的后襟：

"叔，你看。"

"看啥？"

"'老婆'在那儿哩。"

看见黄狗，癞头又指着叫骂："'老婆'，你狗日的好生在这儿看着你男人吧。要是让野物啃了，看我不扒你的皮！"

仇人相见，黄狗的嗓子里又响起那个凶残低沉的吼声。

福儿又拽拽癞头："叔，别骂啦，它难受。上回就是它救的五保爷……"

高高的黄土崖上，是空得叫人眼晕的天，真高，真远。紧擦着崖畔，稀疏的茅草丛里露出来"老婆"半蹲半坐的身子，孤零零地，把哀怨和仇恨高高地举在蓝天里。尾巴上和肚子里的伤痛逼得它一阵阵地抽搐，每抽一阵，它都要把头痛苦地弯伏下来。鼻子一酸，福儿落下泪来。记着早晨的教训，癞头不再搭话任他去哭。待又走到老柳树跟前的时候，癞头停下来，给老柳树磕了一个响头，说道：

"今天砍了你的枝子,不能怨我,怨你把我们的人吊死了。"

说完仍旧跪着不起身,气闷闷地半响不语。四下无音,老柳树声息全无地弯着腰,半腰间那个深深的空洞越发黑得深不可测。福儿害怕地央告着:"叔,咱走吧。"

忽然,癞头回转头来阴冷地笑道:"福儿,小五保是替死鬼。你爷爷在这儿收魂儿呢,你没听他福儿、福儿地叫?你们刘家的魂他都要收,都收到二龙戏珠和他住在一块儿他才歇心呢!"

嗓子眼里又干又硬,刚才尿湿的裤腿凉冰冰地在腿上贴着,冻得福儿一阵哆嗦,他傻呆呆地说不出话来,眼珠又定定地不转了。

"这老东西心太黑,给他扛过活的伙计们他也要收。我看不离开二龙戏珠这块地,早晚都得叫他收了去!这块地是你爷爷祖传的,姓刘!"

突然,癞头劈面揪住福儿的胸襟,厉声厉色地喝问:"福儿,你说,那个瓶子你洗了么?!"

福儿又像早晨那样语无伦次地争辩起来:"我洗了,那个瓶子我洗干净了……我朝回跑的时候水还洒了一裤子……是红盼儿先拉住我的,我没敢和她说话,一句也没敢说……爷,爷,你不用再叫了,我怕你……"

癞头对老柳树转过头去,面对面地对质道:"老东家,听见了吧?那件事是福儿自己做下的,冤有头债有主,怨不得别人!你这块地是杜振山那龟孙要占呢,有什么话你和他说吧!"

说完他拍拍裤腿上的尘土,拉起福儿的手:"走,塌下天来也得叫人吃饭!"

还是窝窝米汤,还是咸萝卜条子,两个人沉闷不语,默默地嚼着,把小五保生前最后留下的一点儿痕迹吞进肚子里去，屋里一派贪婪的吞咽之声。刚才，癞头和福儿商量要回村去报信，福儿吓得又哭又喊，他只好作罢，只好等着五奎回来。涮了锅，洗了碗，又抽过几支闷烟，两个男人干干地挺在炕头上无话可说。看看福儿的精神比刚才好多了，癞头推推他。

"福儿，哑巴啦？说话呀。"

"五保爷真恓惶，临死也没再吃口窝窝米汤……"

"不许提那老狗日的！你还嫌不丧气？他平日还是骂得你轻！"

福儿只好委屈地闭住嘴，癞头又推道："说个荤事儿吧！"

福儿红着脸缩缩身子："我不会……"

"这有啥会不会的。就说说你和红盼儿的事。"

"红盼儿她爸骂我，说是再和红盼儿说话他就骟了我……"

癞头一阵大笑："他敢？你给他把红盼儿的肚子睡大了试试，狗日的欢欢儿地得把女婿迎进门里！脸红哩，红啥？你又不是小五保，你那家具是管看不管用的？日他个龟孙！"

福儿不回话，眼睛里忽然又看见了哥哥结实的屁股和粗壮的大腿，看见了压在它们下边的姐姐的又瘦又白的身子……那天，他刚从一截橡树墩上掰下一大片黑木耳来，忽然就听见姐姐远远地叫了一声。赶忙跑过去，没有跑到跟前就被那丛樱桃拦住了，拨开樱桃枝自己就吓呆了。手一松，树枝猛又弹了回去，满枝子繁密的樱桃血珠子似的猩红猩红地铺满了一地……癞头说哥哥不是哥哥，哥哥是爷爷种下的种儿，可他实在不能把爷爷和母亲联在一起。他想不出，也不敢想，在爷爷高大的身坯下边，母亲那张只挂着一行眼泪的脸是什么模样……骤然间，一股强烈的仇恨从他的惶恐中爆发出来：

"叔，你们是咋烧的？"

"烧啥？"

"咋用火箸烧他的？"

癞头警惕地看看福儿："福儿，又犯病了吧？"

"没有……我好好的。"

"福儿不用怕，有我哩。今黑夜咱给老柳树底下摆上马灯，点一宿，看它狗日的还敢叫你么？"

"你们烧他，他叫么？"

癞头又警惕地看看："叫。咋能不叫？人身子都是肉长的，你爷爷也是人么。算啦算啦，不说这些淡话！睡觉，睡觉！"

说完癞头又朝被摞里拱了拱转过了身子，只一会儿，鼾声便打雷似的响起来。

福儿睡不着，平日塞了满脑子的疑问，这时又像风车似的转成一团乱麻。他越来越压不下去从这团乱麻中恶魔似的升起来的恐惧，他总觉得小五保和那棵老柳树马上就会从门外拖沓拖沓地走进来：小五保仰着他那一道怕人的紫印子，老柳树举着它那个白生生的露着骨头的断臂……他溜下炕，用一张铁锨把门顶住。过了一会儿仍不放心，索性自己搬了小板凳背靠着门坐下来。忽然，他觉得有人的鼻息从耳朵背后沉重地吹了进来，惊惧地转过脸时，却看见一道裂开的门缝，和难受地夹在门缝里的一线蓝天。四下里静得出奇，有一撮泥土从屋顶的椽子缝里轻声轻息地落下来，在安静中荡起一缕诡秘的烟尘。福儿朝癞头看看，只见癞头半张着嘴露出几颗黄蜡蜡的板牙，一线口水正黏黏地从嘴角里连到被摞上，几只苍蝇叮在那个癞疤遍布的脑袋上贪婪地爬来爬去。福儿不由就想：他要是死了肯定也是这个样子，肯定也是半张着嘴露出这些个黄板牙……接着，一阵寒战从骨头里抖了出来：爸爸和哥哥爬在小桌两边，妈妈和姐姐倒在灶台两边，妹妹一个人挣扎到门槛上，一家人横七竖八，屋子里到处都摆满了死人的脸……福儿突然觉得在那一片狼藉之中也躺着自己，也摆着自己的一张白脸。随着一阵呻吟，他推开小凳，拉开屋门，从恐怖中跌跌撞撞地栽进到屋外的阳光里来。半敞的屋门魔窟似的张着黑洞洞的大嘴，癞头呼噜噜的鼾声活像一头没有吃饱的野兽在哼哼。西斜的太阳温暖地托住了失魂丢魄的福儿，在他眼前晃出一派辉煌的金光。一声呼唤，下意识地从福儿的口中被金色的阳光诱惑了出来：

"妈……"

紧接着，涔涔热泪淹没了他那张瘦弱惶恐的脸，斜射的阳光把它们幻化出一派耀眼的斑斓。

不知哭了多长时间。

等到哭累了的福儿终于平息下来，从湿漉漉的衣袖上抬起脸来的时候，山野间已漫上来一派宁静的阴影，衬着暮色，土坡上那株老柳树越发显得凶恶狰狞。冷丁，那只烧得红通通的火箸烫到意识中来，一个决心在暮色的宁静中迅速膨胀了起来，内心的冲动把他那张尚未成熟的脸逼得一片惨白。他犹豫着，同时又积蓄着勇气，终于，铁青着脸朝场院走过去。走到麦秸垛跟前脱下自己的布衫，把麦秸一把一把撕拽到布衫上，而后压实，用衣袖死死地系牢，又冷静沉着地爬上土坎，走到老柳树下，一把一把地将麦秸朝着那个深不见底的树洞塞进去。然后，再回到场院，再把麦秸塞进去。直到麦秸再也塞不动的时候，福儿停住手，满意地笑起来。接着，从屋里悄悄地取出火柴来到树前，随着嚓的一响，一朵红色的火苗天真地被福儿举在了脸前。火光中显出了福儿那张尚未成熟的脸，宁静，无邪，有如头顶上这无欲无言的苍天。有几粒雪白的牙齿在这张脸上灿然露了出来，接着，一暗，火苗投进了树洞。随着一股浓烟，金红色的火蛇在老柳树的胸膛里劈劈剥剥舞蹈起来，烟和火顺着它苍老衰败的肌体蹿上去，又从那些数不清的裂缝和孔洞中升腾起来……像是在看一个什么庄严的仪式，又像是在等待一个什么辉煌的结局，福儿一动不动地在树旁伫立着，仿佛地老天荒之中走出来的童颜仙子……老柳树无声地忍隐着胸膛里的熊熊烈火。它不知道，它这古老的身躯正在这场神奇的燃烧中也变成了一个痛苦的神奇；火如彩练，烟如祥云，一向匍匐在脚下默默地向它供奉着的肃穆的群山，被这眼前的图景震惊了。它们弄不懂这是一个怎样的神奇，这又是一个从哪里飞来的神奇；它们没能从神奇中获得启迪，却不约而同地陷入了深深的恐惧；群山无言，暮色如晦，死一般的寂静中，孤独地燃烧着这个孤独的神奇……忽然，从那被烧薄了的胸膛里发出一阵坼裂。接着，那个不知弯了多少岁月的腰"喀嚓"一声断裂开来，整个树冠一阵痉挛，随即悲哀地朝着土坎下边扑倒下去。拦腰折断的树干里无数火星冲天而起，眨眼间泯灭在浓重的天幕里……

从土坎上走下来的时候，福儿又回过头朝老柳树看了一眼，看了一眼，却不由得惊呆了：高高的土坎上，剪影似的突兀着老柳树烧剩下的残肢，那个本来深不可测的树洞依旧留在了残肢上，一片浓重的暗蓝裹着太阳最后一线余晖，从这圆圆的树洞里透射出来，活像是一只巨大的眼睛……福儿迷惑地与它对视着，猜不透它为什么这么深情，这么哀怨，又是这么仇恨。他觉得它似乎是要对自己说点儿什么，他觉得自己之所以转回身来，似乎是受了它的召唤，蓦地，一颗新起的星星跌落到这只眼睛中来，一眨一闪。禁不住热泪狂涌而下，福儿刹那之间，忽然醒悟了；他眼前分明看见了母亲那个只挂着一行眼泪的眼睛；分明看见了叠压在爷爷又高又大的身坯下边的那张孤独绝望的脸。随着一个呻吟，刚才被夕阳诱惑出来的声音，这一次却被福儿真真切切地喊了出来：

"妈——！"

两膝一软，福儿原想迈出去的腿却跌倒在土地上。

半敞的屋门内，癞头酣睡未醒，呼噜噜的鼾声打鼓似的传出来。

屋后的土崖上，鬼灯似的闪着"老婆"两只绿莹莹的眼睛。

群山无语，万籁俱寂，吕梁山死死地沉睡过去。

八

太阳快要升起来的时候，"老婆"在崖畔的荒草窝里生下三只尸体来。它弄不大明白眼前的悲剧，仍旧照着本性依偎过去，把长长的舌头伸出来，在孩子们的身上认真地舔着。柔和的晨光中，有无比的柔情和爱意正从它的眼睛里流泻出来。它把这些情和意都集中在舌头上，耐心地，一丝不苟地舔遍了孩子们的身体。叫它失望的是，这三个血肉模糊的肉体并无反应，也不曾给它送来半点儿交流的信息，而且，那些从它的身体中带出来的温度，正在沁凉的晨风中一点一点地丧失干净，渐渐地，变得冰冷而又僵硬。"老婆"不由得烦躁起来，嗓子里发出些含混的声音，不断用爪子和鼻子翻弄着孩子们。而后，忽然停下来，仔细地朝着它们打量一番，毅然又卧下去，把孩子们护卫在自己温暖的身体下面。执着的柔情和爱意，又从它的眼睛里执着地流泻到晨光中来……似乎是为了安慰这个执着的母亲，吕梁山缓缓地，不慌不忙地，把自己的儿子在东山顶上从容地生了下来：初升的太阳带着新鲜的血色，带着几分娇弱，被包裹在朝霞的襁褓之中。于是，吕梁山温厚地微笑起来。金色的霞光和"老婆"黄色的皮毛，在崖畔上辉映成绚丽的一片。

渐渐地，太阳的温度又把"老婆"弄得烦躁起来，奶子胀得很痛，嘴里又十分干渴，想喝水的欲望把它折磨得非常难熬。如果在以前，它只要纵身跳下土崖，跑到那座土房子跟前，用鼻子拱开门板，在离水缸不远的地方就有一只属于自己的石槽，在这个石槽前就可以痛饮一番。可现在不行了，现在它对那房子，对那房子里的人只有怨恨和敌意。下边的这个土洞里，躺着自己原来的主人，凭着从那床烂棉被里透出来的气味，它断定这绝不会有错。可它不知道为什么这主人竟是如此的贪睡，竟睡得这么死。那个满头癞疮的恶人挥着斧头剁下自己半截尾巴来的时候，这主人也没有任何表示。现在，它只好拖着受了伤的身子，在不该生产的时候生下了孩子们。它在这块土地上不知跑过多少次，嗅过多少次。它知道，现在要喝水就必须跑很远，必须顺着土坡一直下到沟底。在沟底的灌木丛里有一片覆满了苔藓的烂泥，烂泥的中间有一汪泉。到了秋天，烂泥和清亮的泉上就会落满了一层火红或是金黄的叶子。泉水染了叶子的香味，喝进去沁凉透脾，会觉得满目都有些火红和金黄飘摇起来。现在，这些火红和金黄旗帜般地在"老婆"的眼前诱惑着，它几次把渴望的眼睛扭向泉水，又几次把这渴望毅然收了回来。做了母亲的本性在告诉它，它得忍住饥渴，得等着孩子们醒过来。可是它已经等了太长的时间，它已经把它们翻弄了许多次，每一次，那些僵硬的肉团都只能激起它更多的烦躁和失望。太阳越来越热的光线针似的刺激着它，把它的耐心一点一点地消耗到了极点。干渴的火焰再一次地把"老婆"从草窝里烧烤得站了起来，它又用爪子和鼻子把孩子们拨弄了一番。刚才的血腥味现在已经隐隐地透出了一点儿臭气，三个肉团却照旧毫无希望地僵硬着。也许是被失望深深地刺伤了,也许是被饥渴煎熬得再也无法忍耐,"老婆"突然兽性大发,嗓子里又发出了那种凶残低沉的怒吼,锋利的爪子又飞快地拨弄了一番。猛然间,它露出雪白的尖牙,朝着离自己最近的一个肉团凶狠地咬了下去。一眨眼,那一块刚刚从自己肚子里生出来的生命,又被自己吞进肚子里去。"老婆"伸出血红的舌头在嘴唇上舔了舔,随着嘴的张合,颔骨上的肌肉贪婪地上下滚动。它愤怒地扭过身子,对着吕梁山投出哀怨仇恨的一瞥。接着,毅然窜下土坡,箭也似的朝沟底的泉水奔去,杂沓的奔蹄上边,触目惊心地摇摆着那条只剩下半截的伤尾巴。

跑到沟底的时候,突然碰上了迎面而来的五奎。五奎朝它叫喊:

"'老婆'!慌慌地跑啥?"

"老婆"急煞住脚步,躲进一蓬灌木丛,隔着零乱的树枝怀疑地打量了一眼,随即冷冷地掉头而去。它已经打定了主意,决不再回到这个地方来了。待一会儿,喝足了水,恢复了力气,自己一定要离开这里,跑到一个很远很远的地方去。

九

五奎没有想到自己的谈判竟是如此顺利。当他把小五保说出来的底细当面捅破的时候,杜振山竟笑了起来。随后,他召集几个干部商定:今年情况特殊,合同可以改,交不够的款子可以免交,钱可以不赔。但是果园子再不能让原来的几个人承包了,队里要重订合同,重新标价,重新找人来承包。五奎领了新决定,千恩万谢、欢天喜地地往回返。往后的事只好不管了,眼前不赔钱就算是拾了大便宜,起码在癞头面前能把话说通了。可五奎万万没有想到,在二龙戏珠上等着自己的竟是这么一个天塌地陷的局面。哭了整整一个早晌,他才终于缓过气来:

"别的都不说啦,埋人吧。"

"一个子儿没有,拿啥埋他?"

"砍树。"

"砍树?呀呀,太阳从西边出来啦!"癞头一面叫着又质问:"你刚刚和人家说好的事情,现在反过来又砍树,出了事情谁顶?人家要是罚款罚谁的?"

"罚我。我顶着。放着一条人命还顶不起这些不挂果的老树么?咋,受苦人一辈子吃不上好的,穿不上好的,临死还不叫睡口棺材么?七叔倒是自己说了,让用那只桦木桶埋他哩。这种事情能做么?做了还算是人么?缺德!我不能缺这个德!当初他上山是我背来的;我管,要杀要剐随毬便吧!"

说着,喊着,五奎又流下满脸的乱泪。

癞头不再说什么,拖出磨刀石霍霍地磨起斧头来。一面磨,又指使道:"福儿,去席底下把那把锉拿出来,把锯也拿过来!"

福儿爽快地应着,麻利地跑着,又提起自己的话题来:"叔,那老柳树一烧,就不会说话啦,以前保险是风吹树洞响哩!"

癞头挥挥手:"麻毬烦吧,说了十八遍啦!干活!"

种了几十年的树砍起来很快。只花了两晌工夫,几十株苹果树便都砍光了,只剩下几棵新栽的树苗,孤零零地散留在空荡荡的山地上,五奎不由得辛酸起来。

"福儿,你瞧瞧这些树苗,和你一样,没爹没妈恓惶死啦,往后还不知是归谁哩，往后还不知能活不能活……"

癞头冷笑道："寡的伤心！不怕白了头发？"

五奎不回话，兀自叹息了一阵又一阵。他暗自下定了决心，这一辈子再不来这二龙戏珠，再不摸这儿的一寸土。看着自己种了养了的树们又都死在自己手里，心里疼得淌血，只觉得是自己害了它们，杀了它们。这一辈子，他忘不了眼前这一幅尸横遍野的惨状。他在心里哀求着："别恨我……往后，能给我托个梦么？……"

卖了木料后的一个早晨，太阳又从东山顶上升了起来。若是站在高处你就可以看见，有两条窄窄的山梁从吕梁山灰黄的主脉中分了出来，坐北朝南，环抱了一块小小的台地。很多很多年以来，人们说那是块风水宝地，称它作"二龙戏珠"。原来"龙"是绿的，有树。后来树伐光了，"二龙"就是黄的。现在果树没了，"龙"和"珠"都是黄的。早晨的太阳缓缓地升上去，无动于衷地停留在那个君临万物的位置上，冷冷地看着"龙"和"珠"淹没在灰黄的山海之中。

1987 年 12 月 27 日于新居

天上有块云

歇牛的时候,他摘下粪筐箩扣在地上当枕头,就那么不管不顾地躺在牛的旁边。黑眼窝在反刍,一口一口地把昨天晚上咽下去的干玉菱叶,咕咕有声地反吐到嘴里,有滋有味地咀嚼着,尾巴悠闲地摆荡着,身子一动,脖子上的牛铃就丁丁冬冬悠远地响起来。一条山川几十里,星星点点地散落着开耕播种的人们,散落着许多悠远的牛铃,和也是悠远的吆牛的喊声。他就想起苏东坡来:

西崦人家应最乐,
煮芹烧笋饷春耕。

身边的小姑娘忽然就叹了一口气:"我真快熬煎死啦!"
"怎么了?"
"你看根娃傻成那样,连一群羊也数不清,每天出坡还得叫他爸爸给数。跟他结婚寒碜死人啦。"

"那你不会不跟他结婚。"

"我爸不行。我爸接下人家的彩礼了。"

暖融融的阳光里弥漫着新翻出来的泥土的气息，黑眼窝深情的大眼睛凝视着悠远的山川，依稀的山岚把远处的群山洇染成淡淡的灰蓝色。他回答不了她的问题，因为他不是她爸。他只好岔开话题：

"你说这风景好看吗？"

"啥风景？"

"从咱们这儿一眼能看出几十里地去。"

"那就咋啦？见天一出门就是这些山。这一辈子要是能从这大山里熬出去才算是福气。你说么？"

他还是回答不了，只好又岔开话题：

"你瞧，天上有块云。"

她抬起头来。真的，天上真有块云。白白的，小小的，可可怜怜的。

"我爸说，不结婚就打死我。"

他笑了："那是吓唬你。"

"才不是哩。他打牛能把棍子打断了，狠得能杀人。"

她爸是队里的牛倌。他见过她爸爸打牛。把牛关在栅栏里用荆条抡圆着打，打得牛哭着满圈跑，撞得栅栏山摇地动地响，荆条呜呜地兜着风，一边打一边骂，非要操死牛的祖宗，惊得满村子人站在门口听。村里人看不下眼去，可又说不动。老丈人说过一回，老丈人说：

"我说，你别打了，招呼打坏了牛腿。"

打牛的人就在牛圈里跳起来："我日你妈的呢，打不上老婆还不叫打牛？把人活憋死吧？"

村里人就笑，都知道这个人死了老婆十来年了，没处使劲去，憋得想杀人。

有一回，牛倌又打牛，正打得起劲，她跑到栅栏外边，跪在地上哭："爸别打啦，牛可怜的连句话也不会说，要打，你打我吧……"

牛倌猛然就停下手来，一动不动地钉在圈里，气喘得像头牛。

盯着那块白云看了一阵，她忽然就又叹了一口气："结就结吧，反正早晚也得嫁人。"说完了又为自己惋惜，"我就是看见根娃太憨，憨得寒碜人哩……"

枕在笸箩上，他朝她侧过头。侧过头去就看见她细嫩的脖子和也是细嫩的下巴，俏俏的，圆圆的。空身穿的碎花棉袄，对襟扣襻的缝隙间露出些雪白的肌肤，在眼前闪闪烁烁的。他想起来，她才十六岁，就给她出主意：

"你才十六岁，还不到法定的结婚年龄。"

没想到她笑了："啥十六呀，我是下半年生的，虚两岁，正好十八了。锁梅跟我同岁，娃娃都抱上了。你们城里人啥也跟我们不一样，连算岁数也是怪怪的。咋啦，在娘肚子里那一岁就不要啦？"

他笑了。是苦笑。把头扭过来接着看天。天是瓦蓝瓦蓝的，是那种只有春天才有的干燥的蓝色。那块云还停在那儿，白白的，小小的，可可怜怜的。他就又想起一句湿漉漉的歌词来：

蓝蓝的天上白云飘，
白云下边马儿跑。

他看看黑眼窝，又笑了，还是苦笑。哪儿有马呀，只有牛，牛身上尽是牛屎，有几只灰色的苍蝇极有耐心地躲避着黑眼窝摆来摆去的尾巴，一会儿飞到左边，一会儿飞到右边，嗡嗡地翅膀切出许多极其细碎的干燥的阳光。

她也在看牛。看了一会儿，就又叹气，很动情地看着它说：

"黑眼窝老得走不动了，我爸和队里说好了，等我办事就杀了黑眼窝。黑眼窝真恓惶，受一辈子苦，种一辈子地，生了一辈子儿女，最后还是叫人杀了吃肉。队长说队里只卖肉，不卖皮。队里还要留着牛皮拧绳呢。我跟我爸说我不吃黑眼窝的肉，我爸就骂我。我爸说，不杀牛杀谁？杀你？我爸心狠着哩。"

黑眼窝确实是老了，老得快拽不动犁了。驾牛的总嫌它走得慢，一慢，就在身子后边摇着鞭子骂起来："哈哈，黑眼窝，你个龟孙！看你走得慢么，一步步地扭不动咧？你个龟孙前生是小姐转世，你就酸不够了！"听见骂，她就在后边咕咕地笑，手里提的装种子的柳斗抖得哗哗直响，一面笑一面劝："伯伯，快别骂了，看你骂得寒碜人么？"听他们笑，他也笑。只是他觉得自己笑得和他们总有点不一样，总有点区别。他觉得他们和黑眼窝是一家人，可自己不是。

春耕之后不久，她真的结婚了，真的就是嫁给根娃了。村里没有人挑这种青黄不接的季节办喜事的。不是她着急，不是根娃着急，也不是她爸爸着急，是黑眼窝熬不到腊月了。黑眼窝在山上滚了坡，摔断一条腿，是叫队里派的几个后生抬回村里来的。黑眼窝一摔断腿，两家人商量了一下就急忙办喜事。杀牛的那天他专门去看。断了一条前腿的黑眼窝强挣着站起来，强挣着到村后山坡的那几棵榆树底下。牛倌一手挽着一盘麻绳，一手拿了一条尺把长的锋利的尖刀。牛倌先把牛拴到榆树上，再把牛腿一对一对地拴起来。黑眼窝知道牛倌要做什么，也知道今天是自己的什么日子。黑眼窝深深地叹了一口气，哞地说一句什么。话说得很慢，很伤心，可也很驯顺，并没有什么强烈的反抗和恐惧。黑眼窝只把大大的黑眼睛哀哀地盯住那把长长的尖刀。牛倌说：

"黑眼窝，你别怪我。你要是个人，也生养下这一堆儿女，就该给你养老送终。可你不是人，是畜生。"

黑眼窝垂下眼睛，像是听懂了，不再盯着那把雪亮的尖刀。只是低下来的眼睛里滚下两颗大大的泪珠。

然后，他忽然就看见那把刀子变短了，连一点点声响也没有。正当他惊讶刀子的锋利的时候，只见牛倌手腕一拧，刀子在黑眼窝两条前腿之间横过来，撑出一道血口，呼的一声，黑眼窝的血从心脏里喷出来，把身子下边的黄土染得一片血红。然后，他又看黑眼窝抽搐着痉挛了一阵。黑眼窝真是老了，连这几下垂死的挣扎也没有什么力量。抽搐了一阵黑眼窝不动了，可眼睛却不闭上，只是又大又黑的眼睛立刻失了神，冷冰冰的像两颗又黑又硬的卵石。

黑眼窝血淋淋的皮被牛倌用楔子钉到山墙上，看见牛皮村里的人问牛倌：

"咋？明天嫁闺女？"

牛倌笑笑："是哩，明天。"

然后人们又看看牛皮，又说："这下黑眼窝熬到头了，再不用受苦种地，也再不用挨你的打了。"

牛倌又笑笑："是哩，熬到头了。"

不知怎么，他就想起那天种玉茭躺在粪箕箩上看见的那片云来。不由得就抬起头来，哪有什么云呀，瓦蓝瓦蓝的天上什么也没有，只有一种单调而又干燥的蓝色。

夏天没有到，春天还没有过去，正是晒牛皮的好季节。

1991 年 12 月 4 日下午于太原

生命的报偿（后记）

如果不是曾经在吕梁山荒远偏僻的山沟里生活过六年，如果不是一锹一锄地和那些默默无闻的山民们种了六年庄稼，我是无论如何也写不出这些小说来的。六年的时间一晃便闪过去了，已经又有了十几年的岁月倏忽隔在了中间。现在，当我一篇一篇地写完这些小说，写着这篇《后记》的时候，我知道，此刻已是备耕的节气，吕梁山的农民们正在忙着下种前的农活：整地，送粪，选种，修理农具。等到种下了种子，他们就盼着下雨，盼着出苗，盼着自己一年的辛苦能换来一个好收成。他们手里握着的镰刀，新石器时代就已经有了基本的形状；他们打场用的连枷，春秋时代就已经定型；他们铲土用的方锹，在铁器时代就已经流行；他们播种用的耧是西汉人赵过发明的；他们开耕垄上的情形和汉代画像石上的牛耕图一模一样……和他们比，六年真短。世世代代，他们就是这样重复着，重复了几十个世纪。那个被文人们叫做历史的东西，似乎与他们无关，也从来就没有进入过他们的意识。无数个世纪以来，只有亚洲大陆干旱的季风和太平洋浓重的雨云光顾这里。就这样，在亚洲大陆这一片广漠干旱的土地上，慢慢地繁衍出一个黄色的人群。由于海洋和高山的隔绝，他们以为这个宇宙中只有他们自己。于是到了唐朝，就有一位诗人发出亘古未有的对于这旷世孤独的慨叹，他说："前不见古人，后不见来者。"接着，他哭："念天地之悠悠，独怆然而涕下。"……我就是这黄色的人群中的一个。

由于有了那六年的生活，所以我刻骨铭心地知道，我写的这些东西，是不会捧在那些捏锄把的手上的。和他们时时刻刻也是世世代代操心的问题相比，文学实在算不得什么，或者说实在是一件太奢侈的东西。所以我不自欺：以为自己的小说可以替他们呼喊苦痛；所以我不自诩：一定要讲自己的小说是"写给农民看的"；所以我不自信：以为写了几篇小说便可以"改造国民性"；所以我不自傲：以为自己的小说可以赋予他们无用的"光荣"；所以我不自美：非要到那近乎残酷的操劳中去寻找田园的陶醉；所以我不自狂：以为在小说里开一剂良方便可以拯救黎民于水火之中；所以我不自作多情：以为自己在小说里痛哭流涕了，就是替芸芸众生减了苦痛。其实，文人们弄出来的"文学"，和被文人们弄出来的"历史""永恒""真理""理想"等等名堂，都是一种大抵相同的东西，都和那些面朝黄土背朝天的人们并无多少切肤的关系。于是，便又有人出来指责他们"麻木"，指责他们"落后"，指责他们"愚昧"，指责他们"封闭"。可这指责和那些同情或赞美的命运是一样的，也还是落不到他们中间去。他们就像黄土高原上默默的黄土山脉，在岁月中默默地剥蚀，默默地流失……或许有一天，会突然间在非人所料的去处，用他们的死沉积出一片广阔的沃野。岁月悠悠，物换星移，在无限无极的时间和空间中，这完全是无意的呈现，便愈发给人以无可言说的震撼。当文人们惊叹于这种呈现的时候，或许会在刹那间瞥见一只带着些嘲讽的冷眼。

我很惭愧自己也加入到文人们这种浅薄的惊叹之中来。我也很庆幸自己加入到这种惊叹之中来。人之为人是一种悲剧，也是一种幸运。这悲剧或是幸运，乃出于一个同样的原因——就是一种不甘。人总是不甘于停留在造化的呈现之中，惊叹错愕之余，总希冀着从那呈现中挣脱出来看看是否有一个自己，却又总也挣不脱……我的小说若能把这惊叹与错愕略表一二就已是莫大的幸运。从不敢奢望那个无言却又无所不包的呈现——那呈现本是给予所有已经死去的、正在死去的和将来必定也要死去的全部生命的报偿。

呜呼，生命！

噫嘘，文学。

1988年3月16日

农历戊辰年正月二十九日于太原家中